U0007754

GOBOOKS & SITAK GROUP®

漫時光

他定有過人之處

下卷

天如玉 著

高寶書版集團

目錄
CONTENTS

第三十一章 求娶

長安晴空萬裡，風卻已轉涼。

宮廷一角的飛簷上懸著垂鈴，風一吹叮鈴作響，悠悠揚揚，在廣袤的宮中迴盪。

裴少雍官袍齊整，走到深宮的含元殿外。

殿前立著一個年輕的內侍，笑著見禮：「蘭臺郎告假多日，可算入宮來復職了。還請稍候入殿面聖，聽聞有八百里加急軍情送到，聖人正在等。」

裴少雍自幽州回來不久，情緒卻似乎還沒回來，勉強回以一笑，面朝殿門恭謹垂頭：「是。」

忽聞一聲急報，腳步聲急促而來，另有一個內侍捧著什麼踏著碎步上了臺階，口中急呼：「幽州奏報至！」

裴少雍詫異抬頭，看著那內侍直入了殿內。

難道加急軍情就是幽州的？想起被強行送出幽州時那裡戒備的架勢，又想起神容還在幽州，他不覺擔了心，皺起眉。

走了個神，一旁內侍已抬手做請，小聲道：「蘭臺郎現在可以進去了。」

裴少雍連忙走入，一絲不苟地斂衣跪拜。

深深幽幽的大殿裡悄然無聲。

過了片刻，只聽到一把少年聲音，帶著剛變聲不久的青澀，又壓出一絲沉穩：「幽州團練使的奏報？」

裴少雍不禁悄悄抬了頭。

明黃垂帳後一張小案，案頭龍涎香嫋嫋，其後端坐著模糊的少年帝王身影，手裡剛剛按下送入的奏報。

「兩萬對陣關外十萬，如此懸殊的戰事，他居然帶著一群重犯去應戰，且幾日內就速戰速決，還能保全一城一山。」

「竟有如此奇事？」一把溫和的聲音接過了話。

裴少雍這才發現帳後還有一道身影站著，隱約一襲圓領袍清雅著身，是洛陽的河洛侯。只有他這樣與帝王親近的大臣，才能入內進帳。

緊接著又聽河洛侯道：「那這位團練使寫來奏報，必然是來邀功的了。」

「不，」少年帝王的聲音聽來似有幾分意外：「他什麼都沒要求，只請命准許那群重犯可以戴罪立功，加入幽州屯軍所，甚至願以身為他們做擔保。」

「哦？」河洛侯覺得不可思議。

「幽州團練使，山宗。」帳內，帝王年少的身姿一動也不動，聲音很低，微帶疑惑：「如此奇才卓絕的將領，朕為何今日才知其名？」

「山宗？」河洛侯頓了一頓，「是了，這名字不陌生，是與臣同在洛陽的山家之子，山家的大郎君。若是他就不奇怪了，年少時他在世家子弟中名聲很響，號稱天生將才。」他接著溫雅道：「陛下登基前遠離二都，不曾聽過不奇怪，就連臣都數年不曾聽聞過他名號了，大約三、四年前，他忽就銷聲匿跡。如此看來，上次送金入都的幽州團練使就是他本人，若非此戰，竟不知他身在幽州。」

「三、四年前？」少年帝王道：「當時在位的還是先帝。」

河洛侯回：「正是，臣記得當年山宗極受先帝器重，只不過他常年領兵在外，大多時候只聞其名，不見其人，聽聞他生性浪蕩不羈，二都權貴中有機會與他走近的人並不多。」

帳中一時無聲。

過了寂靜的一瞬，河洛侯才又開口：「陛下打算如何定奪？」

「受先帝器重……」少年帝王輕輕重複了一遍：「朕當政不久，大約是忽略幽州了。既有如此戰功，那就下旨，准他奏了。」

帳內輕動，河洛侯轉頭朝外：「蘭臺郎都聽到了？」

裴少雍正理著剛聽到的事，自錯愕裡回神，忙道：「是，臣會照聖意擬旨傳覆。」

一個內侍隨後托著那封奏報送到他跟前。裴少雍展開，看見上面山宗龍飛鳳舞的字跡，不僅半個字沒邀功，甚至還因幽州大獄在戰中被攻破，連帶聖人當初發配過去的柳鶴通不翼而飛的事而自請了罪。

以往不知道那道密旨便罷了，如今既然知道了，他皺著眉，想不透山宗此舉何意。為了讓一群重犯入軍所，居然主動奏報今聖，難道他不知道以他的身分名號和以往所受的先帝器重，只要嶄露頭角就會引來注意？

眼前的少年帝王登基以來革舊扶新，剷除了多少先帝舊臣，最在意的莫過於先帝跟前的人，尤其是受重用的。他可是被先帝特赦過的，有那道密旨在，他這個過往的罪人，最明智的做法當是遠避長安，在幽州好好關著，再不出來才對！就連當初送金入都的事他都不該做！

「等等，」忽來少年帝王的一聲：「山宗此人，朕要澈查。」

河洛侯在帳內下拜：「臣領旨。」

果然。裴少雍幾乎立即想起了那道密旨，又想起在幽州時，山宗那句冷冷的：「不想落罪就把嘴閉嚴！我的事，勸你少碰！」背後幾不可察地冒出冷汗，他遮掩著，亦垂首領旨。

洛陽驛館裡，長孫信返程謝恩的這一路趕得太慢，才抵達這裡。

不過離長安也不遠了，今日啟程，明日便可抵達。

大門口，車馬正安排繼續啟程，他在院內廊角下負著手，一本正經地埋怨：「這一路走得太慢了，我聽護衛說，好似瞧見我家裴二表弟自幽州去了一趟都已返回長安了，我竟還在洛陽。」

山英在他身後露了頭：「許是他們瞧錯了，再說我看你這一路也沒嫌慢，一路上閒走慢聊也挺愉悅。或者你再在洛陽待上一陣子，我可以一盡地主之誼。」

「我哪裡愉悅了？」長孫信反駁：「我分明是掛念幽州情形，也不知阿容去了那裡如何了，到現在還沒消息送來。」

「放心好了，有我大堂哥在，阿容定然好得很。」

「就是有妳大堂哥在我才不放心！」

山英莫名其妙：「為何？我大堂哥都追神容追去河東了，還能對她不好？」

「妳說什麼？」長孫信倏然變臉：「這是何時的事？」

山英這才發現說漏嘴了，他還不知道這事呢，轉頭就走。

「妳等等！」長孫信想叫她說清楚，忽聞院外有車馬聲來，轉頭看去，一個長孫家護衛跑來跟前。

「郎君，國公到了！」

長孫信訝然一愣，快步迎去院門。

院門口一隊護衛趕至，當中馬上坐著一人，白面無鬚，相貌堂堂，身披一襲墨錦披風，赫然就是其父趙國公。

長孫信脫口道：「父親？你怎會現身洛陽？」

不僅來了，似乎還十分急切，連馬車都不坐，直接騎馬而來。

「途經此處罷了，遇上你正好，你快些返回長安，也好照顧你母親。」趙國公下馬，擰著眉，眼角露出細細的紋路，看見門口他的人已在準備上路，點了個頭，算是滿意。

長孫信上前，臉色嚴肅起來：「可是出了事？」

趙國公解開披風：「你有所不知，幽州出了戰事，若非前日一封八百里加急奏送長安，我還一無所知。」

長孫信暗道不好，原來他走時山裡那情形已是預兆，難怪這陣子始終不曾收到幽州的消息，一定是戰中戒備，切斷了往來，什麼也送不出來了。

他還未說話，趙國公又道：「倒也不必太過擔心，聽聞山宗那小子已擊退了敵軍，我是為你妹妹走一趟，也免得河洛侯再趁戰事對礦山動什麼主意，你該回京便回京。」

長孫信這才鬆了口氣：「那便好，若山宗無事，那阿容也當無事。」

趙國公看他一眼。

長孫信自知失言，笑著圓：「若有事，奏報裡豈敢不報，沒報自然是沒事了。」

「嗯。」趙國公點點頭，他自然明白這道理，只是掛憂女兒罷了：「離長安也不遠了，你便早些上路吧，回去一定要好好安撫你母親。」

「是。」長孫信應下，感嘆幽州真是多事之秋，一面看著父親往驛館裡面走。忽然間，他想起了什麼，趕緊跟進去。

趙國公停步：「怎麼還不上路？」

「還有些東西，我去取一下便走了。」長孫信說著越過他往裡。

山英躲開一下，還是得出來繼續送人往長安，畢竟說好的要保人一路行程的。

剛要到外面那院子裡，長孫信已經快步而來，匆匆攔住她道：「快快，往回走，莫要被人看到！」

山英奇怪道：「莫要被誰看到？」

「我父親！」長孫信顧不得那麼多了，扯著她的衣袖就走，直到她剛出來的那間屋子裡，碰一下關上門。

山英貼門站著，朝門縫外看一眼，什麼也沒看到，轉頭問：「你父親來了？」

「對。」長孫信回答完就發現不太對，他還扯著山英的衣袖，離得有點近，自己的衣袍貼著她身上男式的圓領袍，一半他的月白，一半是她衣上的深黛。他低咳一聲，忽見山英盯著自己。

「你父親來又如何，就算他不喜歡山家人，我只見過裴夫人，他應當沒見過我這等山家小輩。」

長孫信一下想起來了，好像他父親的確沒見過她，或許真的不用擔心，馬上鬆了扯她衣袖的手，擰眉道：「那便是我多此一舉。」

山英卻沒退開，還在看他的臉，看了好幾眼後道：「不過離近了看，你長得還挺好看的。」
長孫信頓時又咳一聲，險些沒臉紅，不自在地看了看她。
山英人如其名，眉宇間一股英氣，但其實眉眼生得很秀麗，他忍不住想，其實她也長得挺好看的。卻又見她湊得更近了些，在端詳他：「星離，你臉紅了？」
說話的呼吸拂了過來，長孫信後退半步，接連咳了兩聲：「妳瞧錯了。」
山英竟笑了：「我看你分明就是不好意思，我見過山家軍那麼多男子，哪有像你這般隨便臉紅的。」
長孫信生氣結，拉開門就要走。
「走了？」山英道：「這樣好了，你先走，我稍後趕來，還是接著護送你去長安，便不用擔心你父親看到是山家人送你回來的了。」
長孫信已經出了門，想想又停步，回頭道：「妳對其他人也會這樣？」
「哪樣？」山英問。
「像剛才對我那樣。」
「那倒沒有，就你。」她倒是坦然的很：「我從沒護送過其他人走那麼遠的路來著。」
長孫信吸口氣，忽然道：「妳以後可莫要對別人也這樣！」
山英愣一下，目視他腳步迅速地走了。

幽州城門的城頭上，守軍列陣。下方，身著灰甲的檀州軍穿過修繕一新的城門，大隊出城，即將返回檀州。

山宗胡服貼身而束，一身烈烈地自馬上下來，歪著頭，聽路旁一個兵卒來報的消息：八百里加急送奏報去長安的兵馬已經返回。他點了個頭，站直了，眼睛去看旁邊的馬車。

車簾掀開，紫瑞扶著神容下了車。她腳踩到地，衣裙曳地站著，抬起頭，眉眼如描，朱唇豔豔，在這幽州秋風涼薄的天裡叫人無法忽視。

山宗看著她，走到跟前：「我送檀州軍，妳在旁意思意思就行了。」

神容朝他看來：「為何叫我來？」

「妳說為何，誰讓妳是我夫人？」他嘴邊一抹笑，轉身先往前去了。

神容看著他的身影的眼神微動，眉眼倒好似更豔了。在這幽州城裡，他早就不避諱她是他夫人了。

她忽而想到什麼，回頭問：「我寫的家書可送出去了？」

紫瑞答：「送了，幽州戒備著，托廣源叫軍所兵馬送出去的。」

她點下頭，又瞄山宗一眼，他已走去前方。

趙進鐮身旁，周均配著寬刀站著，見到他來，彼此還是老樣子，不冷不熱。

神容轉身，忽見趙扶眉自後方走來，穿著素淡的襦裙，直到了跟前。

「女郎。」她喚完，笑一下：「或許該改口稱夫人了，聽義兄說妳與山使已重修舊好，再做夫妻了。」

神容點頭：「是。」

趙扶眉竟怔了一怔，好像還是頭一回見她承認和山宗的事，握著手指在袖中，輕聲道：「那便希望女郎與山使，此後都能相攜安好了。」

神容看到周均，記起此番她是因何而回幽州的，不知她此時作何所想，淡淡說：「那就要看以後了。」

趙扶眉聽到這一句，語氣與當初那句「我與他之間的事，我只找他，與妳無關」一樣，好似又在說與她無關。

確實與她無關了，她已嫁作人婦，他也與前夫人復合了。她笑笑，往前走去。

周均在那裡等著，一雙細眼看著她走近：「妳還要不要回檀州？」

趙扶眉看著他，終是點了點頭。

早已看見山宗自旁離去，她不知神容如何，但他眼裡沒旁人，直直往馬車而去，大概能看到的就只有那個女人。

「妳方才與她說什麼了？」

神容自馬車旁轉過頭，正迎上走過來的山宗。

他說話時朝前方掃去一眼，指的是趙扶眉。

那裡，趙扶眉不知與周均說了什麼，好似已決心要隨他回去了，能聽見趙進鐮在一旁著人安排車馬。

神容眼珠輕轉：「隨便閒聊了兩句。」

山宗勾著嘴角：「看妳們說話時總看我，還以為是在說我。」

「誰看你了。」她輕輕說。

山宗掃過左右無人，走近低語：「還這般有勁頭，看來我睡了這些天的客房，妳已沒事了。」

神容眼一抬，看住他，只看到他一臉的痞氣，咬了咬唇，被他的露骨弄得渾身不自在，乾脆一提衣，先登了車。

山宗在車邊盯著她，似笑非笑地牽了馬，翻身而上。

她又放下車簾擋住他的臉。就是已經叫他得逞到這地步了，才更不想讓他得意，得寸進尺。

馬車出城，一路繼續送行檀州軍。

檀州軍悉數離開幽州城，直往邊界檀州方向而去。

周均坐在馬上，遙遙向城門處還站著的趙進鐮抱拳告別過，轉頭看著趙扶眉乘著的馬車自眼前過去。

她只在車裡坐著，沒有露臉。待她的馬車隨著檀州軍往前而去了，他才停下，往後看了不遠不近送出來的山宗一眼。

山宗扯一下馬韁，不疾不徐地打馬過來：「還有話說？」

周均陰沉著眼：「當初那一戰之後，你的盧龍軍不是說充入軍所改編為幽州軍了？為何幽州只有這些兵力，那個龐錄又是怎麼回事？」

山宗臉上沒有表情，聲壓得很沉：「哪一戰？」

周均慣常地陰著臉，顯得白臉微青，臉色不好，許久才道：「沒有哪一戰，是我記錯了。」說完臉色更陰，打馬走了。

山宗打馬回頭，到了馬車邊，神容正掀著車簾看著他：「你們說什麼了？」

他學著她先前的模樣：「隨便閒聊罷了。」

神容知道他是有意的，悄悄白他一眼。

山宗好笑，揭過這話頭，朝遠去的周均看了一眼。

車馬剛要回城，一隊兵匆匆自遠處趕來。

「頭兒，又抓回了幾個大獄逃犯。」領頭的是百夫長雷大。

山宗打著馬，眼掃了過去：「剩下的儘快抓回來。」

雷大抱拳領命，匆匆離去。

神容揭開車簾，想了起來，是當日那群敵兵先鋒襲擊幽州大獄的事，難怪幽州至今還戒嚴，多半就是為了搜捕他們。

「聽說當初發配到幽州大獄的那個柳鶴通也不見了？」

山宗看過來：「他那種不足為患，獄卒說有可能是被敵兵帶走了，有一些還在附近逃竄，恐怕是孫過折留給我的後手。」

神容不禁蹙了眉，幽州大獄裡有一些當初暴動後僅剩下來的關外犯人，都對山宗心懷憎恨。若真如此，那這個孫過折也太過狡詐了，作戰中都還想著留下一記後手。

她細細想了想：「我記得朝中對歸順的契丹部族有賜姓李孫二姓的慣例，莫非他是被賜過姓的？」

山宗「嗯」一聲：「歸順的契丹王室賜國姓李，貴族賜姓孫，他是契丹貴族，曾經的確歸順過，對中原很瞭解，尤其對幽州。」話音剛落，他扯韁繼續前行，忽而臉色一凜。

倏然一聲尖嘯，拉車的馬匹乍然抬蹄狂嘶，背上赫然中了兩支利箭。

一切是電光火石間的事，神容不過剛放下車簾，馬嘶抬蹄，門簾晃動，外面駕車的護衛連同紫瑞被一併掀了下去，一聲慌亂的尖叫，車已被撒蹄狂奔的馬拉著奔出。她一下往後跌去，堪堪扶住車廂，聽見外面山宗的怒喝：「抓人！」

沒走遠的雷大在那頭喊：「剩下的冒頭了，快追！」

門簾晃動，她甚至能看見一閃而過的城門下，趙進鐮等人慌張追出幾步的身影。車外幾匹快馬在追，分不清誰跟誰的。

了。

神容努力穩住身形，揭開車簾，果然已無人駕車。剛剛說到孫過折的後招，就在眼前應驗了。

她儘量往外探出身去，聽見山宗在喊：「穩著！」快馬直直如飛一般，衝下了斜坡，險些翻倒，顛簸的沒法穩住。神容數次往外探去，一遍一遍努力地去扯馬韁。

終於看見山宗身騎快馬而來的身影，就在她右後方，迅疾如風，整個人伏低了身，如箭一般往她這裡而來。

路實在太顛簸了，她扯到了韁繩，用力還是艱難，手心生疼，餘光瞄見前面已快衝到山下附近，溝壑叢生，遠處隱隱有白光。她憑著對山周地形的瞭解，想了起來，那裡有河，努力拽著韁繩往那兒扯。

「少主小心！」是東來的聲音，他也在後面追著。

奈何多馬拉就的馬車一旦失控，速度實在驚人，很難追上。

山宗在後方緊追不捨，看見她自車內探出身，扯著韁繩的身影，一夾馬腹，疾馳更甚，貼近到車旁。

下一瞬，神容已扯著韁繩快到河邊。

山宗立即伸出手：「過來！」

神容一手伸出去，搆他的手，始終搆不著。

他咬牙：「跳！」

神容愣了一下，看見他馬上疾馳而至的冷冽眼神，心一橫，閉眼跳了出去。

一聲巨響，馬車在溝中翻了下來。

「東來，穩馬！」是山宗的聲音。他幾乎是直接躍下了馬，一刻沒停地直撲水中。

神容一頭從水中出來，大口喘了口氣，就被一雙手臂緊緊接住了，往邊上拽去，避開亂竄的馬匹。

身旁撲通幾聲水響，快馬而至的東來跳下水中，帶人過來穩住被下沉的馬車拉拽還躁動不安的馬。

神容心口狂跳不息，看見山宗近在眼前的臉。他半身濕透，拉她起來，一手緊緊摟著她：「沒事了。」

神容喘著氣點點頭，被風一吹，身上很涼。

山宗的馬因是戰馬，訓練有素，還好好在旁刨著地。他過去牽了馬，隨手擰一下濕透的衣擺，抱著神容上去，翻身而上，直接回城。

「妳剛才是故意往河裡走的？」在路上時他才喘著氣問。

神容氣息不穩地「嗯」一聲：「只有那裡能跳。」

山宗竟笑了一聲：「真有妳的。」只有她有這個膽子。儘管如此，說話時他仍收緊了手臂。

城門口，趙進鐮一行送行的人還在等著，見到他們返回才鬆口氣。

「崇君放心，人已抓到，就在城門附近埋伏著，許是知道今日檀州軍要走，等時機的，我已著令叫將他們押往大獄了。」

山宗只點了下頭，臉色鐵青，那群逃犯，一個也別想跑。

「繼續戒嚴！搜捕乾淨為止！」

聽到他的軍令，左右兵卒大聲稱是。

他自小跑而來的紫瑞手中接過披風，緊緊裹在神容身上。

神容縮在他懷裡，自知此刻模樣狼狽，尚且還穩著姿態：「刺史放心，虛驚一場。」

趙進鐮刻意沒有多看，抬手做請：「快些請回。」一面心裡感嘆，真不愧是山崇君看中的人，也就她臨戰遇險還能如此鎮定了。

回到官舍裡，天已經快要黑下來了。

入了大門，神容才算六神歸位。

山宗腿一跨，下了馬，帶著她進門，腳步一下不停，直往主屋而去。

廣源從廊下小跑過來，手裡拿著什麼，看到他們的情形一愣，忘了來意。

山宗停了下腳步：「你拿的是什麼？」

廣源這才回神，將手裡的東西遞過來：「是給夫人的信，先前夫人叫寄出去的家書已經寄了，送信回來的人說半道就交出去了。」

神容不穩的氣息頓了一頓：「什麼？半道？」

廣源攏著手稱是，一面往側面站，看出她披風裡的衣裳濕的，好給她擋風：「據說他們半道就遇上了國公一行。」

神容一怔：「我父親來了？」

「好、好像是。」廣源不知為何有些慌張了，大約是被她的語氣弄的，也可能是被眼前二人的情形弄的：「聽聞國公快馬趕路而來，帶信回來的兵馬說已快到河東了。因著幽州現在戒嚴，他已放緩行程，大概會暫停河東數日，收了夫人的信，叫人帶話回來的。」

神容擰起眉，還想再問兩句，就見廣源抬了下頭，看了她身後一眼，低頭退去了。她看過去，山宗頎長挺拔的身姿立著，昏暗的廊火下，黑如點漆的眸子盯著她。

「沒想到。」他說。大概是因為戰後戒備未除，否則此時趙國公可能並不會給信，直接就來了。他手臂一收，摟著神容往內院走。

神容邊走邊道：「不能讓我父親這樣來。」因為冷，聲音還有些輕顫。

山宗腿長步大，她被摟著，有些跟不上，身上又涼，腳步太快，便又急又輕地喘息起來，心裡卻轉得很快，難道要讓父親直接進入幽州，毫無準備地被告知她與他已成婚，那絕非什麼好事。

「光是叫他看到我如今的情形，也會叫他擔心不已。」就更別提在幽州發生的這些事了。

她知道他父親一定是因為戰事而來的。

山宗連她身上的披風又摟緊些：「那妳想如何做？」

「我明日親自去河東見他。」神容說。

他腳步停下：「妳想搶先去見他？」

「嗯，必須去。」神容抓緊披風領口，她思來想去，只有這樣了。

入夜時分，一個兵卒快步進了官舍，到了客房外，小聲稟報：「頭兒，全搜捕乾淨了，今日埋伏的就是最後幾個，沒有遺漏的逃犯了。」

山宗走出來，伸手接了對方遞來的獄錄，對著廊前燈火翻了一遍，看到上面名字都已劃去，合上後交給他：「嗯，留著等我處置。」

兵卒退去了。

山宗轉頭走向主屋。

房門口，紫瑞剛關上門，隨廊上的東來離去，一手扶著另一邊的胳膊，也受了點傷要去處理。

山宗走過去，在門口徘徊了兩步，想起白日裡那般緊急情形，薄唇抿緊，眼底沉了沉，這筆帳他也要記在孫過折的頭上。直到想起神容那鎮定的一躍，他吐出口氣，又不禁無聲笑了，覺得自己真是沒找錯人。

一手推開門進去，屋內亮著燈，但不見人。屏風後面婀娜的一道女人身影，被燭火勾勒著胸口腰身，凹凸有致，如真似幻。

薄紗披帛一縷，自裡延伸到外，緩緩自她臂彎裡滑落下來，接著是外衫。山宗掀眼就看到這一幕，雙眼不禁輕輕瞇了一下。

神容在上藥，脫去了外衫，只著素薄的中衣，往下拉開領口，露出半邊肩頭，手指挑了點小盒裡黑乎乎的軟膏，往那兒沾。

原本紫瑞要替她抹，但神容發現她被馬掀下車去後也受了點傷，打發她自己去上藥了。

忽覺眼前燈火暗了一分，她抬起頭，看見男人走近的身影。剛看清山宗的臉，手中的小盒裡就伸來了他的手，直接按上她的肩，揉了下去。

力太重了，她不禁輕哼一聲。

「還有哪裡有傷？」山宗聲沉沉地問，看著她嫩白的肩頭。

上面不知從何處磕到的一塊瘀青，可能是跳車入河時刮到的，她身上幽幽的一絲香往他鼻間鑽，藥味也蓋不住。

神容被他的力道揉得蹙了蹙眉，揉開後卻又覺得舒服一些，看他身上：「沒了。」

他換去濕了的胡服後，著了身鬆軟的便袍，忽有了幾分往日世家子弟的閒散貴氣，鬆鬆散散的微敞衣襟，隱約可見一片結實的胸膛。雖然已經清清楚楚見過一回裡頭的真面目了，神容的眼神還是不自覺移開了一下。

「真沒了？」山宗低笑一聲，就怕她連這也嘴硬。

神容挑挑眉：「真沒了，我只是不想帶著這點小傷去見我父親罷了。」

山宗手上停了下來：「明天妳真要去？」

「自然。」

「那我呢？」他緊盯著她：「我不該去？」

「你當然也該去。」神容心想都到這地步了，豈能不去，非去不可！她看他一眼，又低語：「只不過不能現在去，何況你也出不得幽州。」

山宗漆黑的眼珠動了一下，嘴角揚起：「妳在擔心我？」

神容拉上衣裳：「我是提醒你。」

耳側忽而一熱，是他低了頭，貼在她的耳邊：「我就看妳何時肯對我說一句軟話。」聲低低的穿入耳中，男人的氣息一下拂過來，神容不禁呼吸又快了。還沒來得及開口，人被他一把摟過去。

軟榻上，軟墊滾落在地。神容被扣著坐在他身上，剛剛拉上去的衣裳被他拉了下去。他一隻手撫上她的腰，在她耳邊的呼吸沉了。

「那妳打算如何說到我？」手上已解開她的繫帶。

「我就說你燒了那封和離書！」神容輕喘，手被他牽引，帶入他衣下，解開他的。

山宗笑一聲，被她故意氣他的勁給弄的：「是麼？」

忽而手臂一用力，托起她的腰，咬牙按下去。

神容失神一瞬，緊接著忍不住攀住他的肩。

又看見了他那條滿是刺青的胳膊。這次看得分外清楚，燈火裡蛟身鱗片鋒利、利爪如刀，盤繞升騰著，昂首擺尾，莫名駭人，赫赫張揚的黑青斑駁，在她眼前耀武揚威。那條胳膊牢牢地托著她的腰在動，兩隻手用力握住她的腰窩。

山宗湊上來親她。神容的唇被叼住，含著，又被晃開，他不厭其煩，一遍一遍地親上來。

她呼吸急亂，忍不住別過臉，看到他一隻手攏護住她的肩頭，心頭一動，沒來由覺出一絲呵護，又被他一手捉住下巴，狠狠親住，直吮到她的舌。舌尖發麻，身上也麻，燭火的光在眼裡搖碎成了點金。

山宗摟著她，呼吸滾熱，緊實的肩背在她眼前繃緊又舒展，渾身比她深一層，抵著她一身雪白。往下她看不清，只感覺得到，暗影裡藏著他穩而有力的腰腹。忽然聽見他低低說了一句，神容的心口頓時猛烈一跳。

他說：「這次我會輕一點的。」

下一瞬，神容被他一手輕輕撥過臉，他勾著唇角，眼往那裡一掃，讓她看。眼裡看見燭火映照的屏風，明暗交錯，映出相對疊坐的身影，窈窕如描的身姿輕動起落，一雙手臂搭在身前的寬肩上。

燭搖影動，毫不停歇。心頭嗡然一聲轟鳴，神容耳後瞬間生熱，喉中乾澀，眼裡被這露骨的一幕衝得朦朧迷離。

埋臉下去，張著唇一口一口地呼吸，嗅到男人頸邊獨有的氣味，她故意的，在他頸上輕輕一咬。

山宗的手臂突然摟緊，沉沉貼她耳邊低笑：「果然妳的力氣養足了。」

神容驀然一聲低呼，被他用力扣住腰，身一轉，壓去榻上，低呼全進了他的唇舌裡。

官舍裡有進出動靜時，天也快亮了。

山宗睜開眼，起身後看身邊的女人一眼。神容背對著他側臥，身姿如柳纖挑，還在睡著。

他摸一下嘴，無聲扯了扯嘴角，其實食言了，最後還是沒能輕得了。他這一身浪蕩不羈，在她跟前大概是無法收斂了，遇上她只會變本加厲。

昨夜他能忍住的，只有在最後關頭，急急從她身裡抽離。粗喘濃重，他緊緊抱著她低聲說：「以防萬一，還沒有得到妳父母首肯，不能讓妳難堪。」還不能讓她給自己生孩子，雖然他很想。

神容當時在他懷裡輕顫，渾身潮紅，仰著脖子，眼裡如浸水光：「誰要給你……」

他一口堵住她的唇，氣笑了，斑駁的右臂一伸，一把撈起她：「再強，我饒不了妳。」

結果還怎麼可能輕得了。

他自嘲地一笑，抿住唇，披上衣服，又看她一眼，輕手輕腳地出門。

神容其實已經醒了，故意沒顯露。聽著他的腳步聲走的，昨夜的情形還歷歷在目，她輕輕咬咬唇，和第一次不同，居然光是想起又心裡急跳起來……

不知多久，她還躺著。

門外傳入紫瑞的聲音：「少主，山使都準備好了，隨時可以出發。」

神容這才收了神，坐起身：「知道了。」

官舍大門外，張威領著一隊人趕了過來，正看見山宗站在門口。

他已如常一般穿上一身烈黑對襟疊領的胡服，綁縛護臂，腰身上緊束著護腰，腳踩馬靴。

「頭兒，胡十一已照你吩咐，將那群人帶入軍所去了。」張威上前道。

那群人自然是說底牢裡的那群重犯，用胡十一的話說就是「怪物」，這陣子下來傷都養得差不多了，比胡十一的傷好得快。

山宗只點了點頭：「叫你來有兩件事，一是叫人仔細盯著關外動靜。」

張威一口應下，搶話問：「還有件是？」

「給我好好把人送去河東。」

這語氣，明顯聽著就是私事了。張威往裡看，果然瞧見東來和紫瑞還有長孫家的大群護衛往外來了。他一本正經地想了想：「聽聞昨日那關外的孫子留的後招沒得逞，頭兒是擔心家眷安危，要將她送走不成？」

山宗嘴角一咧：「不，是我岳丈來了。」說完轉身回了門內。

神容梳妝妥當，手裡拿著一頂輕紗帷帽，正要往大門外去，還在廊上，就見山宗朝她走來。她停下來，身邊的人先往外去了。

山宗走到她跟前，看她簪著髮，抹著紅潤的唇脂，不知是不是有意遮掩了豔豔欲滴的唇，臉上的笑一閃而過，又抿去了。

「妳說得對，是該搶先去，世上沒有岳丈來見女婿的道理，不能讓妳父親來見我，應當我去見他。」他的聲低了些：「到時候我會請趙進鐮給我尋個出行的理由，時日妳來安排。」

神容眼尖地瞄見他頸邊一點齒印，是她昨晚所為，眼神飄一下，又落回他臉上，「你是必須要去，但要等我父親有了準備。」她頓了頓，手指捏著帷帽上的輕紗，在心裡想了想：「月底，你到時候再來。」

山宗盯著她，頷首：「好。」這次全聽她安排。

外面，東來在門口與張威確認過逃犯已入獄，路上無事，才返回來請神容。

神容戴上帷帽，邁步往前，沒走幾步，忽又轉身：「山宗。」

山宗立即掀眼。

神容一手撩起垂著的帽紗，眼波斜來，看著他：「就這麼說好了，月底你一定要來，否則……」

山宗一步一步走近，低下頭，幾乎要貼到她的臉，嘴邊浮出痞笑：「嗯，否則怎樣？」

神容紅唇微抿，抬起白生生的下頷：「否則我就回幽州來唯你是問！」說罷手往下一拉，帽紗垂落，擋住他的臉。

山宗臉上一癢，被她轉頭的帽紗拂了過去，抬手摸了下臉，眼見她轉身往外走了。

河東道是一片廣袤地帶，大大小小的城池相連。

趙國公耳聽四路，早得知這一帶有山家軍駐守，於是路程有了調整，有心多趕一程，避開他們駐紮的那座城，停留在距離幽州更近一些的蔚州。

神容在路上收到這消息，便繞過了山昭所在的城，讓張威抄了近路。

軍所的人對路徑自然是拿手的。如此，反而趕去的日子比預想縮短了一些。

趙國公停留在蔚州驛館裡。

這小城往來京官不多，更別說還是國公這樣的貴胄。整個驛館因他到來幾乎肅空了，只剩長孫家的人。

剛過午，客房之中，趙國公坐在桌邊，將神容那封家書翻來覆去，又看了一遍，起身，背著雙手在屋中來回踱步。

好幾圈之後，門外有僕從前來，興高采烈地稟告：「國公，少主來了。」

幾乎同時，神容進了門，一襲輕綢披風帶著連日趕路而至的僕僕風塵。

「這麼巧，父親正在看我的信。」神容揭去帷帽，屈膝見禮。

趙國公捏著那幾張紙，先上下打量她一番，看到她確實安然無恙，才點了點頭，抬手示意她坐：「看了不下十來遍了，妳的行事我知道，便與那書卷一樣，無意義之言不會寫進信裡。」

他看著神容在一旁胡椅上坐下，將那信又拿到眼前。信裡報了平安，人他瞧見了，確實好好的；礦山雖未親見，但她在信裡也細說了，礦保住了，只是以後要換批人去開採，這可以交給工部安排，也不算什麼難事。唯一讓他介意的，是最後那兩句不清不楚的，說幽州有些事情變化，待見面細談。

「幽州有何事情要談？」他拿開信問。

神容沒想到才剛見面就要提起，手裡剛端起一盞熱茶湯，看了看父親，無心去飲，手指摸著口沿：「父親可還記得先前在長安，山宗意欲登門之事？」

「當然記得，他想求娶妳。」趙國公稍稍板了臉，只不過已將此事有心淡去，語氣便沒太認真：「我已拒絕他多次了，沒什麼可提的。」

神容放下茶盞，站了起來：「就是此事，這一回，我想請父親答應見他。」

第三十二章 折戟沉沙

此時的長安深宮裡。

幽幽殿宇之內，一群內侍躬著身，自擺放宮廷舊典的高大木架後出來，將捧出來的一堆黃絹、典冊悉數擺在外殿的小案上。

裴少雍已經不是第一次來這裡了，為了遮掩自己見過那份密旨，只站在門口。

堆滿物事的案前，站著白面清瘦，身著赤色官袍的河洛侯，一身溫和的君子之態，發話道：「先帝所留遺物，一件不落，悉數呈送聖人駕前，不得有誤。」

內侍們紛紛稱是。

裴少雍看到那份壓在下面的密旨黃絹，垂低頭，握緊拳，默然不語。

帝王下令，查得自然迅速，這次不能怪他，是山宗自找的。他只希望阿容能好好的。

「妳說什麼？」

蔚州驛館客房裡，漫長的一段沉寂後，響起趙國公一聲不可思議的問話。縱使到這個年紀，什麼風浪都見過了，在聽完女兒的話後，趙國公還是不可遏制地感到震驚。

「妳想叫我見山宗？」到底是知女莫若父，稍稍一想，他便有數：「莫非妳是有意接受他的求娶了？」

神容從那一句之後就一直站在父親跟前，沒有動過：「不瞞父親，戰事緊急中，生死難料，我已經接受了。信中說不清楚，只能當面詳談，所以我才提前趕來。」

趙國公眉頭鎖緊，看著她：「難怪妳會叫我見他，我竟不知妳和他已到這一步了。」

周遭又沉寂一瞬。

神容握著手指，看了看父親的臉色，出門在外，他穿著厚重的國公官服，顯得很是威嚴，白面無鬚的臉分外嚴肅。

「當中太多曲折，幽州也有很多事情，我只能之後再慢慢告知父親。」

趙國公捏一下眉心，慢慢踱了兩步，臉上恢復鎮定，拂過衣袖：「妳真該慶幸今日在這裡的不是妳母親。」

神容知道她父親是個通達之人，心思輕轉，忽而問：「父親可還記得，當初和母親為何會替我選中他？」

趙國公不妨她突然問起這個，負手身後，眉還未鬆：「為何？聯姻山家是其一，但也是因為他為人實在出眾，一個十幾歲就能得到先帝重用的天生將才，百裡挑一，這樣的人中龍鳳才配得上妳，這些妳應該都知道。」

「父親既然如此說，那如今，撇開山家，撇開他曾和離棄家的可恨之處，單看其人，父親是否還覺得他算得上是人中龍鳳？」

趙國公看她一眼，沉默一瞬，才開口：「就憑他一己之力能在幽州站穩，此戰又立下如此以少勝多的奇功，連今聖都驚動了，當然算。」

神容心裡微怔，為那句連今聖都驚動了，心思一閃而過，臉上神情一片平靜：「那父親何不見他一面，別的不說，單以一個上門求娶之人來看，至少也聽聽他如何說。」

趙國公鬆開眉頭，面上鬆緩了：「難道妳不在意過往他的所作所為了？」

神容知道他和母親間的怒怨無非都是因為自己，說到底是關愛心疼她，她明白。她上前幾步，挽住父親的手臂，點頭：「在意，他做過的事，就是再有理由也是做了。我只希望父親能見一見如今的他，可好？」

趙國公看她許久，大約是因為幽州戰事，這陣子沒見，她好似瘦了一些，來了連披風都未除，就說著這個，精神卻好，挽著他的手臂，眼裡還是黑亮如初。自家女兒何等要強，他自然知道，已多年不見她這樣的小女兒之態。若是因為那小子如此，那倒還真要見上一回了。

趙國公想起長安街頭那個敢當街攔車的筆直身影，一陣沉默，終是點了下頭：「那好，只見一面，我可以應下，就看看他如今是何等模樣。」

神容立即屈膝：「多謝父親。」

外面，東來和紫瑞一直等著，沒料到少主這一進去會這麼久。又過了許久，才終於看到神容出來。

「少主……」紫瑞剛開口就看見神容臉上一閃而過的笑，頗為意外。

「叫張威回去吧，」神容說話時笑便淡去了，若無其事地說：「我與父親說好了，會在這裡待到月底。」

軍所裡，已經整修完畢，只有高牆大院的瓦頭上還殘留著幾處戰火裡被焚燒後留下的焦黑。

胡十一按照山宗吩咐，處理好戰死兵卒的善後事宜，從演武場裡出來，一眼看見那群人，在院子裡或站或蹲，聚在一起。不是那群底牢重犯還能是哪些人。

那群人入了軍所，和他們同吃同住也就罷了，如今連髮髻都束起來了，還穿起了軍所裡的武服軟甲，和在山裡那如獸如鬼的模樣比簡直是一天一地。

胡十一老遠盯著那個最凶的未申五邊走邊瞧，他束髮後左眼上白疤完全露了出來，更顯眼了，瞧著愈發凶悍。

「就這些？還成，雖然比老子們當初手底下的還差了點兒，那姓山的也就練兵有點本事。」未申五蹲在眾人當中，瞄著演武場道。

胡十一停下腳步：「你說什麼玩意兒！」

未申五白疤一聳，瞥他一眼：「老子說什麼關你屁事。」

胡十一往上扯衣袖：「混帳玩意兒，當這裡什麼地方，頭兒給你們進來還不知道感激，你他娘的還挺橫啊！」

未申五一臉陰狠：「怎麼著，那姓山的就讓你如此服帖，這麼替他說話。」

「咱頭兒哪裡都值得服帖！就你們這群怪物，也不看看自己是什麼東西，輪得到你在這裡說三道四！」

胡十一早看他不順眼，當即拔了刀。

未申五青著臉站起來，陰笑：「想動手？老子讓你看看老子是什麼東西！」

後面幾十個人幾乎同時跟著他站起來。

胡十一身後也一下聚集來他隊裡的人。他腳都邁了過去，忽聽一聲昂揚馬嘶，一下停住，轉頭看去。

山宗策馬而來，一手提著刀，一手勒了馬，冷幽幽地看著這裡。

「頭兒。」胡十一下意識後退一步，因為知道他的脾氣，把刀收回去，沒好氣道：「那個未申五……」

「他叫駱沖。」山宗說：「以後不用再叫他未申五。」

胡十一愣了一下，看那頭一眼。

未申五在那頭齜牙怪笑一聲。

山宗看他一眼，又掃他身後的幾十道身影一眼：「帝王雖然准了，但你們是戴罪入軍所，都給我老實點。」

沒人做聲，甲辰三把未申五扯了回去。

「龐録。」山宗忽喚一聲，朝後招手。

甲辰三束著髮，露出花白的兩鬢，抬頭看到他身後幾個兵過來，帶著四個人，馬上迎了上去。

那四個人和他們一樣頭髮半長，雖然束了起來，看起來竟更像怪物，因為每個人都帶著可怖的傷殘在身上。

最前面的一個頸邊拖了長蛇般的一道疤，後面跟著的兩個人一個側臉有疤，一個左腿走路半跛，最後一個甚至斷了一臂。是當初被山宗扣做人質的四個人。

頃刻間那幾十個人全圍了過去。

胡十一被莫名其妙擠到一邊，看著他們那幾十人一窩蜂聚在了一起，轉頭去看山宗，卻見他一動也不動地坐在馬上，眼裡黑沉沉的，臉上什麼神情也沒有。

直到有個兵卒自軍所大門而來，小聲在他馬下報：「頭兒，有你的信送到。」

山宗下了馬，大步走遠。

胡十一又看那群重犯一眼，口中嘀咕一聲，跟了過去。

留下的那群人還站著，所有人圍著那四個人。

「他可有將你們怎樣？」未申五咬牙問。

斷臂的那個搖頭：「反而給我們治了傷，只是被看得嚴，不知道在什麼地方，一直藏著。」

未申五白疤抖了兩抖，青著臉，許久，哼出一聲：「算他識相。」

周遭鴉雀無聲。甲辰三看他一眼，默不作聲，只在心裡想了一下，或許當初山宗制服他們四個是有意的，而非只是因為他們容易被制服。

山宗一直到演武場中，停住了，才從那個兵卒手中接過送到的信：「哪裡送來的？」

「長安。」

他手上已經展開，看到熟悉的字就知道是裴元嶺寫來的。信裡告訴他，不確定真假，但大概長安已在查他。

山宗粗粗看完就將信撕了，扔進場中豎著的火堆裡。

裴元嶺就是不來信提醒他，他也猜到大概會有這樣的後果，在將奏報送去長安的時候已有準備。就是為了這個，他才要盯著關外動靜。

胡十一正好來了跟前。

山宗手指在刀柄上抵著，忽然問他：「我讓張威走之前派人盯著關外，怎麼樣了？」

胡十一冷不丁被問，趕緊回：「盯著呢，他們此番出兵不利，衛城裡的兵還在調動，就沒停歇過。那群孫子！」

山宗點頭，「晚點應該還會有一支綠林來給我報信，記得放他們進來。」說完轉頭要走，又停一下：「還有，那些人也是我的兵，你們沒什麼分別。」

胡十一看他走遠了，朝遠處那群聚在一起的怪物看去，嘴都張大了。

天黑時，山宗獨自走入營房。

四下黑黢黢的一片，他沒點燈，就這麼解著護臂，居然覺得有些不習慣。

神容不在，他也不太想回官舍了，一個人在那主屋裡待著，倒不如來營房裡待著。

等坐到那張狹窄的床上，還能想起她之前寥寥幾次進入這裡的情形。有一回就坐在這張床上，挨著他，彼此腿相貼。

山宗抬起手摸了摸下頜，在黑暗裡笑了笑，忙正事時不覺得，閒下來才忽然意識到，自己竟在想她。

明明分開沒多久，其實也不算遠。

活了二十幾年，他一直覺得自己算得上絕情，如今竟對一個女人這樣牽腸掛肚，以往從未有過。

忽然外面有了聲音：「山使。」

山宗思緒一收，迅速起身。

門拉開，外面一片昏暗裡站著幾個綠林打扮的漢子。

胡十一在旁道：「頭兒，他們來了。」

「嗯，」山宗說：「說吧。」

領頭的綠林恭恭敬敬抱拳：「關外一直風聲很緊，稍遠些的地方都去不了，直到這兩日，聽說他們會撤換兵馬，先有一支大部撤走，再調一支兵馬來替防，這是咱能打探到的最全的消息了。」

山宗立在門前，黑暗裡身如長松：「這麼說，若想出關，就這次是難得的機會了。」

「山使英明。」

「知道了，老規矩。」

綠林們齊聲稱是，輕手輕腳地告辭了。

山宗在門前站著，在算日子。

直到胡十一快忍不住出聲，他算完了，下令：「去叫他們整裝，隨我走。」

胡十一一聽就知道他們是指那群怪物，奇怪道：「頭兒要去哪兒，帶他們做啥？」

山宗往外走：「出關一趟。」

夜深人靜，關城上無數懸索垂落，悄無聲息地滑落下一道道身影。

落地後，人影幢幢，在黑夜裡潛入陡峭山嶺裡茂密的野林，穿梭而過，直奔關外。

天一點點亮起時，關外大風磅礴，塵沙呼捲，拍打著幾處廢棄坍塌的土臺。臺後蹲伏剛趕到此處的眾人身影。

「頭兒，咱為啥要出關來，還打扮成這樣？」問話的是胡十一。

他帶著一小隊十數人蹲在土臺的一道側牆邊，個個身著短打粗衣，正盯著最前面背對著他，面朝著一處看著的山宗。

「出來找人。」山宗單膝著地而蹲，穿一身灰黑的粗布短打勁裝，以繩綁束兩袖，一手撐著刀，低低說：「找我的兵。」

「兵？」胡十一驚愕：「咱啥時候有兵馬遺留在關外了？」幽州軍分明沒有關外作戰過啊。

山宗一動也不動：「我以前的兵。」

胡十一還沒說話，一道滄桑的聲音低低搶過了話：「你確定能找到？」他轉頭往後看，說話的是甲辰三，額間擠著幾道深深的紋路。

那群「怪物」裡除了受傷太重的四人，八十人這次全來了，一個挨一個蹲伏著，幾乎要將這附近幾座殘破的土臺下方圍滿，都穿著灰的褐的粗布短打衣裳，形如蟄伏之獸，與胡十一帶來的人正好湊夠了百人。

山宗頭沒回，盯著前面的動靜，忽而低笑一聲：「為了這不確定的事，我已等到了第四年。」

四周一片死寂。

這語氣，胡十一冷不丁想起當初隨他追去河東找金嬌嬌的那回，他在返回幽州時說的那句：「有很多事，明知無望也要去試試，無憾也是要等做過了才能說的。」

那是頭一回與他有交心之感，因而記得分外清楚。當時以為只是說金嬌嬌，如今聯上這句，忽覺多出了其他意味。

無人再多言，遠處隱約可聞馬蹄聲在奔走。天光晦暗，沙塵正濃，看不分明，但可以斷定是關外的大部在調動了。待到馬蹄聲逐漸遠去，天已亮起，只有風沙仍狂。

「可以走了。」山宗從懷裡摸出一塊布巾，抹去額上繫好，撐刀而起。

其他人跟著動起來，全部照著他的模樣，在額上繫上布巾，與在外行走的綠林人模樣無二分別。

一行人快速往前，山宗當先，迎著風，破塵披沙。直至分岔口，漫天沙捲，昏沉一片，他停了一下。

「怎麼了頭兒？」胡十一小聲問。

山宗在風沙裡辨別出方位才繼續往前：「沒什麼，想到上次來的情形了。」

是想起了神容。這次沒有她在身邊給他指路了，所幸他還清楚地記得路線。

風依然急烈，吹去地上關外兵馬留下的馬蹄印跡。

遠處胡語交雜的命令聲中，一支關外的大部兵馬在往更遠的漠北退離，那裡是契丹各部駐紮的領地。

遠在天邊橫著一道形似城牆的線，近百人影穿山過林，往其右面進發。

無一人說話，只有胡十一在趕路中，透過枝葉間隙往那天邊看了一眼，悄悄嘀咕一句：

「那邊不是往故城薊州去的方向嗎？」

不知是不是錯覺，他覺得嘀咕完這句，周遭似乎更安靜了，尤其是那群怪物，一個字也沒說，只有趕路帶來的呼吸漸沉。

山宗始終走在最前面，直到出了林子，眼中的另一邊出現蔥籠山嶺輪廓，停了下來。

「來幾個人跟我先去附近一趟，其餘人在原地休整待命。」他低低開口，一邊拿著根布條纏著刀鞘。

胡十一馬上說：「我，我跟頭兒走。」

山宗點頭，看身後那群靜默的身影一眼：「龐錄也跟我走。」

甲辰三走出來，往腰間遮掩攜帶的短刀，一面道：「駱沖也可以跟著。」

山宗掃了他身後的人一眼，頭轉回去，邁腳出發：「那就跟著。」

未申五臉上掛著怪笑，跟上去。

時辰推移，一處不大不小的鎮子漸漸顯露在眼裡，在昏沉裡看來不太真切，灰撲撲的像個幻象。

木搭的鎮口還在，卻已看不到有人出入，也聽不到半點人聲，只有鎮口半枯的歪脖大樹上棲息著幾隻老鴉，嗚哇亂叫。

山宗左右掃視，耳中聽著動靜，忽而回身扯一下離得最近的胡十一：「這邊！」

四條身影快速往側面繞去。身後，由遠及近傳來一陣快馬聲，夾帶胡語的呼喝。一行五六人的關外兵馬，披頭散髮，應該都是契丹人，看人數是慣常巡邏的。

側面荒野土坡下，山宗拆開手裡的刀，沉著雙眼，盯著那群人在前方勒馬放緩，低語：「唯一的線索就在那裡，一次解決過去。」

甲辰三也在拆刀：「左邊那個留給我。」

「右邊……」胡十一剛說，扭頭瞪旁邊，因為未申五跟他幾乎同時開口。

「老子就留給你，」未申五陰笑：「那後面的是老子的了。」

鏗然一聲，山宗手裡直刀出鞘。

風沙漫捲，那幾個敵兵呼喝著馬，遲遲盤桓不去。

忽然，當中一人看見土坡下黑影一閃，大叫一聲，夾馬衝了過來。

後面的同伴被那一聲叫吸引，也紛紛跟來，卻見那衝得最快的馬嘶鳴一聲，前蹄摔倒，馬背上的人被拖下土坡，再無聲息。

後面的想勒馬已來不及，剛至坡邊，馬前竄出人影，躲避過眼前，側面又至，手中寬口的彎刀抽了一半，呼聲還在喉中，人已從馬背上摔落。數人皆斃。

山宗從一人胸口拔出刀，胡十一拖著屍體掩下了土坡。他擦了刀上血跡，過去牽了敵兵的馬，翻身而上。

沒有一聲命令，所有人立即上馬跟上他。

快馬疾馳，繞過整個鎮子。天地灰茫，塵沙呼嘯的荒野中，幾匹馬馳到一條坑坑窪窪的土道上。

「唯一的線索在哪？」未申五吐出口沙塵。

山宗下了馬，看向土道邊：「那就是。」

那裡坐著個人。是那個瘋子，他還在。

依然衣衫襤褸地癱坐著，散亂著一頭髒兮兮花白的頭髮，遮擋著瞎了的雙眼和毀去的臉，斷了的腿邊，缺口沾泥的破碗裡斜著半隻殘缺的饅頭，早已風乾，嘴裡卻還在嘶啞地哼著那首歌謠：「舊一年，新一年……」

許是聽到了馬蹄聲，他歌聲一停，不斷往後縮。

腳步聲接近。

「誰？」瘋子縮得更厲害，啞著嗓子，受傷的嘴歪斜，口中含糊不清地說著漢話：「外面打仗了，來了好多兵，他們都跑了，他們都跑了……」

山宗站在他面前：「你為何不跑？」

「我不能跑，我不能跑，我還有事，要緊的事……」瘋子忽然停住了，伸出兩手在地上摸來：「你說漢話？你是中原人，我認識你，你的聲音我熟悉！」

山宗這次沒有刻意壓低聲音，在他面前蹲下來：「上次的話沒有說完，我現在帶人回來找你了。」

「你是誰？」瘋子激動萬分，扒開雜亂的頭髮，往他身上探：「你到底是誰！」

「我姓山。」

「姓山？」瘋子傷疤遍布的臉上一寸一寸地抖索，歪斜的嘴顫著：「姓山……」

山宗低低說：「盧龍軍在哪兒？」

霍然間，瘋子一把抓住他的胳膊，嘶聲叫了出來：「山宗！你是山宗！」

「是，」山宗點頭，儘管他看不見：「我是山宗。」

瘋子笑起來，一聲一聲，卻破碎得更像在哭：「你來找盧龍軍了！你終於找來了！那群狗賊把消息都切斷了，什麼路都沒有，這是第一千三百六十二天了，我知道你會來，你一定會來……」

後面的三個人站著，看著這一幕，誰也說不出話來。甲辰三不自覺往前走了一步：「你也是盧龍軍的人。」

「是你！」瘋子聽著聲轉頭找他：「龐錄，是龐鐵騎長！還有誰來了？還有誰？」

未申五臉上的白疤輕微地聳動，臉上白裡透青，緊咬著牙：「還有我。」

「駱鐵騎長，駱沖！你也在，你們都來了……」瘋子渾身打顫，忽哭忽笑：「我終於等到這一日了……」

胡十一早已滿眼震驚。

瘋子忽然清醒了：「盧龍軍、盧龍軍，還有、還有……」他摸著地，手指比劃著，抖抖索索在地上畫出來：「從這裡往前，我當初和他們分散了，他們藏起來了，在這裡……」

山宗看著他畫出來的路徑，巋然不動。

瘋子比劃完了，陡然退開，摸索著撥著頭髮，將蓬亂的頭髮往上撥，像是要束起漢人的髮髻，卻又抖索得厲害，而後又慌忙整衣，將左衽的衣襟扯出來，掖到右衽，再努力挺直身，朝著山宗抱起拳：「盧龍軍第六鐵騎營，全員拜見。」

左右沉默，只餘風聲。

山宗蹲在瘋子面前，如一尊塑像，肩頭擔了一層颳過的塵沙，無人看清他的神情。許久，他沉聲說：「第六鐵騎，歸隊了。」

瘋子筆直地挺著身，頭緩緩垂下，手也垂下，不動了。

「頭兒……」胡十一小聲喚他。

甲辰三和未申五解刀垂首。

山宗一言不發，將瘋子揹起來，起身說：「走。」

昏暗的天地裡，風沙哀嚎。恪盡職守的軍人在完成最後的任務後，放心地閉上了眼。

風聲裡似乎還殘留著不知何方飄來的歌謠聲，如泣如訴：「舊一年，新一年，一晃多少年，中原王師何時至，年年復年年……」

入夜時分，潛伏待命的其他人接到命令，趕往鎮子遠處那片肉眼可見的蔥籠山嶺下會合。山溝裡已經豎起一座新墳。

第六鐵騎營先鋒周小五，其實並不年老，還很年輕。

如今在關外終於認出來，卻已落下一身傷殘，聲容俱毀，白頭滄桑，成了又老又瘋的乞丐。甚至為了不暴露身分，右臂上也只剩下一塊疤，再無盧龍二字的番號刺青。但山宗還是認出了他。

不用擔心葬於關外，這裡就是故土。

他坐在墳邊，撐著自己的刀，旁邊是肅穆而立，摘下了額上布巾的一群身影。

「頭兒，」胡十一送來一包紙包的肉乾軍糧給他：「你在幽州這些年老是使喚那些綠林，就是在找他們？」

山宗接了肉乾，咬了一口，放在墳前：「嗯。」

「那為啥從沒聽你提起過？」

山宗夜色裡的雙眼幽沉如潭：「能用嘴提的話，我就不用等到現在才來了。」

胡十一默然無言。

風聲仍在，不再送來任何調兵動靜。山宗霍然站起身，抽了刀：「都跟我走。」

只是稍作停頓，又繼續上路。暗夜裡，百人身影跟隨他，直直往深山裡潛行。

不知多久，也不知多遠，又是一天快亮了，始終在山嶺間，無人開過口。

直到四周已是萬仞絕壁，山宗按照周小五的指示，往右，朝著更深處走去。像是一頭扎入了不見天日的甕罐中，就連外面的塵沙都已捲不進來。

茂密的樹木虯結繞生，荊棘遍布，很多地方甚至只能容納一人通過。這一帶人口稀少，就連山嶺都彷彿已是數百年無人光顧之地。

山宗忽然收步，抬手。後方眾人停住。

「我們入陣了。」他低聲說，忽而一聲低喝：「臥下！」

倏然間，箭羽齊發而至。

眾人反應迅捷，自地上起身，仍未見一人。

「左中下三路，你們應該熟悉。」山宗握緊刀，迅疾奔出。

不只是那八十人，胡十一帶著的人也熟悉，這就是他們練兵時演練過的軍陣。眾人隨他而動，頃刻散開突襲，避過地上的陷阱機關。

「合！」山宗在前方一聲令。

遠處有人現了身，自暗角裡一閃而過。

陣被破了。霎時遠處火光閃爍，接連亮起，在茂密的深山裡，起初如同鬼火飄搖，很快連綿成了火龍。似有無數人在往這裡湧來，雖無聲，卻氣勢駭人。

山宗卻直直迎了上去。

又是一個陣，箭矢亂飛，鋪天蓋地，雜亂無章。胡十一身邊一個兵中了箭，他頓時罵了句：「他娘的，下手這麼狠！」

拔了箭，昏暗裡一摸粗糙萬分，才發現那箭身是新做的，只怕是舊箭簇撿回來磨過後又做新了。

火光暗下，這一陣又破了。山宗身疾如風，已衝至一條山林河中，腳下入水，猛一抬手，後方眾人無人上前。

他獨自站著，衝到這明晃晃可見之地，故意親身入陣，在等。

天青白交接，風寒如割。火光又起，朝他快速衝來。

須臾一群人如狼奔至，刀映火光，揮來即砍。

山宗抬刀隔擋，如松而立，紋絲不動。

後方眾人此時才在胡十一的帶領下衝了出來。包圍著的人沒能再下手，一時對峙。火光掃去，掃開周圍一片晨霧。

「等等，是中原人！」有人叫了出來。

水中站著的山宗也被照了出來，他一手橫刀在前，抬起眼，一把扯去額上布巾。

四下突然無聲。用刀對著他的那些人如石像一般定住了，不自覺地往後退。

他們後方，走出兩三個持刀的身影，都已是兩鬢斑斑的中年，眼睛一眨不眨地落在山宗身上。

「山……」一個人出了聲，像被人掐住了喉般戛然而止，咽在了風裡。卻叫所有人都回了神，像是不敢置信，他們手中的兵器接連放下。

甲辰三和未申五走了過來，連同後面幾十道身影，陸陸續續，無聲走近，在火光裡顯露。

終於，一個中年人走過來，顫著聲：「頭兒，是你嗎？」

「是我。」山宗垂了手裡的刀，喉頭滾動：「我來找你們了。」

神容看著手裡一張黃麻紙。

天還沒亮透，蔚州驛館裡安靜無聲，她坐在妝奩前梳妝，對著一盞未滅的燭火，看著紙上寫的菜目。

紫瑞在旁梳著她黑亮的長髮，口中道：「少主如果滿意，待山使來時就如此準備了。」

神容看上面都是她父親喜愛的，將紙放下，「就這樣辦吧。」說著抬頭看烏濛濛的窗戶一眼，問：「我父親心情如何？」

「國公瞧著很好，」紫瑞回：「昨日還給主母寫了信報平安，一切如常。」

神容點頭：「那就好，稍後我去拜見他。」

紫瑞看那紙一眼，笑道：「少主日日陪伴國公就罷了，就連這等小事都想到了，山使若是知道妳如此用心，一定會心中歡喜。」以往她家少主最關心的莫過於山川河澤，何曾關心過這等小事。

神容想起山宗，心想他知道了肯定會得意才是真的，手指繞著胸前垂下的一縷髮絲，笑了笑：「我父親肯鬆口見他是難得的機會，可沒那麼簡單。」這一面若是見得好，她母親那邊才有可能好辦，這麼簡單的道理她豈能不知，又豈能不留意。

紫瑞忍不住看著她笑：「我看少主近來臉上笑容都多了。」

神容抿去笑：「妳瞧錯了。」

紫瑞只好忍笑，乖巧稱是。

神容心裡悄悄算了算日子，按行程來說，過兩日，他就該啟程出發，自幽州趕來了。想完瞄見銅鏡，看見裡面自己微彎的嘴角，她抬手撫一下鬢髮，藏去了。

* * *

山靄霧氣未散，山宗的聲音還在迴盪。

「我來找你們了。」

所有人在這句話後都退後一步，站直了身。

山宗掃視一圈，一群人穿著粗布襤褸的衣裳，有的還穿著當年盧龍軍的厚皮甲，早已磨損得不成樣；有的外面只裹著獸皮做成的甲，束髮蓬亂，鬍鬚雜生。唯有一張張臉他還能看出熟悉。

面前的中年人走得更近，盯著他，聲發顫：「你終於來了，咱們都以為你不會來了。」

山宗看著他，短短四年，他臉上溝壑叢生，比原先的模樣蒼老了十幾歲，那是當初最早入盧龍軍的一營鐵騎長薄仲。

他點頭：「我來帶你們回去。」

薄仲忽退了一步，不知為何，竟似有幾分忌憚：「還能回去？咱們現在已經是叛軍了。」

陸續有更多人從山野深處走了出來，拖著兵器，身軀乾瘦如遊影，臉頰枯槁，髮髻蓬亂，密密麻麻將這裡圍了幾圈。在漸漸亮起的天光和火光的交映裡，每個人都站得筆直，沉默不語。

山宗握緊刀：「盧龍軍不可能叛國。」

薄仲一怔，一下扔了刀，顫著手抱起拳，直接在河裡跪下：「是，咱們不曾叛國！盧龍軍從來不曾叛國！」

一時間周遭接連響起扔下兵器的聲音，有的人嗚咽出了聲，壓抑著，硬撐著，應和著林外的風聲，林間鴉聲，哀哀捲席。

山宗刀尖點河，挺拔如松地站著，聲卻已啞：「你們……還有多少人？」

「盧龍鐵騎全軍一百營，一營五百人。這裡共有三十七營，鐵騎長三人，兵一千八百九十一人。」

最先跟著他一併走出的兩個中年人也跪下了，正是另外兩營鐵騎長。

甲辰三忍不住走了過來，哽著聲：「就只剩這些了？」

原來先前那火龍陣不過是虛張聲勢，根本沒有那麼多人。

薄仲仰頭看山宗，眼裡噙著淚花：「當年咱們從薊州殺出重圍，就已折損過重，沒有援軍，所有退路皆被封死，消息送不出也進不來。起先還有萬餘人，占據一座小城與他們對抗了數月，終是被圍剿攻破，自此陸續失散，路上死的死，傷的傷。只有咱們這一支入了山，還能和他們繼續周旋，這些年來被他們數次圍剿，只能越走越深。」

未申五在旁咬牙：「然後呢？」

薄仲哽咽：「敵賊們在附近一座一座增設衛城屯兵，咱們在深山裡靠山過活，卻也不得不一直沿著山脈四處躲避，傷病饑寒，許多弟兄都沒了，終於到了這離幽州關較近的一帶，又失散了多人，也再入不得關了，咱們都已是叛軍，只能躲進更深的老林裡。」

他頓一下，眼眶通紅：「只有附近的漢人遺民還幫著咱們，不知咱們蹤跡，他們就往山口送衣糧，許多人因此被敵賊抓去沒了命，據說有些鎮子一有敵兵經過就驚慌失措，都是被抓怕了。他們還希望咱們能收回故土，還相信咱們！中原卻沒有人來，一直沒有人來！咱們沒有叛國，盧龍軍沒有叛國啊！」

頃刻所有人跪倒了。

山宗緊閉著唇，握刀的手指骨節作響，終於鬆開牙關，聲沉得可怕：「失散的那些，還能不能找到？」

「應當都還在故城附近，許是隱姓埋名了，再難相見。」薄仲喉中又一哽：「只怕加上他們，全軍也不足五千了……」

五萬盧龍軍，只剩五千，眼前的還不足兩千。山宗閉了閉眼，睜開時吐出口氣，眼底泛紅，刀一提：「跟我走，我帶你們回去！」

「真的還能回去嗎？」薄仲問。

「必須回去。」山宗說：「朝中已易主，新君對幽州之事一無所知，此番一戰，我已被查，這是難得的機會。盧龍軍要想一雪前恥，為死去的同袍正名，就必須回去！」

薄仲從河裡站了起來，山林間所有人都站了起來。一雪前恥，這不就是他們等到今日的希望。

胡十一在旁看到現在，才從震驚中回味過來，許多事仍雲裡霧裡，看向山宗，卻覺得他好似已經計畫了許久一樣。難怪會一得到機會就來了，只怕是已經等太久了。

再次等到天黑，眾人才能動身。

一支兩千人的隊伍已算長，但在浩蕩廣袤的山脈間並不顯眼，此時已經到了山林邊沿。那八十道身影早已與他們同在一處。

久別相認，幾位鐵騎長相見時不禁哽咽抱拳，有的兵只是嚼起軍中久違乾硬的軍糧，就哭出了聲。但現在，他們都靜默無聲地跟著山宗，準備出去。

夜幕一點點降臨，籠蓋四野。

胡十一蹲在林邊，照顧好自己受傷的兵，回頭又打發兩人出去探路，再去看山宗，發現他始終沒怎麼說話，這一路平靜而沉默。

不知怎麼，胡十一想起了剛建軍所時的情形，那時候他剛任幽州團練使，就是這樣，沉冷狠戾，練兵狠，制亂狠，這些年下來始終手段狠絕、以暴制暴，無處不絕情。仔細想想，好像也就打金嬌嬌來了幽州，他才有了一絲人情味兒。

他撓著下巴，想說什麼，又不知該從何說起。

「頭兒，」薄仲走過來，小聲道：「這些年那些狗賊一直盯著咱們，孫過折占據薊州做了『泥禮城』城主，一心要把咱一網打盡，他還總喜歡活捉咱們的人，此番只要出山就一定會遇到阻截。」

山宗看林外的天一眼，月黑風高，正是啟程之時，「這回誰阻截都沒用。」他起身，抽刀先行：「走！」

眾人頓時應命上路。

夜風颳了過來，攜帶塵沙，拍打著人的臉，但這是密林外面的氣息，重回人世的氣息。遠處隱約有幾聲馬蹄聲經過，夜晚還有敵兵在四處巡邏。隊伍只能貼著山林邊沿遊走，腳步聲藏在風塵呼嘯裡，一路往回關的方向。

前方忽然出現火光。胡十一立即回頭示警：「頭兒，前方有敵兵。」

一隊騎兵的馬蹄聲接近，後方有盧龍士兵伏地貼耳辯音，起身後報：「約有百人，朝這裡來了。」

比慣常的數量多，說明他們有所察覺了。一支兩千人的隊伍，恐怕無法避開他們的眼。

山宗聲音幽冷：「能避則避，避不過，就送他們去祭奠第六鐵騎營。」

頓時身後八十人一起抽了刀。

每至夜半風就轉寒，在關外無遮無攔的大地上嗚嚎，猶如鬼泣。隊伍不過快到那個鎮子附近，離幽州關城還遠，可已經必須要遠離山嶺，無所依恃。

持火巡邏的敵兵已經近了。荒野裡一片黑黢黢的，枯草起伏，馬蹄踏過去，四處亂踩，手中寬背彎刀在他們手裡四下揮砍。

不知是誰一揮火把，一下對上了枯草叢裡一雙陰駭的雙眼，左眼上白疤悚然，緊接著就被一刀抹過喉嚨。

碰上了，已經避不過。頓時周圍黑影四起，包圍向這群騎兵。

赫然數千身影，卻無一絲聲音，除了迅疾的腳步移動，只有關外胡語在嘶喊。

火光一支一支滅了，人聲漸息，周遭俐落清理掩埋乾淨，只餘下風裡散不去的血腥氣。

遠處，忽有更強烈的聲音傳了過來。一個兵低低道：「頭兒，又有馬蹄聲。」

山宗已經聽到了，拎著刀朝聲音的來源方向望去，那裡是漠北方向，敵方調兵回去的方向。

胡十一忽然匆匆跑至他跟前，喘著氣道：「頭兒，去探路的人回來了，他們調換兵馬的速度比原定的快，大部已經不分日夜趕來回防了！」

眾人無聲聚攏。一旦被大部纏上，可能就走不脫了。

山宗立即提刀轉身：「隨我撤！」

下一刻，大風已將那陣聲音清晰地送來，沉重如雷。

蔚州一連幾日天清氣朗。

驛館內，趙國公特地又穿上那身厚重的國公官袍，整肅地在廳堂裡坐下，接了一盞館役送來的熱茶湯，看門外一眼，皺起眉：「什麼時辰了？」

門外一個護衛道：「回國公，已是申時了。」

趙國公聞言手中茶盞一頓，看向身旁。

神容坐在一旁，烏髮堆雲般挽著，描著細緻的妝，手指有一下沒一下地撥著臂彎裡的輕紗披帛，輕輕抿著唇不語。

日頭已斜，驛館始終沒有外客至。

他們前幾日還只是問一問有無人至，而今日，已是月底的最後一天，料想總該來了，可特地等到此時，依然沒有人來。

「依我看，他是不會來了。」趙國公一下放下茶盞，一聲輕響，起身時已經沉了臉：「他當自己很了不起不成？我在此候到今日，已是給彼此留了顏面，他如今算什麼，可見當初對妳不珍惜，此後也不會珍惜妳！」

神容捏著手指，咬住唇。明明說好了的，她已經安排得如此周詳，他怎能不來？

趙國公來回走了兩步，一聲冷哼，便要出門：「這樣的『人中龍鳳』，勸妳不要也罷！妳不如直接回長安，山裡的事我親自去替妳料理！」

「父親。」

趙國公回頭。

神容站起身，臉上神色微冷：「請父親等等，容我幾日。」說完便快步出了門。

東來就等在門外，早已聽到動靜，忽見神容出門而來，聽她開口說：「給我備馬。」

他自知緣由，忙低聲勸：「少主不妨再等等，或許是山使有事耽擱了。」

「我就是知道戰後有事，才特地定到了月底。」神容想起父親方才的話，胸口微微起伏，一拂袖，往前走：「備馬，現在就走！」

一條蜿蜒的河水繞山而過，旁邊有野林，林裡藏著連綿高聳的山脈，直連著幽州如龍盤踞的關城。

林子裡，無數人藏著，一陣陣地喘息。

「第幾日了？」林邊，山宗撐著刀，問話時眼睛還牢牢盯著外面的動靜，擋不住周身的血腥味。

遠處不斷有兵馬動靜，四處奔走，胡語在風裡隱約可聞。胡十一在他身旁喘氣如牛：「沒顧上，反正得有好多日了，我已記不清上次合眼是啥時候了。」

那日，提前調回的敵兵大部還是發現了他們，他們被拖住了。已不知第幾個日夜，一路邊殺邊跑，才終於得以抵達這片幽州關城外的山嶺下，有人受了傷，速度就更慢了。

山宗抬頭望天，眼神一凝：「過月底了。」

頭頂一掛新月，彎如娥眉。

胡十一也抬頭看了一眼：「是，看著應是過去好幾日了。」

山宗撐著刀，垂頭喘息，忽低低笑一聲：「她一定氣極了。」原本按照計畫，一來一回時日應該足夠，但現在大部突至，他們全被拖在了這裡。

神容在等他，他卻還在關外。

胡十一沒反應過來，愣了一下：「誰啊？」

山宗沒有回答，耳中敏銳地聽到了遠處的動靜。

馬蹄聲又來了，在往這裡接近。他抬起頭，忽然喚：「十一，我交代你幾句話。」

胡十一馬上挨近：「頭兒，你說。」

山宗壓低聲：「他們兵甲不足，不可硬拼，由我帶人殿後，掩護他們入關。關城上有接應，你負責領頭，一定要將他們帶回關內。」

胡十一領命：「是。」

正要起身備戰，山宗又叫住他：「還有兩句。」

胡十一又蹲回去，聽他說完……

一支敵兵大部橫掃而至時，月上正空，馬背上的敵兵一水的披頭散髮，左衽衣袍套著胡甲，手持火把，膘馬彎刀。

他們覆蓋一般搜找追擊而來，只是沒想到這群人如此能戰能躲，這些時日下來還未能見到全貌，大多時候是小股交戰，且訓練有素，陣法詭異，一般只在夜晚出沒，到此刻仍不知對方到底有多少人。領頭的首領有十幾人之多，在馬上以契丹語低聲交談——

「可能是那群躲著的出來了。」

「必須抓到，城主過問，擔待不起。」

他們負責回防，就是擔了極其嚴苛的軍責，若不能解決，會受到嚴懲，自然無比賣命，日夜不停。

又急又快的契丹語一連串說完，他們各自分頭散開，往靠近關城的方向推進。忽然一聲急切的大叫，有人發現動靜，附近火把的光立即朝那邊湧去。

一支隊伍無聲地穿梭，趟過河水，鑽入野林，往陡峭的關城山嶺裡奔，毫不停歇。後面兵馬已經追來，箭羽亂射了一通，奈何黑夜裡樹影交錯，人影難辨，毫無作用。

望薊山的那一段關外山嶺在夜色裡靜靜聳立著。下面繞著的河水平靜無波，卻忽被一陣馬蹄踏破，漸起數尺高的水花。

一隊敵兵馬蹄先至，終於追上了前面的人影，卻不妨斜刺裡突然衝出來的一群人，冷不丁被砍倒兩人，火把落河而滅。旁邊敵兵殺過去，他們又迅速奔入黑黢黢的山腳野林。

「這裡！」一道契丹語的聲音說。

敵兵聽音調頭而去，忽然身邊的人手臂接連中刀，火把落河，一陣痛嚎。

終於有人覺出不對，回頭發現馬上的人根本不是自己的同伴。昏暗裡看，那分明是兩個束著中原髮髻的人影，騎的正是砍倒的那兩人的馬，繼而胸口一涼，一頭栽入河裡。

陣中生亂，剩下的火把還舉著，一時竟敵我難辨。混亂中，另一支敵兵趕來，才發現遠處一串漫長的黑影隊伍鑽入了山嶺，頓時疾呼中了計，他們的隊伍已經要入關城了。

有兵馬想不管不顧越過河直衝向關城，被迎頭奔來的一匹馬阻攔。

馬是他們的，馬上的人卻不是，火光裡一身灰黑粗布的勁裝，手裡一柄細長的直刀，一身凜凜，快如閃電。

「山宗！是山宗！」有人大喊起來。

呼號頓起，報信的號角聲響了起來。無數兵馬往這裡馳來。

山宗策馬揮刀，身後是聚攏而來一同殿後的八十道身影，甲辰三和未申五在馬上，其餘的人在後方。他手抬一下：「你們也準備撤。」

他們是僅剩的盧龍軍。

「老子們有數！」未申五喘著氣道。

山宗提韁遊走，始終擋在他們前方。周圍全是敵兵，忽而背上一痛，他牙關一咬，折返揮刀，馬身上也中了一刀，抬蹄狂嘶。

他迅速翻落馬背，踏河而起，奔入林中：「現在，撤！」

更多的兵往這裡奔來。

山宗倚著樹冷冷朝外望，解下臂上浸血變沉的護臂，扯了布條，將變滑的刀柄和手纏在一起，勒緊。

河水飛濺，大股敵兵衝殺而至，甲辰三帶頭穿林，退往關城下。忽覺身後追兵沒了，他回頭看，透過林子，仍可聽見不斷的馬蹄奔來，但似乎都被攔了。林外只有山宗。

關城上亮起了接應的火光，那兩千人被掩護入關了。

山宗終於穿林而來，趕到關城下，一言不發。

甲辰三上前殺了他身後一個追兵，發現他身後沿路都是倒著的敵兵屍體，退回剛抓住一根懸索，又隱約看見一地淋漓鮮血。

他順著血跡看去，就見山宗抓著懸索，半身浴血，從胸口拔出一支彎刀。

天亮時，趙進鐮得到消息，匆匆趕去城下，連外衫都是在路上穿的。

城門緩緩打開，一行數千人的隊伍站在城外。

他愣住，看著這群據說是盧龍軍的人，如同看見一群山林野人。

盧龍軍當初平定過幽州戰亂，他還有印象，傳聞說早已編入幽州軍，不復提起，怎會自關外而來。

他們的後方，數十人緩至，山宗緩緩走了出來。

「崇君，你怎麼……」趙進鐮驚駭地看著他的模樣。

山宗拎著刀，渾身是血，驀然身形一晃，勉強站住。左右有人撐了他一下，那是甲辰三和未申五。

一撐之後，未申五鬆開了手。甲辰三也慢慢鬆了手。

遠處有快馬奔來，直往城門，身後跟著十數道護衛身影。

山宗喘著氣，抬頭去看，似乎看見了馬上女人的身影，瞇起眼，卻已看不清，手中的刀倏然落了地。

神容快馬而至，片刻不停地趕了過來。

剛到城下，勒住馬，視線裡，就見男人的身影直直倒了下去。

第三十三章　盧龍再現

城下掛著醫字牌的屋舍裡，一名中年軍醫捧著藥箱匆忙而來，一頭鑽入裡間。裡面腳步紛亂，很快跑出個兵，捧著一身是血的衣服送了出來，衣服下是那柄浸滿了血的細長直刀。接著又有兵從門外而來，端著清水快步送了進去。

神容坐在胡椅上，看著不斷有人進進出出，染血的布一捧一捧地往外送，整間屋子從裡到外都是血腥氣。

她曾在他身上聞過很多次血腥味，但那大多都是別人的。這回，全是他自己的。

門外，趙進鐮正在又低又急地問：「這到底是怎麼回事？」

甲辰三滄桑的聲音傳來：「他一個人攔了幾隊的敵兵。」

「什麼？」趙進鐮驚駭：「他這是不要命了？」

胡十一聲裡有了哭腔：「頭兒都是為了讓他的兵一個不少的回來……」

外面沒了聲，一片死寂。

好一會兒，趙進鐮進了屋，走到椅旁，交握兩手，低聲道：「女郎匆忙趕回，一定疲憊了，崇君還在醫治，妳不必擔心，不妨先去休息，有事我會即刻派人告知。」

神容沒有接話，一動也不動地坐著，身上的披風未解，水青的披風領口襯著面色冷淡的臉，生生的白。

趙進鐮還想再寬撫兩句，忽見她抬起眼睛，跟著轉頭看去，剛才端著水進去的兵從裡間出來了，銅盆裡的水已全部染紅，胳膊裡還搭著一條血跡斑斑的布巾。如此情形，不知流了多少血，他皺緊眉頭，已說不出話來了。

忽聞裡間軍醫急急低喊：「快，幫忙按著！按緊！」

眼前身影一動，神容已經起身，往裡面走去。

門簾掀開，裡面的人忙作一團。軍醫一邊忙碌一邊指揮旁邊的兵：「按好了，還沒止血！」

神容看著躺在床上一動也不動的人，他雙目緊閉，赤著胸膛，明明已經擦拭過，依然渾身血跡遍布。

一個兵正按著塊布巾在他肋下，那塊布巾已然全紅，血還順著邊沿往下滴。

軍醫扶著他的肩：「那邊，胸口還有一處，莫壓到他這邊背，背上也有傷！」

神容不言不語地看著，忽然走過去，拿了塊布巾按住他的胸口。

軍醫愣了一愣，顧不得驚詫，連忙繼續：「按緊些！」

神容兩隻手都按了上去，溫熱的血浸到她的指縫裡，滑過男人的腰際，落在床上墊著的舊毯上，點點滴滴的褐紅。

她越發用了力，手掌去尋他心口的跳動，自己的心卻一下一下急促了起來。

這副身軀不久前還抱過她，和她緊密無間，現在卻傷痕遍布，一動也不動地任人擺布。她咬住唇，緊緊的，手心浸血溫熱，手背冰涼。

「夫人、夫人……」不知多久，軍醫在喚她：「可以了，血止住了。」

神容有些茫然地鬆開了手，麻木地垂著。

軍醫趕緊過來上藥，已滿頭是汗，臉都白了。

厚重刺鼻的傷藥抹上去，血腥味仍遮不住。神容回了神，才發現自己不知何時緊緊攥起手心，指甲抵著手心作疼，手裡全都是他的血。

軍醫忙完，以手背抹一下額上的汗，小聲道：「還是請夫人出去等候吧。」

神容緊抿的唇啟開，終於問：「他如何？」

軍醫支吾：「傷得過重，又撐了許久，我等自會盡力……」

神容看著那張英朗如舊的側臉，如今全藏在深沉的晦暗裡，高挺的鼻梁下一片濃重的陰影。

趙進鐮進來，看到她一手的血，趕緊道：「女郎，出去吧，這裡交給大夫。」

神容往後退了一步，轉過身，慢慢走了出去。

回過頭，門簾掀開，又垂落，遮住那副躺著的頎長身軀。

神容在胡椅上坐下，捏著披風一角便去擦手上的血跡，一遍又一遍，手心紅了，卻好似怎麼也擦不乾淨。

眼前依然有很多人進進出出，藥味瀰漫了出來，趙進鐮在旁來回走動，她全都沒怎麼在意。

「少主，該用飯了。」紫瑞站到身邊時，時候已經不早，她輕聲提醒道：「您已坐了很久了。」說話時一面為她解下身上那件披風，上面一角衣擺已經皺了，沾了她擦手的斑斑血跡，觸目驚心。

「醒了麼？」她忽然問。

紫瑞拿了塊濕帕子為她重新擦手，朝裡間看一眼，又看到她掌心裡泛起的紅，默然無言。

神容沒再朝裡看，也沒再問，抽回了手。

紫瑞只能默默退走了。

不知過去多久了，似乎連門外的天光都暗了，不再有人進出，但軍醫一直沒出來。忽有一個守城的兵跑來門外：「刺史，有許多車馬往城中來了，是朝中官員車駕。」

趙進鐮聞言一驚，連忙快步出去。

胡十一忽然衝到門口，一身髒兮兮的血污到現在都沒清理過：「朝中的人？難道是查頭兒的人，他們居然這麼快就來了！」

趙進鐮不禁止步在門前：「此言何意，什麼查他的人？」

胡十一道：「頭兒在關外說過，這一戰後朝中就在查他了，所以才更要帶他的兵回來。」

趙進鐮詫異。

「刺史，人到了！」守軍提醒。

趙進鐮這才沒問下去，匆匆出門。

神容轉頭看去門外，扶著椅子起了身，緩緩走去窗邊，半邊身掩在窗扇後，看向外面，有一隊車馬直接駛來。

驅馬拉就的車駕，左右各有一隊披甲執槍的禁衛跟隨護送，從城門處直拖至此，足有數百人，頗具威儀，橫開而攔，將城門到城下一帶圍了個嚴實。停下後，禁衛中打馬而出兩個盔甲嚴密的佩劍武官，一左一右威嚴勒馬。

他們中間又出來一匹馬，上面坐著個頭戴高帽，手挽拂塵的內侍。下馬後，內侍從懷裡恭恭敬敬取出一份黃絹，尖細的嗓音冷冰冰道：「幽州團練使何在，速來接旨。」

趙進鐮大驚失色，慌忙上前拜見：「不知聖駕座前親臨邊關，山使重傷在身，微臣幽州刺史趙進鐮，願代其接旨。」

後方左右守城兵卒也全跪了下來。

「重傷在身？」內侍細著嗓子道：「人在何處？」

趙進鐮道：「就在這身後醫舍中醫治。」

「就在此處更好。」內侍朝左右各看一眼。

兩名武官立刻揮手，一群禁衛上前，圍住了門。

神容掃去一眼，他們對於門內的人根本沒多看一眼，只不讓人進出，像防著山宗要逃一樣。

內侍毫不多言，展開手中黃絹宣讀：「奉聖諭，今查先帝密旨遺錄，幽州團練使山宗背負舊案，殺前任幽州節度使李肖崮，麾下盧龍軍全軍叛國投敵，數罪在身，卻得特赦潛鎮幽州數載。念其此番力退強敵，保城護礦，有不世之功，今聖重視，特親審舊案，著令其歸案，幽州官兵不得庇護，若有違背，視同謀逆。」

趙進鐮愕然抬頭。

四周寂靜無聲，從城頭到城下。他們幽州的軍首，鎮守幽州的英雄，忽然成了殺人叛國的惡犯。

神容手指一動，怔怔地看著窗外那一幕，手上他的血還未乾，卻收到這突來的消息。她曾問他，他被特赦的是不是就是盧龍軍叛國之罪。

他當時說：那是最重的一條。

現在他還在裡面躺著，朝中問罪的已經到了。

在聽到她父親說他此戰驚動了今聖時，她便隱隱有所感，現在方知擔心的是什麼。就是這一刻。

忽然一道身影衝了過去，雙手捧著什麼，在趙進鐮身旁跪了下來：「盧龍軍不曾叛國！請聖人明察！」

內侍細著嗓子怒斥：「何人在此造次！」

那是胡十一，手中舉著一份書函，大聲吼道：「幽州軍所百夫長胡十一，奉幽州團練使山宗之托請命，上呈實情，盧龍軍殘部已被尋回來了！他們不曾叛國！」

趙進鐮在旁震驚地一個字也說不出來。

神容一手搭上窗沿，這不是胡十一會說的話，這一定是山宗交代好的，那份書函也一定是他早就備好的。

她聽見後面軍醫在裡間忙碌渾然不覺的低語聲，冷冷看向那輛車駕。車簾忽然一動，有人從車裡出來了，一身赤色官服，白面清瘦，君子端方。

神容朝他看了一眼，認了出來，竟是河洛侯親來了。

他看了看胡十一：「你可知所言有半句虛假，就是欺君罔上的死罪？」

胡十一粗著嗓子高聲道：「知道！頭兒沒有叛國！盧龍軍沒有叛國！盧龍軍就在眼前！」

神容心神一震，忽然看向胡十一後方。

那群打扮成綠林的八十道身影，從城下的那一頭，走到了這一頭。車駕前的禁衛頓時在馬上持槍相向，防範以對。

就連河洛侯也不禁往後稍退了半步：「來者何人？」

那群人到了車駕前，放下兵器。甲辰三走出一步，抱拳：「盧龍軍第九鐵騎營鐵騎長龐錄。」

未申五抱拳：「盧龍軍第十四營鐵騎長駱沖。」

「盧龍軍第三十九鐵騎營鐵騎長……」

「盧龍軍……」

河洛侯打量他們，似是思索了一番才道：「這些名字我有印象，山宗上呈的奏報裡提及了你們隨他擊退了敵軍，原來你們這群重犯便是盧龍舊部，莫非是想說自己作戰有功，盧龍軍便沒有叛國？」

話音未落，卻見他們的後方還有人前來。

神容早已看著那裡，剛到時在城門外見過的那支野人一般的隊伍，正自遠處城下緩緩過來。

他們一直沒走，從山宗倒下去後就一直沒走，始終待在城下，許多人身上帶著新包紮的傷，靜默沉緩地走近。最前方領路的是三個中年人，衣衫破敗，甲冑古怪，形容枯槁，努力地挺直著身，不言不語，拖著已舊損的兵器。

走近了，他們與前面八十人的隊伍合成一支，紛紛放下兵器。一人走出抱拳：「盧龍軍第一鐵騎營鐵騎長薄仲，率盧龍殘部一千八百餘人隨盧龍軍首山宗衝破關外敵兵攔截，剛至幽州。」

無一絲其他聲音，連遠處城中的聲響都模糊遠去了。城下只剩下這群人的聲音。

河洛侯顯然愣了一愣，走出一步：「何以證明你們就是盧龍殘部？」

甲辰三一把拉起右臂衣袖。

所有人行動一致，全都拉高右臂衣袖，盧龍二字番號刺青清晰可見。

神容靜靜地看著，知道他去幹什麼了，知道他帶回來的是什麼人了。

詭異地對陣了片刻，河洛侯溫雅伸手，終於接過胡十一手裡的那份書函：「帝王重視，遲早會比照盧龍舊部名冊以驗虛實，山宗既敢上呈，我便接了，轉呈御前。」說完他將書函收入袖中，朝身旁示意。

一名武官下馬，往屋舍而來。

神容站在窗側，看著那武官直入門內，目不斜視地走入了裡間。

一陣慌亂動靜，不多時，他出來，腳步快速地走了出去，在河洛侯跟前低低說了句：「曾在先帝跟前見到過，的確是山宗本人，他已……」

後面沒有聽清，只看到河洛侯溫淡的臉上眉心一皺，點點頭，什麼也沒說，上了車駕。

外面禁衛收攏，車駕離開屋舍前。趙進鐮此時才起身，連忙跟了上去。

神容沒管他們去了哪裡，只在意他們剛才的神情和說的話，忽然心口突突急跳，回頭往裡，一直走到裡間。

幫忙的兵走了出來，迎上她，竟用手在簾前擋了一下，垂著頭道：「夫人還不能進，軍醫還在救。」

神容對著簾子站了片刻，想著他將一切都安排好了，現在就這麼心安理得地躺在裡面，冷冷點頭：「好，救，我等著。」

天黑了，又亮起，一日過去了。

紫瑞將一塊濕帕子送向眼前。

神容靜靜接過，擦了臉和手，放下後，端起面前一碗熱稠湯，慢慢喝完。

紫瑞努力找出句話：「東來去打聽了，那位河洛侯好像不在幽州了，也不知是不是就此返回長安了。」

神容沒說話，似乎並不關心。

紫瑞還想說什麼，比如請她離開這間屋舍去好好歇一歇，她到現在也只是坐在這胡椅上閉了會兒眼，但看她一句話也沒有，還是沒有說出口。

「出去吧。」神容忽然說。

紫瑞看了看她的臉色，只好默默退去。

門外的光照進來，直拖到神容得衣擺邊，一灘凝滯的昏白。她動一下腳，不知什麼時辰了，轉頭往裡間看。

門簾掀開，軍醫忙到此時，終於走了出來，眼下青灰，一頭虛汗。

神容站起身，想問如何，張了張嘴，卻沒發出聲。

「夫人，」軍醫抱拳：「山使的傷用過止血藥後已縫合包紮妥當，該處理的都處理好了。」

「嗯。」神容聲音很輕：「然後呢？」

軍醫忽然垂下頭，竟緩緩跪了下來：「山使始終未醒，眼下已滴水不進，恐怕……」

神容怔怔看了他一瞬，腳步一動，直往裡間走去。

揭開門簾，床上那道身影依然一動也不動地躺著，身上包紮好了傷口，纏繞了一道一道的白布，側臉半藏在昏暗裡，下頜如刻鑿出的一道，周身鍍了一層朦朧的光，如真如幻。

她的眼一眨不眨地看著，忽然一把放下門簾轉身往外走，直到門口：「去把幽州全城的大夫都叫來！」

門口守著的東來抬頭，看她一眼，剛要走，卻聽她身後的軍醫小聲勸道：「夫人，我等真的能做的都做了……」

神容握緊手心，胸口輕輕起伏，看著還沒走的東來：「還要我說第二遍？」

東來立即快步而去，為儘快叫人，將長孫家所有護衛都帶去了。

幾乎只是片刻功夫的事，城中各大醫館的大夫陸陸續續地被帶來了。

神容就站在裡間簾外，看著他們一個個走進去，又一個個退出來。

有人一頭從屋外跑進門裡來，是廣源。

「夫人……」他只喚了神容一聲，其他什麼話也沒說出來，急匆匆就進了裡間。

終於，最後一個大夫也出來了，卻無人上前來說結果。

最終還是東來緩步走近，垂首低語：「少主，他們的確能做的都做了……」

神容臉上白得生冷，攥緊手指：「我親自去找。」

一定是找的大夫不夠好，他才還沒醒。這些人都靠不住，沒有一個靠得住的，她得親自去找才行……

快步走到門口，她忽而停住了。

外面是一群坐著的人，一見她出來，紛紛站了起來。胡十一坐在最邊上，第一個爬起來，瞪大眼睛看著她。

旁邊是先前在河洛侯跟前自報為盧龍軍鐵騎長的一群人——那個薄仲和一起來的兩個中年鐵騎長；那群重犯裡的一群熟面孔，甲辰三龐録在，甚至連聳著白疤臉色不明的未申五駱沖也在。

所有人都盯著她，彷彿在等她的結果一樣。

城門口忽有快馬往這裡而來，一行十數人的隊伍，馬蹄聲急切，最前面一人速度飛快，箭一樣衝了過來。

神容看過去。

馬到了跟前，馬背上的人翻下來，一道穿著甲冑的少年身影，小跑到她跟前：「嫂嫂！」是山昭。他來得太急，還在喘氣，急急道：「大哥被聖人下令徹查，山家上下都驚動了，聽說朝中已派了人來，他現在如何了？」

神容看著他焦急的雙眼，唇動了動，想著屋裡躺著的身影，沒能說出話來，緩緩往後退開兩步。

山昭錯愕地看了她一眼，又朝屋裡看來。他的身後，一行隊伍已悉數到了跟前。很多人下了馬，朝屋門走來。

山昭往裡進來時，兩個青年男子也跟著進了門，皆是胡服甲冑，身配利劍，進門後停住，在一側候立著，那是山家的兩個庶子，山昭的兩位庶兄，山宗的庶弟。

他們的後面，快步走入一襲寬袖疊領綢衣的楊郡君，一眼就看到門口的神容，立時握住她的手，似很驚喜，柔聲道：「阿容，可算見到妳，妳也在，我早知妳一定會在。」

她的身後，還有一人走了進來，穿一襲寬大的圓領袍，上了年紀的眉目，剛正英武，目光從門口那群人的身上，看到神容身上。

神容看過去，依稀在他臉上看到幾分山宗的模樣。那是山宗的父親山上護軍，幾年未見，如今他只是這般尋常裝束，再也不像當初那樣總穿著胡服戎裝了。

門簾裡忽然撲出廣源的身影，一下跪倒在地，顫聲拜見：「郎主，主母，是我無能，未能照顧好郎君……」

山昭一聽，拔腳就朝裡間跑了過去。

楊郡君詫異地看了廣源一眼，鬆開神容的手，連忙也往門簾而去。

眼前幾人都去了。

下一刻，裡面傳出楊郡君撕心裂肺的哭聲：「宗兒……」

神容像是被這一聲哭喊驚醒了，走回裡間門口，手指捏著門簾，終於揭開，慢慢走進去。

床前站著紋絲不動的幾人。

楊郡君跪在床前，往前撲在躺著的男人身上，早已泣不成聲：「宗兒，你睜眼看看，睜眼看看我們啊，四年了，為娘終於能來看你了……」

山昭在旁低著頭嗚咽：「大哥……」

床尾站著山上護軍，直身垂眼，看著床上的兒子，如一株枯松，不言不語。

神容看著他們，胸口一點一點起伏，越來越劇烈，想叫他們都別哭了，人還沒死，哭什麼？啟開唇，卻像被人扼住了喉嚨，一個字也說不出來。

不知多久，山上護軍伸手去扶楊郡君，卻被她推開，她撲在兒子身上，聲嘶力竭，再不復平日山家主母的莊重：「起來啊宗兒，讓為娘替你！你起來，有什麼不能說的苦都讓為娘替你受吧……」

神容想起來了，她剛才要去幹什麼？對，要去找大夫。她轉頭出去，腳步飛快。

到了門外，卻被東來及時攔住，他垂下眼簾，低低道：「少主，城中能找來的大夫都已找了。」她臉上已無血色，東來必須阻攔。

神容冷著臉：「讓開。」

胡十一忍不住跑到跟前：「難道頭兒他……」眼眶瞬間紅了。

「他什麼？」神容喉間乾澀，如有鈍刀在割，聽見楊郡君痛徹心扉的哭聲，冷冷說：「他分明還沒咽氣，幽州這麼大竟連個有用的大夫都沒有，不過如此！沒有就去檀州找，再沒有就去河東、去洛陽、去長安！」她往外走，去尋自己的馬。

身後有人走了出來。那群鐵騎長忽而退後了幾步，站直了，皆面朝著那人，沉肅而立。

那是山上護軍，懷裡扶著已經暈去的楊郡君。

兩名山家隨從立即上前，左右攙扶住她去安置。

在場的人沉默無言。山上護軍一一看過在場每個人的臉，朝神容走了過去。

神容沒留意，她一心急著去尋醫，身邊始終緊跟著東來，剛一手牽住韁繩，轉身就被人攔住了。

山上護軍站在她面前，聲音沉啞：「別奔波了神容，妳的臉色不好，我派人替妳去。」他揮了下手，跟來的山家軍中有人抱拳，騎上馬走了。

神容看到真有人去了，才輕喘著鬆開了手。

「看到他們我便知道這是怎麼一回事了。」山上護軍看那群人一眼，眉壓著，額間擠出深深川字：「沒想到他真把他們帶回來了。」

神容看向他：「那些都是他的盧龍軍。」

「我知道，」山上護軍點點頭，看著她，眉宇間一片濃重的滄桑，像是瞬間蒼老了十歲：「你們的事我也聽說了。我有些話與妳說，如今他已到這個地步，或許是時候讓妳知曉一切了。」

神容的心往下墜，輕輕合住唇。

黃昏已重，夜又將至。

隔壁屋裡，山上護軍直到此時才終於將要說的話說完。起身離去前，他鄭重說：「當年的事叫妳受委屈了，是我山家對不住長孫家。」

神容看著他離開，竟然什麼心緒也沒有，從門裡出去，往隔壁走。

門口依然站著那群人，不知道他們這樣等了多久。

神容從他們面前經過，沒有看他們，直直走入屋中。

忽聞兩聲急促腳步響，軍醫又奔入了裡間。

廣源在裡間門口抬起臉，滿眼淚水：「夫人……」

神容的心口忽如重撞，快步走過去，掀簾而入。

山家的人還在裡面站著，除了楊郡君。

「好了，別再折騰他了。」山上護軍站在床邊，聲音似無比疲憊。

軍醫站在床頭，一根一根拔去床上的人身上的銀針。

神容瞬間手腳冰涼。

這里加了一盞一盞的燈火，透亮照著這一方空間，如在白晝。可床上的人始終躺在深深的陰影裡。

軍醫腳步沉慢地退了出去。

山上護軍沉默地站了一瞬，吩咐身旁：「去把東西取來。」

山昭抹了眼，出去時腳步踉蹌。

山上護軍看著床上的山宗：「我本是來替你做證詞的，現在大概是不需要了，你以往的東西我帶來了，現在就拿來給你。」

山昭回來了，雙手托著疊得齊齊整整的一捧玄布。

山上護軍轉身，兩手拿了，振臂一展，緩緩蓋在山宗傷痕累累的身上。赫然一面玄色旗幡，上面醒目的兩個赤金大字：盧龍。

他俯身，聲已哽咽：「我曾在你離家時怒斥過你，卻也知道，不論走多遠，你永是我山家最優秀的兒郎。」

山昭嗚咽出聲，垂頭跪下。旁邊兩個兄弟也一併跪了下來。

胡十一忽然一頭闖了進來，看著眼前這幕，眼中一紅就跪了下來：「頭兒……」

身側人影輕動，神容往床邊走近兩步，輕輕說：「他還在，你們這是做什麼？」

胡十一抬頭看見她出神的側臉，黝黑的臉上已止不住淚水橫流：「頭兒留了話給妳，說如果他自己沒法開口，就由我轉達。」

山上護軍轉頭看神容，喉間哽著，點頭：「那我就把他留給妳了。」說完拉起山昭往外走，腳步沉重。

其他人都出去了。

神容站著沒動，看著床上的人。

胡十一拿袖口蹭了蹭眼，強忍著道：「頭兒其實一直算著日子，不是有心錯過去見妳，他連身後事都交代好了……」

那晚在林間躲避時，山宗後來叫住他說：「還有兩句。」

胡十一蹲回去，被他交代了要替盧龍軍轉呈書函之事。

山宗後來說：「若真有這種時候，那我一定也快不行了。你替我告訴她，我本打算獨自走這條路，只是與她再逢後，有了私心。」

胡十一道：「頭兒你這話說的，不是你以前罵我不要隨便說死嗎？就是死咱也不能死在這關外啊！」

山宗扶著刀笑了：「當然，就是有一口氣我也會活下去，我是說如果。」他的笑沒了，「你得告訴她，她是我的私心，絕不是我會隨意棄之不顧的，答應過她的事，就是有一絲可能我也會做到。」

胡十一這才點頭：「好。」

山宗最後起身前轉頭朝關內望了一眼，忽說：「若我哪一日真死了，就將我葬在望薊山裡吧，居北朝西。」

胡十一當時只覺不解：「為啥？」

「讓我永鎮幽州，西望長安。」他笑了聲：「為叫她知道，永遠有座山在這裡等她。」

神容在床邊坐下時，胡十一出去了。大概澈底入了夜，周圍靜得出奇。

她看著身上蓋著盧龍軍旗的男人。

「你不要以為聽你父親說了以往的事，我就會心疼你了。也不要以為叫胡十一轉達了那番話，我就原諒你了。」她低低說：「我不會饒過你的。」

床上的人側臉浸在燭火裡，鼻梁和側臉描了道昏黃的邊。

她的頭往下低，靠近他耳邊：「這回我真去找個比你好的人嫁了，反正你也沒法再追來了。」

他依然不動，深邃的眼緊闔，薄唇抿成一線。

「你以後就獨自在望薊山裡睡著吧，我才不會來，我以後都不會再去那山裡了，也再也不來幽州了。」她貼近看他的臉。

「我一點都不傷心，一點都不……」

他的臉有些模糊了，有什麼一滴一滴落在他臉上，又落到他胸口的盧龍軍旗上，暈開一小塊一小塊的水跡。

神容低著頭，觸到他的鼻尖，喉中堵著，許久，才顫著聲輕輕罵出來：「壞種……」

山宗陷在綿長的夢裡。

夢中是當年黑黢黢的長夜，一戰方歇，他一身玄甲，撐刀坐在幽州城頭上，看著遠處火光漸熄。

忽有人拍了下他的肩，他回頭，對上一張齜牙笑的臉。

「難受不頭兒？這都什麼事，好好的幽州何時打仗不好，非在你成婚的時候打，害你連新夫人都沒陪好就接了調令來這兒，幾個月下來也就調兵才回了洛陽幾趟，怕是每回連凳子都沒坐熱就走了。」

那是駱沖，穿著盧龍軍的黑皮軟甲，一張臉稜角凌厲，尤其是笑起來的時候。

數月前幽州突受關外侵襲，奚和契丹聯軍由契丹貴族孫過折統帥，殺進關內。轄下九州二縣接連潰敗，一片大亂，幽州城更是死傷無數。

幽州節度使李肖崮急報無力抵擋，請求朝中援兵。聖人以殿前「鷹揚郎將」封號密調山宗出兵來援，當日正逢他成婚。

山宗的手轉一下刀鞘，心想什麼叫沒陪好，根本連洞房都還沒入，懶洋洋地道：「反正戰亂已平，很快就能回去了。」

駱沖往嘴裡塞根草，叼著坐他旁邊：「你那新娶的夫人如何？」

一時間後面聚來好幾個湊熱鬧的，連向來穩重的龐錄都拎著水囊坐過來了。

「是啊頭兒，快說說。」

山宗想到長孫神容，先想起當初剛訂下親事後不久，在長安被裴元嶺拖去大街上的情形。春日的街頭熙熙攘攘，一輛車駕當街而過，車周垂紗，裡面的人若隱若現。

裴元嶺以肘抵了抵他，忽朝車喊了聲：「阿容！」

垂紗一掀，車裡的少女歪頭看出來，垂雲烏髮，璨星眼眸，態濃意遠、繡羅春裳的金嬌麗人一閃而遠。

「如何？」裴元嶺勾著他肩嘆氣：「那就是我裴家子弟一個也沒搆上，卻被你奪去的長孫家至寶。」

山宗當時看著那輛遠去的馬車，抱起手臂，瞇了瞇眼：「我運氣不錯。」

其實婚前已見過她那一回了。此時，他勾起唇，說了同樣的話：「我運氣還不錯。」

頓時身邊一陣笑：「看來是個大美人兒。」

「改日請來大營讓咱們拜見！」

「下回咱第六營要再立功就請新夫人來給咱授賞！」是先鋒周小五在瞎起鬨。

山宗回想起離家前換下婚服時她過來送行的模樣，遠遠站著看他，並不接近，笑了笑：「她可是個受寵慣了的高門貴女，你們想嚇著她不成？」

「那哪能！」有人笑道：「頭兒此戰又立下大功，回去聖人該給你封疆建爵了，正好送給新夫人做賀禮！」

「說不定能管個像幽州這麼大的地盤兒，當個節度使呢！要麼就是統帥一方都護府，做個大都護！」

山宗迎著夜風浪蕩不羈地笑兩聲，意氣風發：「真有那時，全軍隨我一同受賞進封。」

城頭城下一陣山呼，全軍振奮，行將班師，每個人都很雀躍。

喧鬧中，一個兵跑了過來：「頭兒，聖人密令。」

山宗笑一收，接了過去。

營帳裡，諸營鐵騎長會聚。

「聖人密令奪回薊州？」

一營鐵騎長薄仲第一個開口，很是驚詫：「咱們不是來平幽州戰亂的嗎？如今都要班師了，怎又要出兵關外？」

山宗坐在上首，身上披著厚厚的大氅，手裡捏著那份密令，面前是幽州一帶地圖，右上角就是薊州。

「我已上書聖人，薊州被奪十幾載，敵兵已根深蒂固，或許連這地圖上的情形都變了，若要出軍關外，最好還是從長計議，謀定後動。但聖人聽幽州節度使報了其已追擊敵軍到薊州附近，認為時機難得，下令盧龍軍配合幽州兵馬乘勝追擊，奪回故城。」

駱沖陰笑：「就那無能的幽州節度使，九州二縣的兵馬在手，這些年也沒奪回薊州，還被關外的打成這樣。如今靠咱們盧龍軍給他平了亂，他倒是急著追出關去討功勞了，還叫咱們配合他！」

龐錄踢他一腳：「你那狗嘴少說兩句，既然聖令已下，領命就是了。」

「記著，」山宗說：「這一戰是密令，在出關之前不可透露消息。」

「不能正大光明說，那咱還能有戰功嗎？」第六鐵騎營的鐵騎長喊道。

薄仲笑罵：「還能少了你的？只要拿回薊州，讓那兒的百姓回了故土，那也是功德一件了！」

有鐵騎長嗆道：「就他們第六營每回開口閉口戰功戰功，打的時候還不是衝最前面，命都不要！」

大家笑起來，紛紛抱拳離去。只能暫時放棄歸家團聚，準備再上戰場了。

等所有人都離去了，山宗還坐著，將手裡的密令又看一遍。

薊州陷落多年，情形不明，他始終覺得此戰安排得有些突然，幽州此時應當休養生息，而非急於反擊。奈何帝王之令，不得違背。

「頭兒，」一個兵進來抱拳：「可要將暫不班師的消息送回洛陽？」

他搖頭：「不必。」密令在身，多說無益。

山宗起身備戰，脫下大氅才想起自己還在新婚中。

一晃已快半載，居然還跟他的新婚妻子算不上熟人，他都快忘了有沒有跟長孫神容說過話了，竟有些好笑。

孤月高懸，關外大風凜凜，大軍推至薊州地界外。這裡目前已被控制住。

作為帝王任命的此戰最高統帥，幽州節度使李肖崮在軍陣最前方的馬上，一身盔甲厚重，嚴嚴實實地壓著他高壯的身軀。

他在月夜裡高聲道：「此番兵分兩路，左右兩線進發，掃清沿途殘餘逃竄的敵兵後會軍，一鼓作氣，直搗薊州！」

山宗坐在馬上，一身玄甲凜凜，手持細長直刀。

後方駱沖正低聲跟龐錄嘀咕：「憑什麼讓他來統帥老子們？」

「誰讓他是位高權重的節度使，」龐錄小聲回：「又追擊敵兵占了先機。」

駱沖瞧不起似的笑了一聲：「先前還不是被打得那麼慘。」

山宗抬一下手，後面就沒聲了。

李肖崮是宗室出身，聖人對他算寵信，否則不會特調盧龍軍來這裡支援他平亂。此戰讓他任統帥，並不意外。何況薊州原本就屬於幽州轄下，奪回薊州是幽州節度使分內之責，盧龍軍此戰只可能是協助配合。

一匹快馬奔至，勒馬停在陣前，馬上盔甲嚴密的人臉白眼細，看著山宗：「我在左下場等你兵馬來會合，月日星時發起總攻。」

是幽州轄下易州的將領周均，此番九州幾乎全境潰敗，唯他所在處還抵抗到底，比其他地方好上許多，才能參與此戰。他說的是句暗語，只有他們參戰的人才知道會軍的時間、地點。

山宗點一下頭。

周均將走，又低語一句：「奪回薊州是不世之功，頭功我不會讓，你我各憑本事。」

山宗這才看他一眼，痞笑：「你隨意，我長這麼大還真沒被誰讓過。」

周均似覺得他張狂，臉色有些陰沉，策馬就走。

大軍進發，左右分開兩路，即將連夜奇襲。

李肖崮帶著人馬坐鎮後方，攔一下將行的山宗：「山大郎君不必親自率軍出戰，你手下那麼多鐵騎長哪個不以一當千，讓他們去即可。」

山宗勒住馬：「盧龍軍必須由我親自領軍。」

李肖崮似沒想到，訕笑一聲：「原來如此，不愧是山大郎君。」

山宗看他一眼，又特地看了他身後的兵馬一眼，轉頭出發，半路招了下手。

一個兵打馬近前：「頭兒。」

他下令：「留兩萬鐵騎在後壓陣。」

薄仲跟在一旁，見狀小聲問：「頭兒怎麼臨時變了策略？」

「以防萬一。」山宗揮一下手，黑暗裡數營齊發。

各鐵騎營有序行動，沿著事先定好的路線清除障礙，從而扼住進退要道，與另一邊周均所率兵馬會合，繼而一舉發動總攻。

一支一支騎兵派出，馬蹄聲震踏。

山宗坐在馬上看著，辨別著動靜，眼睛一點一點掃視左右，薊州城已在前方不遠，這裡荒野漫道，山丘野澤，卻沒遇上該有的障礙。月夜下，鐵騎營踏過毫無停頓，沒有逃軍身影，只有日復一日被風吹過的塵沙。

他忽而下令：「後撤！」

乍現火光，原本空無一物的遠處多了兵馬衝殺出來。

有兵快馬飛奔回報：「頭兒，咱們遇到埋伏了！」

浩浩蕩蕩的敵軍自四面而來，圍向各鐵騎營出兵方向。海潮一般的兵馬陣中已廝殺起來。

龐錄自前方衝殺過來，急道：「是孫過折的旗幟，兵馬沒有疲態，重兵埋伏！」

駱沖緊跟著殺了回來：「老子們的兵馬都被他們摸透了，每條必經之路上都有人！連你定的暗角那兩支鐵騎都有埋伏！」

那就是事先準備好的。山宗當即抽刀策馬：「調後方兵馬，突圍！」

傳令兵高揮令旗，在衝殺的火光裡下了令。

重兵埋伏的敵兵將各支鐵騎從原來的路線往一處推壓，大有一舉打盡的架勢。忽而後方來了兩萬鐵騎悍軍，由薄仲率領，衝殺而入，破開了缺口。

頓時盧龍軍殺出重圍，往後退去。大概沒想到會有這一招臨時的後手，追兵喝罵不止，緊追不捨。

山宗親率大軍突圍，快至後方，看見幽州節度使兵馬迎面趕來。

領兵的將領高喊：「奉統帥之命，特來接應山大郎君！」

他頓時眼底森冷：「往側面！」

龐錄隨他往側面策馬，一面問：「頭兒為何避開接應？」

「他們不是來接應的。」

山宗話音未落，接近的節度使兵馬對著他們的人舉起了刀。

後方孫過折的兵馬和前方李肖崮的兵馬擠壓而來，他帶著人從側面衝殺出去。

一道圍擋城牆，連著座甕城，現有的地圖上沒有，這是敵兵新建出來擋住薊州城的。

城內敵兵死盡，如今全是突圍而至的盧龍軍。這是唯一還能前往去會合的道路，但現在已被堵死，外面是層層包圍的敵兵。

「老子們的戰策和路線全被他們知道了！得到的消息卻全是假的！」駱沖在城上一身血跡地走來走去。

「咱們水糧不夠，沒有補給，已經撐了這幾日，很快就會抵擋不住。」薄仲道。

「李肖崮那個王八孫子，居然對咱們的人下手。」龐錄皺著眉，想不通。

山宗握刀坐著，從牆磚凹口中盯著外面的動靜：「他和孫過折是一路的，現在一擊沒有得手，只會更想我們死。」

眾人很驚愕，一時無聲。

忽然號角聲起，外面大軍壓來。

「攻來了。」所有人立刻備戰。

山宗站起來：「能衝就往外衝，多一個人出去就多一個隨我去搬救兵。」

隨聲而來的是一陣烏壓壓的尖嘯，漫天箭雨。

月黑風高，記不清多久了，也不記得揮了多久的刀。

山宗策馬衝出了包圍。

風聲呼嘯，出來才發現是另一次突圍的開始。

以他的眼力，約有五萬敵兵，和盧龍軍一樣的兵力，但早有準備，毫無折損，現在還多了李肖崮的數萬兵馬。

山宗行動前看到了李肖崮的兵馬，根本不是他上報朝廷所說的無力抵擋之態。他有兵，還很多，卻還是任由關外大舉而入，踐踏幽州。所以所謂的追擊到薊州，不過是他和孫過折合演的一齣戲。

身邊跟隨他突圍出來的人越來越少，餘光裡，孫過折在馬上的身影一閃而過，髡髮垂辮，似在遙望那座甕城，如看甕中之鼈。

前方火光飄搖，出現了幽州旗幡，山宗人在馬上，眼神漸沉。

一字橫開的節度使兵馬橫擋在前，黑壓如潮。他豎指朝後比劃兩下，俯低身，刀收在側。

隨他突圍而出的只剩了二三十人，卻頃刻會意，左右散開，快馬加鞭，直衝而去。

橫攔的隊伍被一舉衝散，一瞬便又回攏去追擊他們。但這一瞬已足夠讓山宗直衝後方，一把扯住李肖崮拖下馬背。

李肖崮摔落馬下，未反應過來，人已被提起來。

馬背上的人一手勒著他提在馬前，一手從上用刀尖指著他的脖子：「讓你的人都撤！」

左右驚慌失措，沒人能料到他能於千人陣中直取大將。

李肖崮背貼著馬，憋青了臉：「山大郎君莫要衝動，殺節度使可是重罪！」

山宗冷聲：「撤兵。」

「我是在對陣孫過折，因何要我撤兵？」

「撤，還是不撤？」山宗的刀尖在他頸下抵出血跡。

李肖崮終於意識到他可能會動真的，慌道：「勸你不要亂來，聖人如此器重你，連讓你做幽州節度使的話都放了，你可別自毀前程！」

「什麼？」山宗眼裡黑沉沉一片，人往下低，刀在他頸邊壓緊：「這就是你反的理由？」

李肖崮臉上青白交替，又脹紅，急切道：「我不算反，只不過是多謀劃了一步，反正這朝廷也容不下我了！給你指條明路，你的兵馬還不如跟著我們，待我們與朝中講了條件，就會有大軍集結，屆時等我將這朝廷換了，還算什麼反！」

山宗咬緊腮，果然他們是一路的。

遠處，數十快馬疾奔而來，直衝到對峙陣中，衝天的一陣刺鼻血腥味。

為首的駱沖左眼鮮血淋漓，後面有人半腿鮮血，但無人去管。他們下了馬，全都橫刀，背抵山宗，替他防範著左右。

「頭兒，那裡快抵不住了！」

山宗的刀尖抵緊他頸邊：「我只說最後一遍，撤兵。」

李肖崮頸下鮮血橫流，眼瞄去遠處，忽然露出詭笑：「你現在不敢動手了，你的兵降了，還不如向我投誠。」

遠處火光熊熊，廝殺聲可聞。

甕城上方豎著用來指引援軍的那面玄色大旗緩緩飄落，赤金炫目的「盧龍」二字沉入黑暗。

有人用生硬的漢話大喊：「盧龍軍已降！盧龍軍已降！」

山宗瞬間血液凝滯，緊握住刀，一字一字擠出牙關：「那我只能把你和孫過折一併對待了。」

一刀送入，周遭駭然大驚。倒下的李肖崮還不敢置信地大睜著眼。

「你們的節度使死了，還不撤嗎？」山宗抬起冷森森的眼。

頓時幽州旗倒，兵馬如獸散。

駱沖閉著左眼，半張臉都被血染紅了：「他們不可能降！」

龐錄喘著氣道：「我們回不去了，路被封死了！」

又快馬衝來一人，已然斷了一條手臂，歪斜在馬上，還強忍著：「頭兒，沒路了，敵兵正往這裡來！」

山宗朝那座甕城方向看了一眼，那裡暗了，什麼也看不清。

他驀然下馬，刀鋒一劃，提起那顆血淋淋的人頭，又翻上馬背：「回關內！我一定將他們都帶回來！」

一隊禁軍攔在幽州關內的盧龍軍營裡。

當先站著一名內侍，手捧一卷黃絹宣讀，時而忌憚地看面前的一群人一眼——

「奉聖諭，幽州節度使李肖崮密告盧龍軍首、鷹揚郎將山宗勾結外賊，欲率麾下全軍叛國投敵，命其速返長安受查。」

山宗剛返回不久，手裡的刀還沒放下，是站著接的這道聖旨，盔帽已除，玄甲浴血，腳邊扔著個人頭血布包裹，如同駭人修羅，被那隊禁軍持兵團團防範。

他的身後是一起突圍回來的八十四人，大多是鐵騎長，四人重傷，其餘的只不過是傷得稍微輕點。拼死而回，無一人還有人樣，卻收到這樣一道聖旨。

「放屁！」駱沖陡然發難：「李肖崮才是反賊！」

內侍不禁後退：「大膽！」

山宗忽而大步走出，從後面扯出個反綁著雙手的人推過去：「說！」

那是他們殺回關內時特地抓的一個幽州將領，當時因為李肖崮身死，他的兵馬終於停了圍攻甕城，往關內四散潰逃，有人在喊節度使死了，這是跟在李肖崮身邊的，親眼目睹了他被殺的過程。

下面的兵卒只是聽命令列事，但跟著李肖崮的親信一定知情。

果然，那將領白著臉，戰戰兢兢向內侍道：「是節度使聯通了契丹人，那個孫過折當初歸順時常與咱們節度使有走動，彼此稱兄道弟，對幽州極其熟悉，他們是謀劃好的。」說完看冷冷站著的山宗一眼，畏懼地和盤托出：「節度使連自己的妻兒都送去關外了。」

駱沖差點上來殺了他，被龐錄死死按住了。

山宗抬眼看著內侍：「如何，我現在是否可以調兵求援了？」

內侍的眼睛在他身上看來看去：「聖人只要求山大郎君即刻回京受查，其餘一概不准。」

剛說完，禁軍已壓近上前，圍緊了山宗，刀兵相向。

「請山大郎君隨我等返回長安，否則等同坐實了謀逆。」

山宗握刀的手鬆了又緊，稍稍偏頭：「你們都等著。」

龐錄問：「你要跟他們走？」

「我會回來。」山宗扔下刀。

他要去拿回兵權，再去關外。

深更半夜，宮廷深處的一間偏殿裡，只有一盞燭火飄搖。

山宗被關在這裡，披散黑髮，軟甲髒汙。

一人破門而入，瞬間門又被外面看守的禁軍關起。

進來的是他的父親山上護軍，幾步走近，腳步匆忙：「沒事了，你可以回山家了。」

山宗抬頭，看著他身上那身威嚴的上護軍官服，聲沉下去：「父親見過聖人了？」

「是，聖人願意留你一命。」

「我在幽州已證明過清白，何至於死。」

山上護軍蹲下，一手扣住他胳膊，壓著聲：「那個給你作證的將領已死了！契丹來了談判書，附了盧龍殘旗，說你的盧龍軍全軍叛國，加上你殺了幽州節度使，你的死罪洗不清了！」

山宗咬牙：「我殺的是反賊，盧龍軍不可能叛國！」

「無人可以為你證明，就連那日去拿你回京的內侍都沒了！」山上護軍聲低入喉裡：「一旦聖人將此事公告天下，罪名釘死，便誰也救不了你了！」

山宗沉著雙眼：「我已明白聖人意思了。」

李肖崮說聖人有意讓他做幽州節度使時，他就明白了。或許他們起初只是想試試起兵有無可能，於是有了幽州戰亂，故意請求朝中派兵。沒想到朝中派出他的盧龍軍，很快平定了戰亂。李肖崮便盯上他的盧龍軍，有了那份密告。

而帝王，透露給李肖崮的回覆卻是要讓他做幽州節度使。李肖崮越是認定自己將要被取代，為朝廷所不容，就越迅速地聯通孫過折一舉摧毀盧龍軍。

整個奪回薊州之戰沒有收復失地的壯闊，也沒有拯救遺民的高尚，只不過是一出帝王心術，讓盧龍軍和幽州節度使互相制衡的一個局罷了。倘若李肖崮沒有聯結關外，這次恐怕也會做出什麼，從而讓盧龍軍受創。帝王誰也不信任。

「你明白就好。」山上護軍用力抓著他的胳膊：「聖人近來古怪，時常念叨有皇權威脅，卻又說不清是何威脅，寵信的人一個個疏遠，據說許多藩王宗親都沒了，何況是你！這種時候，他收到任何告密揭發都會起疑。薊州之戰是試煉，你回來了就證明你沒反，但他不會希望你的盧龍軍回來，只有如今的你，才能讓他放心。」

確實。山宗盯著玄甲胸前的盧龍二字。他剷除了幽州禍亂，而幽州，斬去了他的雙臂。所以帝王不會為他翻案，只會順水推舟留下他。

「他們不可能降，一定還在關外什麼地方等著我去支援。」

「他們是沒降，他們就沒去過關外，從來沒有過那一戰。」山上護軍按住他：「我只能求聖人留下你，掩蓋此事。忘了你的盧龍軍，以後都不要提起，你仍是山家的大郎君！」

山宗一動也不動，散發遮著黑沉的雙眼：「聖人不見我，卻只召見父親，一定是保我有代價了，是什麼？」

山上護軍眉心緊皺，燭火裡如驟然蒼老：「聖人年輕時在邊疆受過突厥襲擊，當時我曾救過他一命，除此恩情外，我已辭去上護軍一職，交出山家大半兵權，此後不再過問世事。」

「原來如此。」山宗扯開嘴角。

「這些都不算什麼，你是山家嫡長，你活著山家便不會倒！」

「我必須要領兵。」山宗站起身：「我不能廢在山家。」

「聖人不會再讓你領兵，也不會讓你去救盧龍軍！」山上護軍低吼：「戰事已了，盧龍軍只剩一面殘旗，可能已全軍覆沒了！」

山宗孤松一般站著，「那我就自己救。」他大步走去門口，一把拉開門，冷冷盯著外面的禁軍：「我要面聖。」

幽幽大殿空曠，帝王高坐御前，蒼老頹唐。

「你說你要在幽州任軍職？」

山宗跪在下面，脊背挺直：「是。」

帝王長嘆一聲：「你犯下如此重罪，朕念在山家和上護軍多年功勳，又器重你將才之能，才保下了你，如今為何還要去幽州？」

山宗一身沉定：「幽州節度使已死，九州崩亂，幽州需要人鎮守，臣只領幽州一州。」

帝王似是沉凝了一瞬：「幽州確實需要人鎮守，但只領一州，又如何能抵擋關外聯軍？」

「只需屯兵五萬。」

「五萬對陣關外是不多，朕相信你的本事。」帝王稍稍停頓：「但往關內而來，一路積沙滾雪就多了，或許也會隨你出關。」

山宗幽幽掀眼，掃到帝王下撇沉墜的嘴角。他現在沒兵，不足為懼，但一旦去幽州有了兵，便成了個忌憚，是怕他因盧龍軍之事報復，有不臣之心，也不願他帶兵出關救援。

他抿住唇，又啟開：「兩萬兵馬。臣願永鎮幽州，不出幽州。」

「永鎮幽州，不出幽州。」帝王沉吟，聲音裡掩著深深的倦怠。

山宗語氣沉緩：「易州將領周均有心爭占頭功，此戰失利，必對臣生仇，可將他調至檀州鎮守，從此九州分治，有他就不會聚於臣一人之手，臣也不能輕易調兵從檀州過境。」

在檀州放他的仇人，等同看守，他寧願自戮一刀。而後又戮一刀：「臣願自逐出山家，從此亦再無山家軍可依靠。」

帝王手按在座上，深深感嘆：「果然，如此謀略心智，朕沒看錯，若無此事，你才適合做幽州節度使。」

山宗說：「只求陛下不要給盧龍軍定罪，盧龍軍不曾叛國。」

寂靜許久，蒼老的聲音又響起：「朕答應你，澈底遮掩此事，幽州節度使是在關外追擊敵軍時被殺，與你無關。但所有相關的人，必須掩埋，包括你的下屬。」

山宗握緊拳，鬆開牙關：「是。」

帝王點了點頭，抬起枯瘦的手招了招：「那好，立下帝前重誓，密旨封存，朕特赦你無罪，授你幽州團練使。」

山宗垂首：「謝陛下⋯⋯」

明處，盧龍軍平定幽州戰亂後折損嚴重，剩餘皆編為幽州軍，再無盧龍軍。

暗處，密旨封存，從此盧龍舊事不得提起，言者聽者同罪論處，直至身死魂滅。

永鎮幽州，不出幽州。

若有違背，悉聽懲治。

從此再無山家大郎君、盧龍軍首，只有幽州團練使。

洛陽山家，山宗最後一次返回。

書房裡，山上護軍震怒，當場扯住他的衣領：「你怎能如此行事，不要忘了，你還是山家嫡長子，我不惜一切才保下你，你豈能如此不孝！」

帝前重誓，何異於與虎謀皮。

山宗一把掙開，身上穿著再尋常不過的胡服，只帶著隨身的直刀：「那便請上護軍恕我不孝。」

山上護軍怒目圓睜：「那神容呢？她與你剛成婚半載，還在等你回來，你就此離開山家，她該如何？」

山宗沉默地站了一瞬，咧下嘴角：「也對，本就是一樁聯姻，我已不是山家大郎君，長孫家應當也不需要個罪人當女婿。」他霍然轉身出去。

廣源驚喜地迎上來：「郎君，你回來了！」

「取筆墨來。」

一封和離書在廣源的驚疑不定中送去大郎君所居主屋。

山宗已往外走，特地走後院。

楊郡君最先聞訊趕來，在門邊拉住他：「宗兒！你做什麼？別人不知道你，為娘還能不知道你，若你真對神容如此不滿，當初又何必娶她，何人能勉強得了你啊？」

山宗勾著嘴角，拉下她的手：「便是如今生出了不滿。」

「何至於此，你還要因此離開山家？」

山宗的腳步停了一下，想起那道密旨，言者與聽者同罪，笑一聲，點頭：「對，我便是因要離了她才要離家。」

「讓他走！」山上護軍在後面怒喝，整張臉鐵青，眼中卻隱隱泛出紅來：「如此棄妻不孝之人，不配為我山家兒郎！今後誰若敢去找他，便逐出山家！」

楊郡君驚愕地看著丈夫，忘了開口。

等她回頭，眼前已經沒了兒子的身影。

山宗拎著刀，策馬往北，直直行去，不曾回頭。

懷裡揣著那份帝王任命書。唯一從山家帶走的，只有自幼母親給他的那塊崇字白玉墜。

涼風如刀，割人的臉。

一道身影騎著馬追了上來，緊緊跟著：「郎君，我一路追一路找，可算找到你了。」是廣源，揹著包袱。

山宗頭都沒回：「跟著我做什麼？」

「我自幼與郎君一起長大，自然要跟著照顧你。」廣源追著他的馬：「郎君是值得跟的人。」

山宗忽笑一聲：「是麼？」

五萬盧龍軍，他十五入營，十四歲起就開始籌謀物色，每個鐵騎長都是親手所選，有的甚至年紀可以做他的父親。不知他們在關外還剩多少人，是否還覺得他是值得跟的人。

「人送走了？」他忽然問。

廣源忙回：「送走了，夫……貴人走得特別急，我是追去的，將郎君留給她的東西都送去了，她很生氣，長孫家也氣壞了。」

「嗯。」山宗無所謂地瞇著眼，看著遠處蒼黃的天：「那更好，此後就與我這樣的人沒有瓜葛了。」

廣源沒明白，只是遺憾：「貴人其實很好，郎君若真跟她好生過下去，不會覺得沒有情意，也不會覺得勉強的。」

山宗只似笑非笑，始終沒有作聲。

一個高門貴女，裴元嶺說她是長孫家至寶，應當多的是人去求娶，不出兩年就會與他無關了。反正以後也不會有任何牽扯了。

前方有匹馬停著，馬上坐著臉白眼細的周均，神色陰沉地看著他，似乎早就在這裡等著。已然身在檀州。

「聖人下旨那一戰失利，此生都不可再提。」周均扯著韁繩，打馬在他身旁繞行半圈，聲音低得只有彼此可聞，嘲諷地看著他：「所謂的山大郎君如何風光，不過就是個孬種，你可知我的人在那條線上苦戰了多久！」他忽然拔刀。

山宗手中的刀赫然出鞘，冷冷隔開他，策馬繼續往前。

又豈會比盧龍軍久。

幽州大獄的底牢大門緩緩開啟，幽深黑暗，裡面時而傳出幾聲重犯的嘶號。

八十四人被押至這裡，戴上了沉重的手鐐腳鐐。

「山宗！」駱沖左眼上的疤痕橫著泛紅，頭髮被絞短，穿著囚衣，惡狠狠地想衝上來：「你居然把咱們送入大獄！為了你自己脫罪，你連關外弟兄們的死活都不管了！」

山宗持刀而立，一言不發地看著，看著他想衝上來，又被大隊獄卒拽回去。

「你怎能食言！」龐錄帶著傷扯動鎖鐐，憤怒地看著他：「不是你說一定要帶他們回來的！」

幾十道身影全都帶傷未癒，沒人衝得過嚴密的獄卒，他們的鎖鐐被往裡拖。

「姓山的，是老子瞎了眼！」駱沖一手撐在大門上，幾乎要摳出痕跡，惡狠狠地瞪著他：

「老子遲早要殺了你！」

「那就別死，」山宗冷冷說：「留著命來殺我。」

大門轟然關閉。

山宗轉身，往外走。

幽州街頭還混亂，魚龍混雜之處甚多。他進了一間昏暗的鋪子，坐下：「紋個刺青。」

鋪子裡鑽出一個滿面橫肉的漢子，取出針時一臉瞧不起似的笑：「這位郎君，可別說小的沒提醒您，刺青可不是尋常人紋的，那哪是什麼好人會有的物事，除非是軍中番號，否則便是落大獄的犯人才會刺的。」

山宗扯開衣襟，赤露上身，冷幽幽地笑了笑：「沒錯，我也該下大獄。」

漢子被這話嚇了一跳，再看到他那條結實的右臂上赫然二字的番號，再也不敢多言，恭恭敬敬地上前：「郎君想紋什麼？」

山宗右臂繃緊：「蛟。」

龍已沉淵，只剩惡蛟。

當夜他袒露著那條鮮血未淨的右臂，一人清剿了藏身城中的綠林賊匪。

次日，他開始組建屯軍所，身上穿上了一身烈黑胡服。

不久，幽州刺史趙進鐮到任。

他當著屯軍所剛剛招募而至的第一批兵，宣讀了自己的任命書。

永鎮幽州，不出幽州。

他的身邊多了新的人，胡十一、張威、雷大……他們隨著他遇亂即殺，澈底平定了幽州。

後來，整整多了兩萬幽州軍。

他留下了一群綠林人的性命，讓他們對自己俯首貼耳。讓他們充當自己的耳目，一次次出關。

始終沒有消息。

直到兩年後的某個冬日，趙進鐮在他面前無意間提起：「崇君，你可知聖人……不，如今該稱先帝了。」

山宗倏然掀眼。

後來趙進鐮悄悄告訴他，就在他離開的那年，沒多久就有兵馬入長安兵諫，有了如今的儲君。

或許是命，盧龍軍沒了，帝王沒有停止他的猜疑，生命裡有兵馬再來也無力阻擋了。

是夜，他在暗處召集一批綠林，告訴他們：「現在是你們回報我的時候了。」

綠林們紛紛應命。他可以更下力地找尋了。

依然沒有消息。

本以為就此過去了，或許此後一直就是這樣了。他身在幽州，早已忘了洛陽和長安，卻在巡完一次關城，抓了幾個生面孔後，迎來了突如其來的重逢。

「我只要你們做主的出來給我個說法，是誰不好好說話？」

他坐在暗處，看著突然闖入的女人，一眼就認了出來。當初長安街頭垂紗掀開，一晃而過的少女，三年後已是身姿纖挑的女人。

長孫神容。

山宗獨自走在長夜，似身在幽州，又似在別處。

前面隱隱光亮大盛。他往前，一腳跨入，亮處群山環抱，東角河流奔騰。高坡上，一道女人的身影迎風而立，披風翻掀，披帛飄動。

她轉頭看來，笑得意氣風發：「沒有山能在我眼前造次。」

山宗想了起來，他為她開礦和她一起落過礦洞，甚至放出了那八十人；她也曾抬手一指就幫他找到了差點死在泥潭裡的八十人。

他為找她私自出了關；她也曾關外給他指路，讓他找到了周小五。

遠遠不只這些，他本以為要獨自走這條路，偏偏她闖了進來。

他勾起嘴角，朝她走去。

她卻淡了臉色，轉身就走：「你以後就獨自在望薊山裡睡著吧，我才不會來，再也不來幽州了……」

周圍暗了下來，似又要回到長夜漫漫的幽州街頭。

山宗聽到胡十一的哭腔：「頭兒，你不是說有口氣都要活下去的嗎？哪能說話不作數呢！」

沒錯，他已找到盧龍軍了，他答應要去見她父親。

終於意識到這是在夢裡，山宗往前，去追那道身影。

亮光越來越遠，黑暗大片而至。他的日頭就要沉了。

山宗冷笑，咬牙往前。他不信，這麼多都挺過去了，不信這次挺不過去！

神容！

眼前一亮，山宗睜開了眼。從模糊到清晰，眼裡一片昏暗的床帳。

床前一人驚呼：「山使！」

是軍醫，他手裡捏著旗幡一角，即將蓋上他的臉，驚喜地停住：「夫人！」

旁邊立即轉過來一張臉。

神容怔怔地看著那張臉，直到他黑漆漆的眼珠動了一下，才發現是真的。他醒了。

她胸口漸漸起伏，喉間哽著，忽而對著他的臉抬了手。

沒落下去，那條刺青斑駁的右臂抬了起來，抓住她的手，頭一次沒多少力氣。他抓著她的手，扯過去，慢慢按到薄唇上，拿開時嘴動了動：我回來了。

神容緩緩低頭，心口一點一點復甦，捧住他那條斑斕的手臂，臉貼上那片刺青，輕輕說：

「恭喜凱旋。」

視線裡，看見山宗的嘴角揚了一下。

雖然晚了幾年，但恭喜凱旋，我的盧龍。

第三十四章　山河為聘

天亮時，東來再回到那掛著醫字牌的門口，忽而發現守在門前的長孫家護衛多了許多。

他立即進門，一眼看到門內坐著的人，暗自一驚，快步上前就要見禮：「國……」

那竟然是趙國公，豎手打斷了他，身上還穿著厚重的國公官服，外面繫著披風，坐在胡椅上。

東來悄悄看裡間一眼，低聲問：「不知國公何時到的，可要屬下去知會少主？」

趙國公搖頭，又擺一下手。

東來見狀無言，垂頭退出了門。

趙國公其實來了算久了。剛到時還在夜裡，城頭上的守軍給他開城門時都是一副哀戚面容。他看到城下屋舍前一片燈火通明，守著許多人，有神容的護衛，還有一群凶神惡煞像軍兵又像野人匪徒的人，過來便見這屋裡面一個軍醫愁容慘澹，似是在準備後事了一樣。

他阻止了他們的通報，走至裡間，揭開道簾縫朝裡面看了一眼，床上躺著蓋著軍旗一動不動的身影，神容枯坐在旁，蒼白著臉，垂著淚，渾然不覺有人過來。

他實在出於震驚，看了好幾眼，沒有開口喚神容，出來後在這裡坐到了此刻。

趙國公又看裡間一眼，還是起了身，負著手擰著眉，到了門外，想問一問東來這是怎麼回事。

忽而身後門內跑出了軍醫的身影：「山使醒了！」

趙國公不禁回了下頭。

頓時門口那群分不清是軍人還是匪徒的進去了好幾個，跑得最快的是個面色黝黑的漢子：「頭兒！」

遠處也有人往這裡走來，趙國公轉身看去。

「長孫兄，」山上護軍神情疲憊，眼眶尚紅，原本腳步很快，看見他停了下來，朝他抱拳見了軍禮：「多年不見了。」

趙國公面容沉肅：「倒不曾想能在這裡遇上。」也不曾想到那小子竟已躺下不省人事，直到現在。若非他不放心神容，追著她後面來了這趟，還不知道這邊關幽州有這些事。

山上護軍沉聲低嘆：「我兒能與神容再遇，又何曾想到呢？」

趙國公板著臉沒做聲。

「請長孫兄借一步說話吧。」

不遠處有守軍在歡呼慶幸——

「聽說頭兒醒了！」

「頭兒剛成婚呢，怎能不醒！」

「太好了！」

軍旗齊齊整整疊了起來，放在床邊。滿屋藥香瀰漫，床前早已圍滿了人。

被山昭扶來的楊郡君坐在床邊，到此時還在抹淚。

山昭在旁也是又哭又笑，眼睛又紅又腫：「大哥，我便知道你能挺過來！」

胡十一擠在邊上，也不知是不是悄悄嚎過了，此時嗓子都啞著，偏生不承認：「我早說了頭兒肯定會熬過去，真的，一點兒沒擔心！對了頭兒，你交代我的事我都辦好了，帶回來的人我也替你安頓好了，你放心養傷。」

旁邊的幾個人很安靜，龐錄和駱沖只是在後面看著。

山宗竟已稍稍坐起一些，身上披上了件素白的中衣，胸膛還敞著，露著一道一道包紮綁縛的白布。

他掀了掀眼，看到他們都在，不用胡十一說，便已有數自己躺著的時候發生過什麼了，眼一動，從床邊那捧軍旗上看去一旁的人身上。

神容站在旁邊，正在那邊桌旁有一下沒一下地攪著一碗藥汁，騰出了地方給他們說話，側臉微垂，看不出什麼神情。

山昭走過來，小聲道：「嫂嫂辛苦了，我將藥端去給大哥。」他將藥碗端去床前，剛要送去面前，就見山宗幽幽瞄了他一眼。

山昭愣一下，旁邊楊郡君已伸手來接：「還是我來吧。」

他手往回讓一下，湊近他母親耳邊說了兩句：「母親讓大哥先安歇，反正他已醒了，多的是時候慢慢說，嫂嫂還在……」

楊郡君看山宗一眼，便明白了，點點頭，起了身，抹了抹眼：「你好好養著，千萬不要再嚇為娘了。」

神容還在旁邊站著，楊郡君過來拍了拍她的手臂：「我先走，讓你們好好說話。」

神容輕聲說：「他現在本也說不了什麼話。」

山昭已將那碗藥遞到她手裡：「還是勞煩嫂嫂了。」

神容手剛接住，他們便都出去了。

胡十一還沒回味過來，轉頭看了看，一下看見山宗盯著自己，立馬就反應過來了：「那我也先走，回頭再來看頭兒。」

薄仲在山宗面前抱拳，捏去眼角淚花，先出去了，龐錄和駱沖也都出去了。

經過神容身邊，駱沖看她一眼，眼睛上那白疤橫著，笑得還是跟以往一樣猙獰，只不過沒那麼陰陽怪氣了，也不再叫她「小美人兒」了。

神容看他們都走了，緩步走去床邊。

山宗正在看著她，眼神落在她身上。

他懶洋洋地往後靠著，臉上還沒緩回血色，眼微垂，頗有幾分頹唐落拓味，擱在身側的手指勾了一下。

神容知道他此時不太能動，坐下來，往他面前靠近一些：「什麼？」

山宗的嘴貼在她耳邊，低沉嘶啞地出了聲：「餵我……」

她不禁轉頭，就見他嘴角提著，黑沉沉的眼盯著她的臉。

神容被他的眼神、語氣弄得眼神微動，低頭捏著勺子又攪一下藥湯，舀了一勺送去他唇邊。

他剛往下低頭，她的手卻收了回來，故意斜斜瞄著他：「你如此厲害，連死都不怕，哪裡還要我幫你啊？」

山宗抬眼看到她眼裡微微的紅，眼下的青，似乎連下頜都尖細了一些，看她的眼神深了些，揚著嘴角，伸手抓住她端藥碗的手。

神容這才發現他已有力氣了，手被他拖過去，他低了頭，就著她的手低下頭來喝藥。

神容看見他那如刻的側臉始終泛著一層白，到底還是心軟了，由著他喝下去。

起初他的眼始終盯著她，等藥碗隨著他抓著她的手慢慢掀起來，才垂下眼簾遮住了點漆眼眸。

神容被他這樣緊緊盯著，總覺得他好似怕自己消失似的，心裡沒來由地緊跳了幾下。

藥喝完了，他抬起頭，唇邊沾了幾滴殘餘。

神容的手還被他抓著，他一手拿開那碗放下，一手抓著她的手指，在自己唇上抹了過去，又低頭含了下她的手指。

神容的指尖立時麻了一下，看見他的臉抬起來，嘶啞道：「妳都知道了是嗎？」醒來的時候，她對他說的是「恭喜凱旋」，他便猜她知道了。

神容想起他當初的那些事，心裡便有一處像被重重捏著，隱隱作疼。所謂的天之驕子，不世將才，那些光輝有什麼用，都抵不上這實實在在的一個人。

她手軟軟地被他抓著：「嗯，你父親已告訴我了。」

山宗看著她低垂的眉目，抓緊她的手：「下次不會了。」

「不會什麼？」她瞄著他問。

他喉間輕滑：「差點死。」

神容心口一縮，心頭那點氣忽然全消了。原來氣的就是這個罷了。

忽而外面幾聲重咳傳入。

神容一怔，忙抽手轉頭：「是我聽錯了？為何像是我父親的聲音？」

山宗的眼睛看向門簾。

一人掀簾走進來，是山上護軍，看著床上坐著的山宗，重重點兩下頭，沉沉吐出口氣：「你果然醒了。」

似乎卸下一副重擔一般，他看向神容：「妳父親來了，我剛與他說了些話過來，他正在外面等妳。」

神容看山宗一眼，心裡愕然，立即就要起身出去。

一隻手拉住她。神容不禁坐了回去，山宗的手正牢牢握著她的手腕。他看著門簾，嘶啞開口說：「就現在，請妳父親進來見。」

神容詫異地看他一眼。

他的聲音太低，外面肯定聽不見。

山上護軍看他兩眼，剛正的眉眼自帶威儀：「你還是跟以往一樣，認定的事就做到底，如今終於弄到這挑開的一日了。」是在說盧龍軍，也是在說神容。

山宗嘴邊澀澀一笑：「我就認定了。」

山上護軍轉頭掀簾走了出去，只聽見他高聲道：「請趙國公入內，恕我兒此時重傷，不能親自出迎。」

神容又看山宗一眼，他的手還拉著她，不讓她走。

須臾，門簾一動，趙國公進來了。

「父親。」她喚了一聲，稍稍起了一下身，又坐回去：「你一定知道這裡的事了。」

趙國公看著她，又看山宗一眼，擰眉點頭：「知道了，山上護軍已與我說了許多，也知道他已被查了。只不過剛剛才知道，你們在幽州便已自行再次成婚了，整個幽州城都傳遍了。」

神容原本是想找個好時機告訴他的，不妨他已知道了，蹙了蹙眉，眼又往山宗身上瞄了瞄，只能點頭。

趙國公不語，屋中一時沉寂。

山宗此時才鬆開她，手在身側一撐，稍稍坐正，抬起手臂，準備拜見。

神容看見他身上中衣滑開，那條刺青斑駁的右臂將要在她父親眼前露出來，心中一動，伸手攀住他的胳膊。

山宗身稍稍一斜，看著她抱著自己的手臂，人歪靠在自己身上，綿綿軟軟的身軀溫軟地貼著，口中一邊淡淡地圓場：「父親見諒，方才沒坐穩。」順勢便將他的中衣衣袖遮掩了上去。

他笑了笑，乾脆不抬胳膊了，抬眼看向趙國公，稍欠上身垂首，算半個軍中之禮：「恕我拜見已遲，岳父。」

趙國公看著二人情形，又聽到這一聲稱呼，臉色越發嚴肅：「你何以認定我就會承認你再做我長孫家的女婿？」

神容也朝他看了一眼，被他的大膽弄得暗自咬唇。

山宗抬起沉定定的眼：「我只認定神容，國公既為她父親，便是我岳父。」

神容心裡一下就跳快了。

趙國公看他這神色，猶如看到了當初在街頭攔他車時的模樣，又看他身旁的神容一眼。

神容察覺到父親的眼神，才想起來手還攀山宗的胳膊上，不動聲色地拿開，抬手順一下耳邊髮絲。

趙國公負著手，緩步走動，短短幾步，已至床前。

神容不好多言，悄悄觀察她父親走近時的神色，沒看出怒意，也沒看出來別的意味，不知他是什麼意思，又悄然往山宗身旁坐了坐，手指勾他的右臂，將他那條胳膊往後藏。

手被按住了，身後抵上他的手臂，山宗如她願，半邊身澈底靠在她身後，看著趙國公。

趙國公亦在看他，沉思至此，才開口：「養好你的傷，將你被查的事解決清楚，到時候你再堂堂正正去長安，登我趙國公府的門。」

神容意外地看過去，沒料到他會這麼說。

山宗垂首：「這次一定。」

趙國公又看二人一眼，轉頭出去了。

官舍裡，這幾日多出了許多來客。

因為一個人的醒來，城頭城下短短幾日就恢復如常，幽州城內不再愁雲慘澹，官舍也變熱鬧了。

一行山家軍十數人齊整地守在官舍右側的客居院落前。左側的院落前，則是一隊長孫家的護衛。

趙國公在客房裡坐著，早已穿上一身便服：「聽說你們探山開礦時便住這裡了？」

神容如常來問安，在他身旁坐著，眼珠輕轉：「是，父親現在住的便是哥哥客居的屋子。他當時不住這裡，只住軍所。」

趙國公看她一眼，現在倒是明白了，她和那小子早在探山開礦時便一路走到如今了。

「該說的還是得說，我那日同意他去長安登門，一是知道他因重傷未能赴約，情有可原；二來是其父山上護軍擔保他被查之事有內情；但頂重要的還是他當著我面說的那番話，說明他很看重妳。」

神容安靜地聽著，覺得她父親還有話沒說完。

果然，緊接著趙國公又道：「你們二人私下成婚於戰時，情形特殊我可以暫且不計較，可不要以為我讓他登門便是點頭同意了，他身上的事還沒解決，何況妳母親也不會輕易答應。」

神容多少猜到是這意思了，輕輕點頭：「嗯，我明白了。」這話無疑是在提醒她，他們明面上仍然還在和離中，多少有些警醒意味。

趙國公說完看到她的臉色，不免有些疼惜，哪忍心再說什麼，聲音都輕了：「好了，去吧。」

神容起身出了門，往客房走。

客房離主屋所在不遠，便是山宗當時常住的那間。

廣源前日將他好生從那城下的醫舍迎來官舍後，便自發自覺地將他送入了主屋。

她父親還在，他也需要安靜養傷，她便住去了他以前常住的那間客房。

自主屋外廊前經過，正好廣源迎面而來，一見她便道：「郎君正在等夫人呢。」

神容往主屋看了一眼，走了進去。

屋裡很熱鬧，趙進鐮今日過來了，山昭也在，二人一左一右坐在床前。

床前一張小案，上面擺了張棋盤。

山昭坐在那兒，興致高昂：「好久沒有與大哥推演過軍陣，再來一局吧，剛好可以陪你解解悶。」

趙進鐮在旁撫著短鬚看，看完了又看去床上，長長鬆了口氣，直感嘆：「真不愧是你山崇君，才這些日子已能起身，先前可委實將人嚇得不輕。」

山宗身上披上了黑色胡服，人已坐起，捏著棋子在手裡轉著把玩，眼睛一掀，朝進門的神容看來一眼，嘴邊露了笑。

山昭已經看見神容，忙起身喚：「嫂嫂快來，妳不在大哥都沒心思與我廝殺。」

神容被這話弄得看山宗一眼，走了過去。

趙進鐮臉上帶笑，向她點頭打了招呼。

趁她還禮時，一隻手悄悄在她身後拉了一下，她便順著那把力坐了下去，挨在男人身旁，壓了他一邊胡服衣擺。

山宗做得自然而然，還順著先前的話說，開口的聲音已沒先前那般嘶啞了：「聽說我倒下時朝中派了人來。」

趙進鐮點頭：「我當時正是追著那位朝中特派而來的河洛侯去的，這些時日一直都在忙這個，因而到此時才趕來看你。如今的情形，正好要與你說一說。」

山昭聽到這話便擔憂了：「趙刺史可知朝中是何意思，我大哥會有事嗎？」

「這與你無關，不必多問。」山宗捏著棋子說：「玩過這局，你便該收拾東西回洛陽去了。」

山昭一愣，如何也沒想到他會來這麼一句逐客令。

「大哥這是做什麼，好不容易我們才能來這一趟，多少年都未能一家團聚了。」

山宗看他一眼：「你也知道我被查了，此事未了之前，我與山家不該有瓜葛，你不知道，上護軍知道。」

那是帝前重誓裡的承諾，封存於帝王遺錄密旨中，他此時仍應是自逐出山家之人，不應與任何有兵權的勢力有瓜葛，除了幽州。

山昭聽他還叫上護軍，而不是父親，心裡忽有些明白了，到現在為止，他未曾叫過一聲父親、母親，也沒有應過自己喚的大哥。他剛醒不久時那遞給他的一記幽幽眼神，原來不只是因為嫂嫂要趕他們，也是真的在迴避。

「那……」

「人你們都看到了，我也沒事了，先回洛陽。」山宗垂眼，喉頭動了動：「好好安撫楊郡君。」

山昭默默無言地看了看他，一臉愁容，欲言又止，只能看他嫂嫂。

神容沒做聲，眉心微微蹙了蹙。

「我落棋了。」山宗已先走了一步棋。

山昭只好悶悶不樂地跟著落子。

一局無聲的推演結束，他起了身，站在床前好一會兒，似乎想說什麼，終究又忍住了，最後只抱拳說：「我去向父親母親傳話去。」

待他走了，趙進鐮才感嘆道：「看來不用我說什麼情形了，你大抵也知道了。」

「嗯。」山宗看身旁：「你直接說。」

神容置若罔聞，伸手捏了一顆棋子在手裡。

趙進鐮見他不迴避神容，便直接說了：「河洛侯當日私下去了趟軍所，還將你這幾年所做軍務的記錄都帶走了，可見帝王對你之事的重視。他留了一隊禁軍在幽州官署裡監視你重傷情形，我也以身家擔保了你只要傷癒一定會歸案，他這才連夜返回長安。如今山家和長孫家的人來了的事，怕是瞞不過他的眼，我今日來便是來提醒你一番，不想你已明白，先將令弟打發了。」

山宗臉上沒什麼表情，畢竟都已料到了：「勞你去信解釋，山上護軍是為我做證詞而來，趙國公是為礦山而來，都事出有因。」

趙進鐮點頭嘆息：「我明白了，你放心吧。若非朝中聖旨到，我真沒想到崇君你當初竟是帶了這麼多事來幽州。」

山宗只笑了笑，忽而說：「我差不多也該換藥了。」

趙進鐮會意起身：「那我便先走了，你好生養傷。」說完話便出去了。

外面的天有些暗了，神容手裡還捏那顆棋子，聽到一旁男人的聲音低低問：「這棋好玩兒？」

她轉頭，那顆棋子就被他拿走了，隨手拋在棋盤上。

「你不是該換藥了麼？」她問。

「早換好了。」山宗懶洋洋揭一下衣襟給她看，新包好的傷布，一身的藥味。

神容朝外看一眼，見無人了，一手撐著，慢慢挨近他：「趙刺史的意思，是你養傷好了就會被帶去長安是不是？」

山宗點頭：「嗯。」

「你養傷期間也不該與他人有往來是不是？」

「嗯。」

神容臉色稍淡：「那就難怪了。」難怪他會那麼說了，既然如此，除了山家，長孫家也會被要求離開幽州的。

這一回，幽州真的是關押他的囚籠了。

山宗迎上她視線：「這是遲早的，我也一直在等這一天。」

神容沒做聲，想起他那些安排，他確實一直在等這一天。

這一天對他，對盧龍軍，已等太久了，恐怕他只恨不得來得再快些。

目光裡，忽見山宗對著她的臉瞇了瞇眼。

神容此時才發現自己的手正撐在他的腰側，人傾靠在他身前，上半身抵在他胸膛前，不禁手挪開一些，免得壓著他的傷。

腰後一沉，卻被他的手攬著按了回去，他臉上又露出那般痞笑：「去長安不就可以去趙國公府了？這是好事。」

神容鼻尖緊挨著他的下巴，越發清晰地聞到他身上的藥味，「那我就先隨我父親回長安去了。」

「嗯。」山宗笑：「妳先回去了，我會好得更快一些。」

「是麼？」

「那樣就能更早去見妳了。」

神容覺得他是故意這麼說的，心裡還是被輕輕扯了一下，沉默了一瞬，握住他的下頜：「那你就早些養好。」

他下頜上有些微微的泛青粗糙，山宗由她這般握著，眼裡始終帶著絲笑：「當然。」

外面廊上陸續亮起了燈火，屋內越發暗了。

廣源忽在門外道：「郎君，郎主和主母來了。」

神容回神，從他身前讓開。

「宗兒，我們來看你。」是楊郡君的聲音。

他們應該是聽了山昭的傳話，過來道別的。趁他們還沒進門，神容看山宗一眼，先出去了。

官舍裡越發熱鬧了，陸陸續續有行走聲。

東來在客房門外站著，低低稟報：「趙刺史送了消息給國公，傳達了河洛侯的意思，因為山使之事，幽州不可再隨意來外人了，恐怕長孫家要暫停礦山事宜返回長安，國公讓我來知會少主。」

神容哪裡還需要知會，隨手挑著燈芯，「嗯」一聲：「讓父親做主吧。」

「按國公的意思，那便即刻準備了。」東來退去。

神容一點也不意外，暫停礦山事宜，河洛侯的勢力也插手不進來，她父親自然願意儘早走。她透過窗戶朝外看，主屋方向燈火通明，山家的人已陸續走出。

料想最不捨的應該就是楊郡君了，還能看見她挨在山上護軍身旁走出院落的身影，一路抬袖拭淚而去。

她想合上窗，卻見主屋外的廊前有男人的身影慢慢走過，逆著燈火，披著胡服，不知是不是送了山家人一段，不細看差點沒發現，頭一轉，朝她這裡望了過來。

廣源在那邊提醒他：「郎君怎麼出來了？你該靜養來著。」

他低笑：「我等人。」

神容默默站了一瞬，關上了窗，走去床邊，解開外衫，已準備躺下，想想又掖了回去，忽而轉身出了門。

主屋的門剛關上，廣源已經走了。她走到門口，腳步有些急，對著那道門縫，一呼一吸，手伸出去，手指輕輕刮了一下。

下一刻，門忽而開了，一隻手將她拉了進去。神容迎面落入男人的懷裡，他早就等著了，手臂緊緊的抱著她。

「你的傷……」神容摸到他胸口的白布。

「親妳總沒事。」山宗一把聲低低的，唇從她耳邊移到她唇上，一口堵住。

苦澀的藥味纏到她的舌尖上，神容的兩條手臂被他拉著搭上他的肩，她緩緩收攏了，抱住他的脖子。終於又感覺到他身上的氣息，濃烈又鮮活。

山宗吻地細密又用力，雙手按著她的腰，抵在自己身前，用力地吞住她的唇。

神容唇上很快麻了，被他的唇一啄一含，心便如擂般急了，主動將唇微微張開，一下迎上他更用力地一吮，不自覺渾身一顫。

他在火光裡的臉一半在明一半在暗，深邃的眼盯著她，慢慢退著，摟著她，一直到了床邊。坐下來時，彼此的唇還在一起。

終於分開，是因為神容快要喘不過氣了，親得太用力，分開時彼此的唇還有牽扯。

燈火裡，山宗摟著她的身軀，抵著她的唇喘息：「他們都與我道別過了，夫人就沒話與我道別？」

神容摟著他的脖子，挑起眉：「有，我問你，若再來一次，你還會和離麼？」

「會。」

神容的眼稍稍睜大，又聽他說：「但若我早些認識妳，當時應會問妳，是否會願意隨我走。」

她鬆開手：「那你問啊。」

山宗眼裡黑沉：「妳可願意隨我走？」

「不願意！」神容說完看他一眼，偏過臉去。

山宗臉色沉定，眼睛緊緊盯著她。

她眼神輕輕飄一下：「若是現在再問，還差不多。」

山宗嘴角瞬間提起，自後一把摟住了她：「現在，以後，不管我去哪兒，都會問妳。」

神容心中一動，當初的那個結忽然解了。

長安，風清日明。

近來坊間流傳著諸多傳聞，正當喜慶——

據說幽州一戰以少勝多，領兵的幽州團練使堪稱奇才，赫然是當初鼎鼎聞名的山家大郎君。

又據說長孫家的郎君長孫信因在外開礦有功，近來入宮面聖，獲得帝王御前重賞厚封，往後肯定是要平步青雲，甚至還有可能執掌工部，如今誰說起來都要羨慕三分。

坊間熱鬧，宮中卻一片忙碌緊張。裴少雍今日一早就入了宮來御前侍候。

他照舊跪得頗遠，看向深處，那裡依然垂帳，也依然只有河洛侯能侍立在少年帝王左右。

垂帳裡，帝王少年身姿端坐，翻看著從幽州帶回的軍務記錄：「聽聞他此番重傷不起，山上護軍和趙國公都去了幽州？」

裴少雍聽到這話不禁一驚。河洛侯這一趟幽州之行迅速而出其不意，事先除帝王外無任何人知曉，他也是在其返回後才知道。

河洛侯在旁道：「幽州刺史已來報過，山家和長孫家應當都已返回了。」

「他們與當初的事可有牽扯？」

「回陛下，據說山上護軍去正是為了當場做證詞，其證詞如今已作文書呈上，他全然知情。至於長孫家，趙國公此次是為了礦山而去的，這些事裡從頭到尾不見有長孫家參與痕跡，應當不知情。」

少年帝王的聲音放低時很平和：「長孫家開礦有功，長孫侍郎不久前才當面受賞，為礦山如此盡心倒也說的通。」

裴少雍豎耳聽了片刻，此時才暗暗鬆了口氣。這便是他不願意神容再與山宗扯上關係的緣由，還好河洛侯據實以報了。

帳內紙張輕響，是少年帝王手上的軍務合了起來：「光是看他這些年的作為，的確是在鎮守幽州，沒有半分罔顧職責。」

河洛侯語氣溫和：「是。」

「比對盧龍軍舊部名冊的結果如何？」

「所有人都能對上，也都是那一年那一段時日忽然沒了消息。」

帳內沒有了聲音。

過了片刻，才傳出一聲河洛侯的吩咐：「蘭臺郎可以先退去了。」

裴少雍稱是，自然知道他們是有什麼密言要談，退出殿去。

臨走前，他看了看殿門，早已發覺這一番查山宗，查出了許多暗藏的過往，卻不知這位新君心裡做何打算。山宗又是什麼意思，難道就有信心一定能翻案？他擰住眉頭，心裡記掛著神容，又想起方才河洛侯說他們已返回了，連忙出宮去。

殿內，少年帝王和河洛侯還在低低交談——

「朕記得，那一年那一段時日前後正是先帝最為疑心，一心鞏固皇權之時。」

「陛下沒記錯，當時先帝疏遠各大世家寵臣，手段非常，似乎總覺得有什麼陰謀在威脅朝中皇權，且為此憂慮不安。而後才有了立儲風波，陛下順應時事而出。」

少年帝王手下展開先帝留下的密旨黃絹，一旁是記載了山宗和盧龍軍罪行的遺錄，忽而聲冷：「所以這就是先帝會做出的事了。」

河洛侯無聲。

許久，帝王才開口：「讓他儘快養好傷入都來見。」

「是。」

一行車馬由護衛護送，駛過長安大街，停在趙國公府門前。府門內立即有僕從飛跑出來相迎，牽馬擺墩。

神容在車內端坐著，被她父親的聲音提醒：「到了。」

紫瑞已打起簾子。

她掀下了車，看著她父親正從馬背上下來，朝門裡看一眼，輕聲問：「父親是否打算就此告訴母親？」

趙國公在她面前停頓一下，皺了皺眉，聲也壓低了：「還是等他來了再說。」

神容點頭。

「妳暫且少想一些他的事，」趙國公進門前叮囑一句：「說不定回來這路上的時日已叫他養好不少了，莫叫妳母親看出端倪，尤其是你們在幽州的事。」說完先進門去了。

神容聽他說少想起山宗，反而又想了起來，耳後微微的熱。臨走前的那晚，她就在主屋裡過的，被山宗拉著手搭在他身上睡了一整晚。

起身時很早，官舍裡靜悄悄的，只有車馬聲可聞。她貼著山宗的臉看了看，昏暗晨光裡他的臉英挺深沉，分外沉定。她以為他睡得沉，便打算悄悄起身出門。剛坐到床沿，要下床的一刻，手臂一緊，毫無預兆又被拉了回去。山宗後來又親她許久，摟她在床上，從她的唇親到她頸下胸前……直到外面東來和紫瑞的聲音隱約傳來，似在請她啟程了，他才終於放開她。

「去吧，在長安等我。」他當時說，呼吸帶著用力吻過她後的沉啞，眼裡一片幽深。

神容恍了個神，眼神微晃，心想應當他可能的確是養得不錯了，畢竟使壞已能得心應手。

「少主。」東來在旁小聲喚了她一聲。

神容以為是提醒她進府，剛要邁步，卻見東來往遠處看了一眼，又道：「好似是在等少主的。」她看過去，果然看見遠處院牆後有人影，也不迴避，還朝她招手。

「看著左右，」神容說：「我去看看。」

東來和紫瑞一左一右替她攔了攔。

神容走過去，早已看出是誰。那人從院牆後面閃身出來，上前幾步握了她的手，拉著她退回院牆。

「神容，妳回來了！」是穿著圓領袍，束著男子髮髻的山英。

神容上下看了看她，有些意外：「妳是送我哥哥回來的？為何這麼久還在長安？」

山英點點頭：「我的確是送星離來的，本來要走了，只因收到我伯父的信，聽說我大堂哥被查了，一直查去了山家，連我伯父都驚動了。伯父聽山昭說我來了長安，便囑咐我留在長安暫時聽著消息，但宮中沒什麼風聲，我四處走動都沒什麼可靠消息，沒想到今日來趙國公府碰碰運氣，就遇到妳回來了，我大堂哥如何了？」

聽她一口氣說完，神容才明白了，難怪在幽州的山家人裡沒有見到她，山上護軍辦事確實周密。

「妳大堂哥……」她不想再細說：「他出了些事，這回九死一生，還在養傷，傷好便要來長安。」

山英一聽便急了：「什麼？如此嚴重！」

神容朝她搖搖頭，意思是不要說了：「山上護軍和楊郡君已從幽州返回洛陽，這事只能由妳大堂哥自己解決，你們都不知內情，沒人幫得了他。」她一邊說一邊不自覺繞著腰帶上的繫帶，可能連她自己都沒察覺。

其實到底能否順利解決，還盧龍軍一個公道，都還是未知，只能相信他的安排。

山英見她說得如此認真，就知事情非同尋常，轉身便要走了：「既然如此，我先去封信回洛陽。」

神容想起她方才稱呼她哥哥為星離，忽而會意：「莫非妳本來是打算來找我哥哥的？」

山英收步，忽而英氣的眉一皺：「我是想來找他問問消息的，畢竟他入宮面聖受賞的事都傳遍長安了，也算是帝前紅人了。可我現在不太好找他，他也好一陣子沒露面了，根本沒機會。」

「是麼？」

「是，打他入宮面聖受賞之後就這樣了。」山英道：「明明我送他返回長安的時候還好好的，現在偏就不露面了。算了，我先走了。」

神容看著她走去院牆另一頭，從那兒牽了匹馬，翻坐上去就走了。她走出院牆，看了看紫瑞和東來，確信無人看到才回去，走入府門。

裴夫人早已親自迎出廳來，身旁就是趙國公。

「妳可算回來了，聽聞那裡出了戰事，可真叫我擔憂。」她一手按著心口，蹙眉看著神容走近。

神容近前，如常見禮：「放心吧母親，那裡被鎮守得好好的。」說話時一面瞄了瞄父親。

趙國公神情如常，可見的確一字未提。

裴夫人聞言眉又是一蹙：「妳倒比我想的還要放心。」

她聽聞過山家小子以少勝多的事了，長安城裡都傳遍了，不想連神容都這麼說，是在稱讚他的本事不成？

神容見她的神情便知道父親說得對，確實不能貿然提，笑了笑，岔開話：「聽聞哥哥已帝前受過封賞了，我先去看看他。」

裴夫人這才露出笑：「是了，你們回來得正好，如今長孫家才算是受到聖人重視了。」

神容轉身往廊上而去，想著面對新君，現在長孫家或許是可以鬆下一口氣了，山宗那裡卻恰好相反。這大概就是世事無常。

到長孫信院落前，她解了披風交給紫瑞，走進去。院子裡空蕩蕩無人，連僕從都沒有。

神容走到屋門前，才看到了人——長孫信正坐在屋裡一聲不吭，穿一身月白圓領袍，一隻手在膝頭一點一點，斯文俊秀的臉上兩眼出了神，不知在發什麼呆。

她走進去，他才發現了，詫異道：「阿容？妳何時回來的？」

「剛剛，」神容走過去：「父親與我一併回來了。」

長孫信便明白了：「一定是因為山宗的事了，我聽說了一些，風聲還沒傳出來，若傳出來，母親只會更厭棄他。」

神容蹙眉：「你一開口就說這些做什麼？」

長孫信看出她不愛聽，閉了嘴，臉上卻一副更不高興的模樣。

神容看他神情，覺得古怪：「山英說你受封賞後就不露臉了，你坐在這屋子裡發呆又是做什麼？」

長孫信一頓：「山英來了？」

「已然走了。」

他乾咳一聲：「我忙著，無法見她。」說著將桌上擺著的東西往她面前一推，「妳自己看。」

神容低頭去看，桌上放著幾張紙，好似是描像，一下就知道是什麼了：「你這是要考慮婚事了？」

「我受聖人封賞後就來了各種說親的，母親叫我好生考慮。」長孫信板著臉說。

「看你這般，倒不像是要考慮。」神容說。

長孫信不做聲。

神容想了想，忽而有些明白了：「哥哥莫非是有心儀之人了？」

長孫信仍不做聲。

神容忽然想起了山英，又見他方才的模樣，越發明白了：「你莫非對山英……」

長孫信臉上一陣紅一陣白，沒好氣地一拂袖，低低道：「如何？姓山的能肖想我妹妹，我就不能肖想他妹妹？」

還從未聽他說出過這種話來，連他愛端著的風範都沒了。神容不自覺眼神輕移一下，被他那肖想一詞給弄的。

「還不是怪姓山的！」長孫信低聲道：「原本就難，他還和離在先，弄得兩家如此！」

神容這才明白了，難怪他方才一開口就說那個，原來是真不高興。

第三十五章　點天燈

長安東市一間客舍，門朝街大開。

日頭正濃，街頭遠處，一輛寬敞的馬車駛來，車旁一人騎馬，一同緩行。

「哥哥，你實話告訴我，回程這一路可是與山英有什麼事？」車中，神容輕聲問。

長孫信打馬在窗格旁，身著緋色衣袍，襯得人面如冠玉，偶爾有百姓目光看來，端著十足的派頭，低聲道：「哪有什麼？」

「沒什麼你會起這心思？」神容自窗格裡瞄他一眼。

長孫信一不自在便忍不住低咳，手攏在嘴邊清了清嗓道：「無非就是尋常趕路罷了，到了洛陽後待了一陣子，還在驛館裡遇上了父親。」

「那從洛陽到長安呢？」

長孫信又低咳一聲：「都說了沒什麼。」

神容覺得那就是有什麼了，靠近窗格，聲更輕：「那她對你如何？」

長孫信閉上嘴，側臉對著她，不答話了。

神容想起山英那性子，心如明鏡：「若是連她對你是何意思都不明了，你那般悶著又是做什麼？」

「我本是想直接選個人定了親事的。」長孫信壓著聲沒好氣道：「哪知對著那些描像又遲遲定不下去！」

神容挑起眉，笑了笑：「人家都還不知道你的心思，你現在想那些有何用。既然勉強不來，也只能先推遲這事了，如今幽州暫停開礦諸事，待到恢復如常，你少不得又要去那裡，便能避開這些了。」

長孫信嘆一聲：「那還不知要等到何時。」

說者無心，神容聽了笑便沒了。至少要山宗的事解決了，幽州的事才會恢復。她不多想了，一手支起腮，朝窗格外望，車已到了客舍外，忽而說：「好了，停下吧。」

長孫信不禁勒住馬，朝她看一眼，順著她視線轉頭看去，就見那敞開的客舍大門裡，身著圓領袍的女子走了出來，身上配著劍。不是山英是誰。

「我叫東來找到她在此落腳。」神容說：「哥哥自便，我還有事，要去官署一趟。」

紫瑞坐在車外，東來護在車後，馬車逕自往前而去，就這麼走了。

長孫信左右看了兩眼，有些不自在，往客舍看去，到底還是打馬過去了。

山英一手提著劍，另一手還提著包袱，走到客舍院中，剛解了馬，聽到兩聲輕咳，轉頭一看，頓時一喜：「星離？可算見到你了！」

長孫信從馬上下來，聽到她這話，臉上露了絲笑，負著手在背後，緩緩踱步過來：「聽說妳在趙國公府外等過我？」

「是啊，我想問問你我大堂哥的事。」

長孫信臉上的笑僵了一下。

山英說著感慨：「可惜這長安不夠自在，連見你一面都難，他日待你再出長安了，我要找你就方便多了。」

長孫信這才重新露出笑來，施施然負起手道：「說的也是，妳可莫要只是說說。」

「我向來一言九鼎，自然不是說說，往後時日還長，若有空我一定去找你。」

他心裡舒坦了：「那就好，時日還長。」

山英說完牽住馬：「好了，下次見面再說吧，我得趕緊走了。」

長孫信剛有點愉悅，話還沒說完，不禁皺眉：「這就走了？」

山英點頭：「洛陽來人知會過我了，我大堂哥此番遭逢困境，這些年好似一直揹著什麼事，我要趕回洛陽去見我伯父。」

長孫信嘀咕：「他能揹什麼事，拋妻棄家的事還差不多。」

山英正色道：「我是說真的，莫非神容沒告訴你？我大堂哥差點連命都沒了，卻還要被帶來長安受審。」

長孫信一愣：「什麼？」山宗差點沒命？他轉頭朝街上看一眼，想起剛剛離去的神容，說是要去官署，她什麼時候需要去官署了，莫非是要去打聽山宗的動向？

幽州已進入冬日，大風寒涼，一陣一陣呼嘯嗚咽，橫掠過幽州城。

趙進鐮一襲官袍，自官署入了官舍，走進那間主屋裡時，看見山宗已經在屋中好好站著，身上胡服穿得齊齊整整，一手緊緊一扯，繫上了束帶。

「崇君，你還沒好透呢。」他好心提醒。

山宗又拿了護臂在綁：「有禁軍隊伍護送，我應當一路可以慢慢養，還用得著擔心什麼？」

趙進鐮看他說得輕巧灑然，心裡卻沒鬆，畢竟去長安一趟前途未知，無奈道：「長安眼下倒是風平浪靜。」

山宗看他一眼：「你有長安消息？」

「也就聽到了一些。」趙進鐮道：「據說長孫侍郎回都後大受恩賞，如今長孫家可比礦山剛現世時還要榮寵，你那泰岳家正當是高不可攀之際了。」

山宗聞言只提了下嘴角：「料到了。」明白他的意思，長孫家又高了一階，而自己如今卻還是戴罪之人。

趙進鐮低嘆一聲。

一個兵卒到了門口，抱拳報：「頭兒，胡十一百夫長和你點名的那些鐵騎長都到了。」

山宗已整裝妥當，往屋外走：「走吧。」

趙進鐮忙跟上他：「你要帶他們一起去？」

「嗯。」

剛到門外，廣源從廊下來了，身後還帶著個人，離得尚遠就在喚他：「郎君且慢。」

山宗止步，看著他快步到了跟前，身後跟著的是軍醫，肩上揹著沉甸甸的藥箱。

「怎麼？」

廣源上上下下打量他一番，才道：「郎君不能如此走，要出這官舍大門前，得由軍醫診治了，確認無事才可以。」

「我自己豈能沒數，不必如此麻煩。」山宗越過他便要走。

廣源連忙追上去，將他攔住了：「可這是夫人臨走前的交代。」

山宗腳下停住：「真的？」

廣源用力點點頭：「夫人那日走時特地囑咐我的。」

山宗臉色未變，嘴角卻慢慢勾起了笑，看了那軍醫一眼，伸出手：「那便來診吧。」

趙進鐮在旁看得生奇，感嘆地搖了搖頭。除了長孫家那位女郎，誰都拿他沒轍。

官舍門外，胡十一領頭站著，往邊上瞄。

邊上站了十來人，龐錄打頭，神色滄桑，旁邊是駱沖，臉色和平常一樣陰沉不定，後面是換上了軍所甲冑的薄仲和其他一眾鐵騎長。

正對著大門的，卻是一隊披厚甲執精槍的禁衛軍。無一人說話。

山宗自大門內霍然走出，一手提著直刀。

所有人抬頭看去。

趙進鐮和廣源腳步匆匆地跟了出來。

「頭兒！」胡十一忍不住喚了一聲：「咱都準備好了。」

駱沖和龐錄盯著他，薄仲忍不住往前一步，眾鐵騎長皆靜默。

山宗掃一圈眾人，看向領頭的禁軍，將手中的刀遞過去，歸案。

風自北吹至長安，尚未至寒涼。

神容走出院落，身上披著紫瑞剛替她搭上的披風，她的手指繫著領口，走去前院，忽被叫住了。

「阿容。」裴夫人站在前廳外，看著她，細細的眉微微擰起：「妳這陣子怎麼總往外跑，聽聞妳還去了官署？」

她身後廳中走出身著黛色圓領袍的裴少雍，玉冠束髮，朗朗眉目，看著神容：「阿容，聽聞妳回來了我便來過府上，好幾次了，今日才見到妳。」

神容不禁瞄了瞄左右，紫瑞和東來垂首在後不吭聲。她笑了笑：「母親有所不知，礦山上原先開採的人用不得了，準備另請工部安排人去接替，我近來時常與哥哥一同出門，是跟他走訪工部去了。」

恰好長孫信從對面一株花樹下而，她順口道：「不信可以問哥哥。」

長孫信抬頭看來，彼此一個眼神就懂了，朝裴夫人笑道：「是，母親，我是帶阿容去過工部。」

裴夫人搖了搖頭：「那又何必著急，多的是時候慢慢安排。」

長孫通道：「是我著急，下回不急了。」一邊說一邊悄悄看神容一眼，上前去，笑著將裴夫人請回廳內去了。

裴少雍看著神容，走到她跟前來：「我正好要走了，既然阿容要出門，那一道走吧。」

神容看他一眼，先轉身往外走。

一直到門外，裴少雍也沒提起山宗的事，本也不能多提，只問了句：「妳先前在幽州，一切都還好吧？」

神容點頭：「二表哥放心，我很好。」除此之外也沒什麼話可說，上一回見還是他趕去幽州告訴她山宗是罪人的時候。

直到車邊，裴少雍牽著馬，看她登車，抬手虛扶了一把，才又道：「馬上又要到天壽節了，阿容，可還記得去年的天壽節？」

神容自然記得，當時還是山宗送她回來的。那一晚他在街頭暗巷裡狠狠按著她親了許久。

她神思晃一下，腳踩在墩上停了一下：「嗯，記得。」

「聽聞今年會比去年熱鬧，我方才正與姑母說到這個，不知妳今年還會不會再去。」

神容心不在焉，便要登車：「再說吧。」

裴少雍攔她一下，低聲道：「官署便不要再去了，阿容，長孫家先前受賞，表哥又御前獲賜受封，如此恩寵，妳此時當不要插手的好。」

「我不曾插手什麼。」神容坦然地看著他：「二表哥多慮了。」

裴少雍對著她豔豔奪目的臉笑了笑，聲更低：「我只是擔心妳罷了。」

神容看左右一眼，應無人聽見，提衣登車而入：「那就多謝二表哥。」

裴少雍見她仍是要出行，抿住唇，默默讓開兩步。

忽有一馬而來，馬上是個青衫小吏，騎馬到了跟前，湊近向裴少雍稟報了兩句。

神容將走，朝車外看去一眼，快速幾句，唯一聽見的只有一句：叫他辦完了近來幾日都不必入宮聽宣了。

裴少雍忽而朝窗格裡看來一眼，臉色似變了一些，一面上了馬，一面說了句：「聖人交代些事要辦，阿容，我就先走了。」

「二表哥自便。」她說完，馬車也動了。

上了大街，神容想起方才裴少雍的模樣，又想著那是帝王突來的安排，揭開車簾：「東來，轉向，去我二表哥走的方向。」

東來領命轉向。

日頭微斜，城門已閉，街上行人開始減少。神容的馬車當街而過，忽而察覺有馬蹄陣陣，一隊人自車外經過。

她朝窗格外看了一眼，一怔，揭簾看去。

那是一隊禁軍，赫然嚴整，密不透風，從她視野裡毫不停頓地往前，所過之處，行人紛紛退避……

長安官驛裡，裴少雍走至院內，看著剛到的禁軍隊伍，又掃了隊伍裡押著的一行人一眼，直到隊尾，目光停了一停：「人既然都到了，聖人會親自過問，名冊給我驗一下。」他說完，盯著隊尾站了片刻，先入了館內。

領頭的禁軍跟著他進去。

他剛走，就有人入了官驛。神容走入時，正好看到一行人被帶入館中，一閃而過的幾道身影，領頭的似乎是胡十一。她頓時心口跳快起來，轉頭看著四下。

有禁軍看她走近，上前詢問，東來搶先迎了上去，亮了趙國公府的身分，低聲說：「我們是隨蘭臺郎來的。」

那群禁軍一時沒有阻攔，但看得很嚴密。

神容已趁機走至隊尾，那裡停著駕車，窄小而密閉。她不確定，伸出手指，在封上的窗格上摸了一下。

沒有動靜。剛要拿開，忽而一聲輕響，開了，她的手被一把捉住。

男人沉黑的眼盯著她，英朗的臉半明半暗。

她心跳更急，果然是他。張了張唇，卻看到他抬手掩唇，先輕噓了一聲。她的目光落在他手上，一凝。

他手上有鎖鐐。

神容看著他，他似笑非笑，嘴動了動：我來了。

「少主。」東來低低提醒。

手上一鬆，窗格闔上了。

神容手指不自覺伸了一下。一切已歸於平靜，快得彷彿從未發生過。

不過是短暫停留，夕陽將下時，官驛裡的人便陸續離去，押著剛被檢視過的一行人，以及隊尾的那輛馬車。

神容站在街尾的角落裡，看著禁軍隊伍遠去。那輛車自她眼裡遠離，被嚴密的禁軍所圍，若隱若現，已成一個孤影。直到東來喚她，她才意識到自己不覺已跟著走出去好幾步。

「少主，」東來在後小聲問：「可要去跟裴二郎君知會一聲？」

他已看見裴少雍跟在禁軍隊伍後面出了官驛院落，人騎上馬後還朝院門兩邊看了看，猜想禁軍應該會向他提及他們到訪過的事。

神容搖一下頭，目光始終看著漸行漸遠的隊伍：「不用了，二表哥不會說出去的。」

不知是什麼時辰，亦不知在長安何處。

只知道是在一間幽暗的牢房裡，新到的十幾個犯人被送了進來，一個一個被剝去甲胄，綁在木頭架子上，捆得結結實實。

那是跟著山宗來的胡十一和盧龍軍殘部的十幾位鐵騎長。他們是直接參與之人，全都要被審訊。

胡十一被綁在居中，已經被逼問了一通，滿頭都是汗。

一個滿面橫肉、凶神惡煞的獄卒站在他面前，一手拿著鞭子，鞭上是根根鐵刺，刺尖尚且留著似是殘血的鏽紅；另一手握著架在火盆上燒得滋滋冒紅的烙鐵，厲聲喝問：「我再問你一次，你之前上呈朝中之言可句句屬實？」

「屬實！」胡十一大聲道：「沒有半句假話！我敢用命擔保！」

「你不怕死？」

「他娘的，盧龍軍都死那麼多人了！我怕什麼死！你們就是屈打成招我也要說實話！我去關外看到的就那樣，盧龍軍沒有叛國！沒一個字是假的！」

獄卒拿著烙鐵在他面前威嚇地一舉：「行，叫你嘴硬，先給你們全都動一遍刑，看你還改不改口！」說著烙鐵往火裡一扔，轉頭出去，一路大聲叫人。

胡十一昂著脖子對著他背影大喊：「不改口！真的就是真的！有種你們弄死我！」吼完發現好似旁邊有人在盯著自己，他喘著氣扭頭一看，盧龍軍裡的諸位鐵騎長正盯著他瞧。

他左邊被綁的是駱沖，白疤在左眼上一聳一聳地打量他，臉上竟然帶著笑，看起來猙獰又陰沉：「算老子以前小瞧了你，你有種，肯拿命替咱們作證。」

胡十一粗聲粗氣道：「咋，就你們盧龍軍硬？咱幽州軍也沒慫的！」

「不都他娘的一個人的兵，你吼什麼！」

「你這會兒倒說人話了！終於肯承認自己是頭兒的兵了！」

駱沖一下閉了嘴，眼上的疤抽了抽，笑變得訕訕。

胡十一忽然覺得不對，轉回頭朝獄卒離去的方向看：「他們人呢，不是說要來動刑？」

被綁在駱沖旁邊的龐錄沙著嗓子道：「騙你的。」

「啥？」胡十一莫名其妙。

薄仲在他右邊道：「我猜也是，他們應是信了咱們的證詞，就是想最後試試咱們的底，不想有錯漏。」

對待軍中之人，自然是要用非常之法。

話音剛落，那個獄卒回來了，後面帶著一群人。他揮了手，那群人立即過來，卻沒拿刑具，而是將他們全都解下捆綁，按跪在地上。面前送來一份證詞，攤開來，旁邊擺了血紅的一碗泥水。

那獄卒道：「這就是你們的證詞，不怕死就按掌印吧！」

胡十一伸頭看了幾眼，二話不說覆泥按上。

駱沖緊跟其後，龐錄、薄仲一個個伸手，全都按了手印。

那獄卒又大喊一聲：「拖出去！」

那群人動手，將他們拖了出去。

穿過黑黢黢的過道，到了外面，是個嚴密的高牆院子，一下亮光刺目，眾人才發現外面已是在白日裡。

薄仲最先拿下遮擋的手，看見院牆下面站著一群畏縮攏手、伸頭張望的人，大多是婦孺，慌張又不安地朝這頭看來，其中有幾個是他記在心裡許久的熟面孔，頓時一聲嗚咽脫口而出。竟是他的家人。

除了胡十一，後方盧龍軍裡的鐵騎長們陸續撲上前。

霎時一片哭聲。盧龍一去數載，至親重逢，再見竟已需辨認。

院角暗處，獄卒將剛剛畫押過的證詞疊好，雙手送到身著赤色官袍站在那裡的河洛侯手裡。

河洛侯看了那邊彼此相認、哭作一團的場景一眼，點點頭，意思是這裡可以了。

深宮大殿，巍巍肅靜。

河洛侯親手托著那份按滿手印的證詞走入殿門，恭恭敬敬地見禮過後，進入帳內，呈放案頭，一邊低低將先前所見據實稟報，而後道：「臣已確認過，請陛下最後過目。」

帳中坐著的少年帝王抬手，細細翻看了一遍，紙張輕響，只片刻，按在手下：「傳召吧。」

河洛侯稱是，抬頭看向殿門：「宣幽州團練使。」

赫然兩列禁軍肅穆而至，直到殿門前，一人走在正中，胡服凜凜，身直如松，雙手被鎖鐐束縛，哐噹輕響，馬靴踏地，一步一聲。入了殿，他跪下，肩背挺直：「臣山宗拜見。」

河洛侯打量著他，同是洛陽世家出身，卻一直沒什麼機會得見，如今才算澈底見到這位當年的天之驕子。

似乎與之前所想完全不同，縱然鎖鐐加身跪在此處，他依然如在頂端，雙眼幽深沉定，只是周身不見半分世家子弟的該有的君子溫情，烈烈黑衣，一身邪肆，如出深淵。但這樣的人卻是鎮守住了幽州的英雄。

旁邊的少年帝王早已看著那裡，點了個頭。

河洛侯欠身，站直後開口道：「你帶來的人由其家人親眼辨認，已確認是盧龍殘部無誤，山上護軍所呈證詞與他們交代的證詞也比對一致。」

山宗稍垂首：「謝陛下讓他們與家人團聚。」

只這麼一句。河洛侯不禁又看身旁地位的少年身影一眼，知道帝王此刻正在觀察他。

「不過，」河洛侯話鋒一轉，溫聲道：「當年幽州節度使李肖崮跟前親身經歷此事的將領已被清洗得一個不剩，所有參與之人中，能為你證明的只有你自己的人，連檀州鎮將周均都不知情，要陛下如何信你殺的確實是反賊，盧龍軍確實沒有叛國？」

山宗掀眼：「陛下可以澈查。」

「陛下已經澈查了你。」

「不，」山宗語氣沉沉：「臣是說澈查先帝。」

河洛侯一驚，壓低聲道：「放肆！你可知自己在說什麼！」

旁邊的人卻抬了一下手，打斷了他。

河洛侯看向新君，會了意，不再多言，退去帳外，一直走出了殿門。

殿中安靜了一瞬，垂帳被掀開，少年帝王的身影站起，從中走了出來：「朕其實已經查過先帝了。」

山宗漆黑的眼一動，迅速地掃了他一眼。

正當身量抽高的年紀，少年身姿清瘦，一身明黃的圓領常服，白面朱唇，雙眼清亮，與在帳中端坐時的疏遠神祕不同，眉目有點過於清雋溫柔。

「早在朕還未成為儲君前，就已領略過先帝的手段，他在位最後幾年裡是疑心最重之時，也是邊疆和朝中最為動盪之時，他會做出這種事，卻又留下你替他鎮守邊關，並不奇怪。」

或許是先帝始終不放心他，所以儘管壓下了此事，仍然留著記述盧龍軍叛國之事的遺錄，比那份密旨詳盡百倍。

倘若有朝一日山宗違背重誓，往長安報復，成了威脅，這些罪名依然會被揭發。

「先帝不會留下對自己不利的東西。朕承他之位，只能查，而不能澈查。」少年帝王看著他：「但你明明一戰之後立下大功，還不顧生死帶回盧龍殘部，又能忍受折辱一路被鎖來長安，似乎有把握朕會替你翻案。」

山宗面沉如水：「是。」

早在第一次送神容回長安時，他就問過裴元嶺新君是什麼樣的人。裴元嶺說：原本誰也沒想到會是這一位登基。

一位靠兵諫獲得儲君之位的新君，並非先帝設想的傳位之人，也不在各大世家預料之中，必然對先帝密事一無所知。登基後又屢次清除先帝舊臣，顯然與先帝勢力相左。

幽州一戰後，他上奏請求讓重犯戴罪入軍所，是開始，也是試探。新君允許了，可見其重視邊防，甚至不惜打破常規，他如願引起了關注。

少年帝王站得離他足有兩丈遠，打量著他，臉上似乎有些不可思議，許久才道：「若朕不打算替你翻案呢？」

山宗眼中幽深：「陛下如果認同先帝所為，早在看到密旨時就會拿臣問罪。」那他就會做別的應對。

帝王年輕的臉上眉頭擰了一下：「先帝從不知道一戰要死多少人，守一城要流多少血，他看不見，也不在乎。所以他得到了應有的回報，朕豈會認同。」清瘦的少年身姿一轉，他回去垂帳後，拿了那份密旨在手裡，雪白的臉隔著垂帳朦朧，「朕相信盧龍軍未曾叛國，根本在於你鎮守幽州的作為。」

一個帶領出叛國之軍的將領，做不到兩萬固守，不退不降。

山宗握著的手指鬆開，等了四載，到了這一刻，竟一片平靜：「謝陛下明察。」

垂帳一動，扔出了那份密旨黃絹：「從今之後，密旨作廢，盧龍昭雪，不再有帝前重誓，你就是真正的幽州團練使。」

一個禁軍進來，解開山宗手上的鎖鐐。

帳內帝王似還在觀察他，聲音青澀中壓沉：「但往後如何，朕還要看著。」

山宗說：「是。」

「你自由了。」

「少主，就穿這件去天壽節觀禮如何？」紫瑞捧著一身緋紅的軟綢襦裙送到神容面前。

神容坐在房中，隨口應了一聲，並沒有看，似在沉思。

紫瑞看了出來，想起她那日出去一趟回來後便時常這樣，小聲提醒一句：「郎君已在外面等著了。」

神容回了神，這才起身更衣：「就這個吧。」

天壽節到了，今年要比去年熱鬧許多。據說為了慶賀國中太平，聖人准了幾個外邦進賀的舞樂伶人團在東市表演，整夜不歇，以示與民同歡，城中的高官權貴自然或多或少也會前去觀禮。她本已忘了這事，是長孫信提及，才記起來。

紫瑞給她換上衣裙，收束起高腰，臂彎裡挽上如水的輕紗。

神容出了門，長孫信果然在門外站著，一襲月白軟袍，似已等了一會兒，看到她便道：「今日妳總算不用找理由出去了。」

神容淡淡一笑，沒說什麼。不用去了，山宗已經到了。

天不過剛剛擦黑，大街上已經熱鬧非常，一盞一盞燈火提早懸掛了起來，城中如在白晝。至繁盛東市，四處都是穿梭的人流，車馬不得進，只能遠遠就停下。

神容從車中下來，跟著長孫信穿過人流步行，還沒多遠就有人過來，笑容滿面地向長孫信見禮。

是城中官宦人家，如今滿城皆知長孫家開礦立下大功，得到恩賞，自然多的是這種過來攀談結交的。

長孫信一面堆著笑應付，一面手背在後面搖了搖，是怕神容嫌煩，讓她先行。

神容見狀便帶著紫瑞和東來先行往前，經過街邊一間酒樓，忽見門前站著一身深黛袍衫、氣度翩翩的裴元嶺，領著兩三僕從在後，正朝她招手微笑。她走過去喚：「大表哥。」

「我正等妳。」裴元嶺抬手請她同行，一邊往前走，一邊指了下旁邊的酒家：「我以往與崇君常來這裡，如今卻不知他如何了。」

僕從護衛們在後擋著擁擠的人群，神容緩緩跟著他的腳步：「要讓大表哥失望了，我只知他已在長安，其餘一無所知。」

裴元嶺看她一眼，嘆息：「我早懷疑他是身上揹了事，畢竟當初也沒見他對妳有哪裡不滿，忽就和離棄家，只是沒想到有這般嚴重，竟至於惹出帝王來查。妳今日出來，是想在這些權貴當中聽聽風聲？」

神容看熙熙攘攘的大街一眼，蹙了蹙眉：「恐怕不會有什麼消息。」帝王親審，結果也許只有帝王和他自己知道。

「大表哥在與阿容說什麼消息？」正說著，長孫信追上來了。

裴元嶺笑了笑：「沒什麼。」

彼此說了幾句閒話，漸漸走到一座寬闊的高臺下。

木搭的高臺，大半人高，鋪著西域織毯，上方大多是衣著華服的顯貴，旁邊有僕從伺候，三五成群地站著閒談。四周燈火輝煌，各坊各街的百姓都湧來了，這高臺原就是特地搭來給貴人們觀禮用的，免得他們受擠。

裴家也有人在上面，神容已看見她堂姐長孫瀾，大約是怕冷，身上還披著件披風，端莊地站著，喚他們：「快上來。」

裴元嶺當先拾階而上，與妻子說了兩句話，又搭著手，與其他熟悉的達官貴人們互相問候了一番，轉頭時長孫信和神容也一先一後登了上來。

「阿容，回來這麼久怎麼也不見妳的人？」長孫瀾過來挽住神容的手，笑著問。

神容只能說：「有些事忙。」

剛說完，只聽街頭有人高聲叫了起來：「聖人現身了！聖人現身了！」

神容一怔，轉頭看去，街上的人已陸續朝聲音來源方向湧去，甚至連高臺上的不少達官顯貴也去了。

遠處市中一棟角樓上，欄前立著一排禁軍護衛，當中站著帝王年少清瘦的身影，明黃的衣袍在燈火下熠熠生輝，看不分明臉，只看見他親手點了一盞祈福的天燈，放飛上了天。

而後有宮人舉著托盤奉上，他接了在手，抓著盤中東西抬手灑下，紛紛揚揚如雪的錢幣落了下來。

下方擠著的人紛紛撿拾討彩，恭維祝賀，歡聲笑語。

神容看著少年帝王在樓上做完了這些，站了片刻，很快就轉身離去了。他還能出來與民同慶，難道山宗的事已了？光是這般想著，她便止不住心中緊扯起來。

帝王親手祈福之後，街頭街尾接連升起一片明亮的天燈。

「阿容，快看那裡。」長孫瀾拍拍她的手。

神容的心思尚在遊移，隨口問：「看什麼？」

對面一盞一盞祈福的天燈漂浮在半空，有的高有的低，下方連著繩，拴在地上的木樁上。

長孫瀾笑道：「那些賣燈的啊，不知會不會有人送燈來，我聽聞近來母親已經替弟弟考慮婚事了，指不定會有人送給他。」

送祈福的天燈來，若是青年男女間，那心照不宣，就是示好的意思。

長孫信在旁聽到了，不自在地乾咳：「阿姐怎麼拿我說笑，我對那些才沒興致。」說著悄悄瞄神容一眼。

長孫瀾往那些達官貴人當中遞去一眼，笑道：「你自己看，打從你們上來，不知有多少家有女兒的貴胄朝你看了，你年齡也不小了，往後還要靠你繼承長孫家呢，怎能沒興致？」

長孫信捏捏眉心，有苦難言，瞟神容一眼道：「說不定是在看阿容呢。」

長孫瀾想起之前山宗的事，有幾分悵惘，看神容一眼：「也是，如今長孫家聖眷正濃，阿容這裡，肯定也多的是未曾娶妻的兒郎家盯著。」

神容淡淡說：「我肯定不行了。」

長孫信不禁一愣：「什麼意思？」

「不行便是不行。」

裴元嶺站在長孫信身旁，也看了看神容，她身襲緋紅襦裙，燈火描摹眉目，豔然奪目，確實有很多目光在看她。

「確實，如今長孫家聖眷正濃。」他忽而道：「對某些人而言怕是難上加難了。」

神容輕輕轉開眼，知道他在說誰。在如今家族最為榮光之際，她卻想著那個被鎖入京最為落魄的人……

長孫信聽出一些，朝那頭的權貴們看去，正好見有人拿燈過來，打岔說：「叫阿姐瞧清楚，是個男子，肯定是給阿容的。」話剛說完，看見那人走近的身影，他不禁訝異，「二表弟？」

裴少雍手裡提著盞燈走了過來，看著神容：「阿容，還以為妳今日不會來了。」他顯然是剛到的，穿著便服，臉上有被寒風吹出的微紅。

神容看他一眼：「二表哥這些時日未曾入宮是麼？」

裴少雍聽她開口就問這個，勉強笑了笑：「是。」

他知道她去過官驛，但也沒說什麼，只當不知道。

「宮裡……沒什麼事。」他接著說，又笑一下，忽而有了絲安慰的意味。宮裡什麼風聲也沒有，山宗被祕密押來京中，結果或許不好。

神容去看滿街燈火，輕聲說：「沒什麼事或許就是好事。」

裴少雍無言一瞬，想起手裡的燈，拎起來：「阿容，我取了盞燈來，叫人替妳放了吧，權作祈福。」說完遞給後方候著的小廝。

一旁幾人都看著自己，他已留意到了，尤其是長孫信，眼神有些驚愕。但對他自己而言，這是難得與神容相處的機會了。

神容沒做聲，裴少雍看那小廝將燈放了出去，轉頭才發現她沒說話是因為眼睛早已看著街上。緊接著就見她越過自己走去高臺邊。

對街筆行挨著酒肆，玩雜戲的聚集了一圈，混著拉胡琴的，人群裡鑽出拍手的總角小兒，一道高壯身影自其間一閃而過。神容站在臺邊看著，那好像是胡十一？

「阿容！」長孫瀾忽然叫她。

神容回頭，見她手指著天，抬頭看去，那盞裴少雍剛剛命人放了的燈已飛至半空，燈火卻不知何時已滅了一半，上升速度一下慢了。

就連裴少雍都詫異地向上看了過去。

緊接著一聲輕嘯劃過，燈下盛火的松脂盤應聲脫落，落入下方一人伸出去接的手中，燈籠也破了，燈墜了下來。

神容順著看去，街中洶湧人潮，那人一襲黑烈胡衣俐落緊束，扔了松脂盤在地，馬靴踏滅餘火，手上收起小弩，交給後面站著的胡十一，又從胡十一手裡接過一盞新燈，拎著走來。

穿過人潮，穿過喧囂，他直直走到高臺下，抬頭盯著神容，將手中天燈托起，嘴邊一抹笑：「放我的。」

周遭似乎有些安靜，高臺上有無數雙眼睛往這裡看。

神容看著他，一眼之後又看一眼，確信的確是他，俯身伸手接住，聽見心口一聲一聲地跳快。

人潮裡還有人走來。

胡十一捧著盞天燈到了臺下，黝黑的臉對著高臺，大聲道：「奉幽州團練使山宗之命，來給長孫女郎送燈！」天燈放在神容腳邊，他鬆手走開，燈便自行飛起。

後方又走來薄仲，在她腳邊放下一盞天燈：「第一鐵騎，奉幽州團練使山宗之命，來給長孫女郎送燈。」

而後是龐錄，放下手中燈，聲音略啞滄桑：「第九鐵騎，奉幽州團練使山宗之命，來給長孫女郎送燈。」

他後面是駱沖，白疤聳動，掛著笑有幾分駭人，放下燈後，口中卻還是依言道：「第十四鐵騎，奉幽州團練使山宗之命，來給長孫女郎送燈。」

再後方，仍有鐵騎長走來：「第三十九鐵騎，奉幽州團練使山宗之命，來給長孫女郎送燈……」

一盞一盞燈自神容腳邊放下又升起，燈火流轉往上，將她周身照亮，又轉淡。神容在燈火裡看著立在高臺邊始終盯著她的男人，對著他嘴邊勾著的痞笑，心已跳麻。

後方早有人竊竊私語，連喧鬧的大街上都有人駐足圍觀。

長孫瀾看著這一幕，詫異地快要說不出話來：「他……」

裴元嶺笑了笑：「不認得了嗎，山大郎君啊。」他就這樣直截了當，回到了長安所有人的視野，張揚一如從前。

遠處街頭有震天樂聲傳了過來，表演舞樂的伶人團來了，無數人在歡呼。

一時間四周擁堵起來。

神容看見山宗朝她伸出了手，說：「下來。」

她手裡的那盞燈鬆了，升上空，一手提衣朝臺階走。

臺上也喧鬧起來，隨著大街樂聲漸漸鼎沸，臺上的眾人終於記起來此的目的，又或許是有心裝作只想看舞樂，紛紛走向臺邊，而街上的人在被擠著湧往高臺，神容只走了幾步便被堵著了。

山宗依然朝她伸著手，笑：「我叫妳直接下來。」

神容依稀記起這話他曾說過，在他們一同落入山腹裡，讓她從洞裡跳下去時，他也是這麼說的。

她瞄左右一眼，紫瑞和東來替她擋著後方。趁著擁擠，她伸手遞給他，往他那片燈火昏暗裡下去。

悠揚胡笛陣陣，眾人如海如浪。

神容穩穩落在男人的雙臂裡，攀住他的肩。

長孫信早已在那頭震驚許久，發現擁擠起來，立即來臺邊找妹妹，什麼也看不見，只看到人山人海裡，神容緋紅的衣裙自眼裡一閃而過，被烈黑身影緊緊牽著，穿出人群而去。

臺邊站著裴少雍，看著那兩個離去的人，從剛才到現在，神容眼裡似乎再無旁人，心沉落下去，如那盞升不了天際的天燈。

「你沒事了？」暗角裡，神容氣息不穩地問。

山宗自她頸邊抬起頭，用力抱著她，在震耳欲聾的喧鬧中貼在她耳邊說：「此刻妳就是我最重要的事了。」

第三十六章　盧龍昭雪

喧囂仍未退去，街市徹夜不眠。

神容從暗角裡探出身來，燈火映著她的臉，看見了遠處高臺附近，長孫信朝這裡找來的身影。

她回過頭，緊接著隱入暗處牆影。是被摟過去的，身後是男人的胸膛，山宗一隻手勾在她的腰上。

「你的事真不要緊了？」暗影裡，她聲音輕輕的。

「嗯。」

「可朝中為何沒有任何消息？」

山宗沉默一瞬，笑一聲：「或許是還不到時候。」

又一陣急促的鼓聲從外面街上經過，伴隨伶人們手中舉著的明亮燈火，神容盯著他的眼神被清楚地照亮，又暗下。

山宗對著她的眼神低下頭：「聖人宣布我自由了，但沒有提到薊州，依然會盯著我。」

神容有點明白了，聲更輕，氣息拂過他鼻尖：「他還未能澈底信任你。」明明不該如此。

「他信盧龍軍無罪就夠了。」山宗靠近，來尋她的唇：「我的事交給我，妳的事也交給我……」

神容再也說不出話來，全被他堵住了。

「阿容！」是長孫信遠遠喚她。

山宗的唇磨蹭著她的，低笑：「大約還有十來步。」

神容纏著他的呼吸，手搭上他的腰，摸到護腰硬實的皮革，他察覺到了，抓住她兩隻手往腰後送。她兩手抱住他緊窄的腰，呼吸微亂：「還有幾步？」

「我親妳多久就還有幾步。」

神容耳邊被他低沉的笑震得酥麻，又聽見他說：「妳先回，待時候到了，我就該登門了。」

次日一早，街上喧囂留下的殘餘火屑味似乎還在，趙國公府裡都隱約可聞。

長孫信走出院落，朝神容的院子看了一眼，沒有動靜，也許神容還在休息。

昨夜他在街上找了她許久，轉頭四顧，毫無頭緒的時候，才看到她穿過人群走來。他朝她身後看去，便看到那一道黑烈頎長的身影自人群裡遠去，後方還跟著先前送燈的那群身著甲冑的悍軍身影，一瞬就掩入了燈火。

他們二人一定不知道，就在他們走後不久，高臺上已悄悄議論開了——

「那是洛陽山家的山大郎君？」

「不是有傳言說他當年一心與長孫家女兒和離了嗎……」

這些長孫信都沒告訴神容罷了。

他抬手攏唇，清清嗓，往庭院方向看去一眼，忽覺今日不太對勁，怎麼好似特別安靜？

剛想到這裡，便見一群僕婦婢女腳步匆匆地沿著迴廊往這裡而來。都是他母親裴夫人身邊的人，平日裡很少有這麼興師動眾的時候，這麼多人一起上陣，直奔往神容所居的院落去了。

長孫信見狀不對，忙往前院去找他母親。

房中，神容剛在妝奩前坐定，身後紫瑞匆匆接近：「少主，主母請妳過去。」

她轉頭，竟在紫瑞臉上看出幾分慌張，又瞥見門外那群來請她的僕婦婢女，眼神輕轉，起身整衣：「無妨，我這就去。」

裴夫人正在花廳等她。神容被那群僕婦婢女送過去時，沒有在廳外左右看見一個下人。

正要進門，長孫信迎頭出來，碰見她，連連使了兩記眼色。

「沒你的事，你可以走了。」裴夫人在屋中道，聲音略略威嚴。

長孫信頓時收斂，又看神容一眼，埋頭走了。

神容定定心，提衣走入廳中。

裴夫人坐在榻上，一襲厚錦襦裙，頭上綴著華貴的步搖，妝描得精細，可見今天本該心情不錯，此刻卻板著一張臉。

「母親有事找我？」神容站在她面前。

裴夫人看著她：「我問妳，昨晚聖人千秋天壽，有人為妳點了漫天燈火，這可是真的？」

神容眼一動，輕輕握住手指：「是真的。」來時已然猜到幾分，果然是傳入她耳中了。

裴夫人蹙起眉頭：「那人是山宗？」

神容抿了抿唇，點頭：「是。」

裴夫人頓時語氣帶怒：「此事一夜遍傳長安，我才知道，是誰給他的膽子！妳竟還接了？」

神容看了看母親，她向來端莊嫻雅，少有如此動怒的時候。

「我是接了，因為我與他……已經重新再做夫妻了。」總歸要說，她便乾脆和盤托出了。

裴夫人滿面錯愕，好一會兒才說出話來：「妳說什麼，這是何時的事？」

「幽州戰時。我知母親因我之事存有不悅，才一直沒說。」

「妳既知我不悅，就該記著他對妳做過的事！」

「我記著。」

「那妳還願意？」

「嗯。」

裴夫人不可思議地看著她，上上下下好幾眼，驀然站起：「他到底有什麼本事，竟叫妳如此心甘情願！」

神容靜靜站了一瞬，提了衣擺，緩緩跪下：「他是個頂天立地的男人。」

裴夫人看著她沉靜的臉，一手按著心口：「妳真要與他再做夫妻？」

神容抬起眼，一伸手，抓住她的衣擺，聲低低道：「是，求母親成全。」

裴夫人的臉青了一分，從未見過心高氣傲的女兒這般模樣，又氣憤又心疼，搖了搖頭，狠心揮開她的手：「來人！」

一群僕婦趕過來時，有人自廊上趕了過來。是趙國公，他下朝剛歸，身上還穿著朝服，到門口便見看到裴夫人自屋中盛怒而出。她身後的僕婦們正將廳門關上，門內只留下神容獨跪的身影。

趙國公皺了皺眉，走去裴夫人身邊：「看來妳已知道了。」

裴夫人氣道：「全長安都知道了，我豈能不知道？」

趙國公擺手遣退左右：「料想還有一事也很快就會傳遍長安了。今日早朝，聖人發了詔文，賞了山宗的戰功，他麾下所有兵馬都免罪進功一等。」

裴夫人擰著細眉：「那又如何，他立功了不起？」

趙國公拍拍她的手安撫：「我告訴妳此事，是要妳有個準備，他大約要登門來了。」

裴夫人當即又生怒意：「他還敢登門？」

「是我答應讓他登門的。」趙國公道：「只因此番去幽州，我親眼所見了一些事情，待我說完，妳再考慮是否要見他，後面是否要同意，也都由妳做主。」

裴夫人本又有氣，聽到後面才按捺下來。

一匹快馬到了趙國公府門前。只有一匹馬，一個人。

山宗從馬上下來，看面前高闊的門楣一眼。上一次正大光明進這道門，還是當年迎娶神容的時候。

他走至門前，立即有守門的護衛上前問名。

「山宗求見。」

神容坐在榻上，手邊小案上擺著一碗剛送入的熱茶湯。她無心去飲，長這麼大，記憶裡這是頭一回見母親對她如此動怒。

忽聞外面腳步聲急促，似有不少人在走動，一陣一陣的。

一道聲音低低在門外面喚：「少主？」

「東來？」神容起身，隔著門問：「外面怎麼了？」

東來低聲道：「山使登門了。」

他來了？神容立即朝窗戶看去，可惜窗戶也從外面關上了。

「我母親見他了？」她問。

東來道：「尚不知道，只是將下人們都遣退了，僅留了一些護衛，所以才有了方才那陣動靜。」

神容不語，坐回榻上。看來她母親是不會見他了。

不知多久，外面沒了動靜，東來應當走了。門忽被推開，神容抬頭，看見長孫信走了進來。

「你怎麼進來了？」她小聲說：「別被母親知道了。」

「妳都被關好幾個時辰了，我自然是趁了時機進來的。」長孫通道。

神容問：「趁何時機？」

長孫信走過來，神神祕祕地低語：「母親見他了！」

神容倏然一怔：「真的？」

長孫信朝她招手：「妳不想知道他們說什麼嗎？」

庭院裡，嚴嚴實實守了一群護衛。裴夫人挽著披帛一路自遠處而來。

趙國公走在後，但至廊上便停住了，負手看著，按先前所說，全權由裴夫人做主。

裴夫人走到庭院中，一眼便看見那筆直站著的身影，長身挺拔，胡服凜凜。她眼間蹙出細紋：「你還有臉來登我長孫家的門。」

山宗抬手抱拳：「為求允許我與神容再合，必要來拜見岳母。」

「誰是你岳母！」裴夫人道：「我不過是看在你在幽州戰事裡保下了礦山的份上才見你一面，何曾答應將阿容再嫁與你，你過往所做的事，便想就此輕易揭過不成！」

山宗默默站了一瞬，忽而解下腰帶，一掀衣擺跪了下來，雙手將腰帶呈上：「那便請岳母責罰。」

裴夫人怔愕，竟後退了一步。

就連趙國公眼裡都露出了驚訝。

「你當我不敢？」裴夫人氣道，當真奪過那腰帶，遞向護衛：「最好給我將他打出去！」

一個護衛上前，接了腰帶，應命一下抽在山宗背上。

硬實的革帶，厚重力道如鐵，山宗卻紋絲不動。

又是一下，他依然不動。

接連好幾下，庭院寂靜，只剩下這一道一道鞭抽上去的聲音。到後來連護衛都遲疑了，舉起來的手頓住，看著裴夫人。

裴夫人眉頭鬆了又皺，數次反覆，沒想到他竟堪受此辱，居然有些被懾住了，許久才又道：「你如此浪蕩輕浮，當著全城人的面向阿容示好，擺明了是要讓她只能嫁你了！當我長孫家好糊弄不成！」

山宗說：「岳母也說是我向她示好，從此全城都會記著，是我向她示的好，將她求回來的。」

裴夫人一愣，眼神在他身上轉了一圈，想起了趙國公的話，繼而又怒：「那你在幽州就擅自與她成婚又如何說！你當她是什麼，如此草率行事！」

「那不曾草率，」山宗掀起深如幽潭的眼：「那是我對著天地山川發過的誓言，唯缺岳父、岳母首肯，這便是我來此的理由。」

遠處花木之後，藏著兩道身影。

「沒想到……」長孫信也驚訝了。

神容一手撥開花枝，看著那裡的人，緊抿著唇。方才他挨那幾下時，她甚至想告訴她母親他剛受過重傷，但被身旁的長孫信制止了。

她以為曾見過他當街攔車便是放低了身姿，如今卻見到他放下了更多的驕傲，寧願自求鞭笞，跪地不起，收斂一身痞壞，只為求她母親的首肯。

裴夫人似乎真被懾住了，忽而一把從護衛手中拿腰帶，親手揚了起來，卻遲遲沒有落下，眼裡陡然泛紅：「我管你是何等不易！那是我們長孫家全家捧在掌心裡託付與你的，她便是那天邊明月，你怎能如此對她！」

山宗看到她的眼，喉頭一滾：「她不是明月，她是我頭頂豔陽。」

神容心中一震。

眼裡見他已垂首，直點到地：「願求這驕驕明日，再照我一回。」

庭院裡久久無聲。

久到神容眼中只剩下那個跪著的人。即便此刻以頭點地，他也寬肩平直，身正如松。

「阿容，阿容！」

長孫信接連低低喚了好幾聲，神容才回了神。

「快走，莫被母親發現了。」他輕輕推她。

神容被他一直推出花樹後，回頭往那裡看去，看見她母親原本舉著的手已垂了下來，手裡鬆開，扔下那條腰帶，轉身往後走去了。

山宗抬起了頭。

護衛們散開，正往這邊而來。

「別看了，」長孫信催促道：「妳先回去，我替妳看著情形，有消息便立即告知妳。」

神容被推往來時的方向，山宗的身影已消失在她眼角餘光裡。

書房裡，裴夫人坐著，端正不語，一旁站著趙國公。

「他還在？」許久，裴夫人才問。

趙國公點頭：「自然，妳我都看不出這小子有多能忍，也是這次去幽州，我方知道他是認定了便不會放手的人，既然會登門，就不會在意這點折辱。」

裴夫人低低一聲哼：「他便不擔心我直接回絕了。」

趙國公想起上次他來長安求娶的情形，沉吟道：「那他一定還會繼續登門。」

裴夫人詫異地看丈夫一眼，沉下臉色不語。

正說著，長孫信進了門，堆了一臉的笑上前，伸手扶住裴夫人手臂：「不知母親有何決斷，難道還要一直關著阿容不成？」

裴夫人看他一眼：「你又有什麼要說的？」

長孫信有點訕訕：「原本我是不想說的，打他當初做出那事來，我便瞧他不順眼。可他這番登門，能為阿容做到這步，實在叫我沒想到。我就實話與您說了吧，之前阿容在幽州有幾回叫您擔心有風險的，其實是真遇了險，都是他護著阿容過來的，這還只是我知道的。阿容是何等秉性，若姓山的只是嘴上說說，她哪能跨過當初那事的坎，妳看她何曾對誰這樣過？」

裴夫人聽到神容真遇險便變了臉色，聽完他這番話，又擰著細眉扭過了頭，好一會兒，才說：「我又如何捨得關她……」

庭院裡，山宗抬起眼，看見有人走了過來，一路走得慢悠悠的。他終於起了身：「神容現在如何了？」

長孫信剛走到他跟前，便被問了這麼一句，沒好氣地低語：「你在我們國公府上可是自身都難保了，還問這些。」

「我好得很。」

長孫信一時語塞，看著他漆黑的眼，真看不出來他這麼傲的人還能有今日模樣，手攏著嘴輕咳一聲：「罷了，我來傳話，我母親有話只會與阿容說，你可以走了。」

半個時辰後，紫瑞端著飯菜送到花廳裡來。

到了門口沒見有守著的僕婦婢女們，她便猜測神容可能已經出去了，忙推門而入，卻見神容好好地在榻上坐著。

「少主再稍稍忍耐一下，主母定然不會忍心一直關著妳的。」她悄悄安慰說。

神容朝她身後的廳門看了一眼：「他還在不在？」

紫瑞放下飯菜，小聲道：「東來去看過，山使已經走了，是郎君親自傳話讓他走的。」

「那我母親如何說？」

「尚且不知主母意思。」

神容蹙眉。

很快，門又被推開，長孫信走了進來。神容立即朝他看去。

長孫信擺擺手，遣退了紫瑞，負起兩手在身後，一本正經道：「念在他當初救過我一回，我倒是願意替他好生美言幾句來著，哪知道母親沒讓我說太多。」

神容輕輕移開眼：「那母親如何說？」

長孫信將門拉開到底：「妳可以出去了。」

神容眼一抬，轉回頭，站起身來：「這是母親的意思？」

長孫信點點頭：「我還能騙妳不成。」

神容當即出門，到了門外，腳步卻停了一下，改了方向，往她母親所在處走去。

裴夫人正往此處而來，轉過廊角便遇見了。

母女二人對視一眼，神容緩緩上前，雙手挽住她的胳膊，屈一下膝：「叫母親難受了，我知道母親所做一切皆是出自心疼我。」正因知道，才乖乖任她關著。

裴夫人看著她黑白分明的眼，到底還是不遮掩自己的心軟了：「妳知道就好，若是他敢再有下次……」

「那我就給他一封和離書先棄了他，如何？」神容搶話說。

裴夫人這才緩了臉色，抬手輕輕撫了撫她的鬢髮：「我只希望妳不受委屈，妳值得最好的。」

「不會的。」神容抱緊她的手臂：「他就是最好的。」

官驛裡，一群人正在院子裡或蹲或站地閒著。

龐錄對著長安淡薄的日光揉了下手腕，那裡留著一道半指寬的印記，曾經是束縛手鐐的地方，如今被帝王免了罪行，以後他們再也不是罪人了。

駱沖在他旁邊看到，古怪地一笑，眼上白疤又是慣常地一抖，沒說什麼，或許也是還不太習慣。

胡十一往後方客房那頭看了看，忽而扭頭問：「頭兒到底一個人去了啥地方回來的，咋就這樣沒動靜了？」

薄仲搖頭：「不知道。」

胡十一回想著山宗之前一馬一人單獨出去，回來了也是一個人，一言不發地就回了客房，思來想去還是不太明白。

「肯定是去找金嬌嬌了，莫不是出啥事了，難道說咱先前的燈白送了？」他直犯嘀咕。

忽聞外面一陣馬車轆轆聲，須臾，有人走了進來。胡十一抬頭一瞧，愣了一愣。這麼巧，剛說到她，她就到了。

神容襦裙曳地，緩步走入，掃了他們一圈，淡淡問：「他人呢？」

胡十一看不出她臉色意味，伸出根手指，朝後面指了指：「客房。」

神容直往那裡去了。

他伸頭追著瞧了一眼，只見她轉了個彎，便什麼也瞧不見了，又嘀咕：「到底咋了，好事還是壞事啊？」

神容一直走到後面一間客房外，對著那扇門站定，手剛要抬起來，頓了一下。

門忽然開了。山宗站在門後，一手扶著門，看到她，眼神一凝。

神容朝他看過去，昂昂下巴：「如何，沒想到又是我親自來給你答覆？」

山宗嘴角緩緩勾起：「一直在想，直到現在才成了真。」

神容眼裡剛閃過一絲笑意，便被他拉進了門。

「妳母親答應了？」山宗抱著她抵在門後。

「嗯。」神容被他禁錮著，兩手撐住他的肩。

山宗嘴角深深揚起，他已做好了短期內都再難見到她的準備，甚至想好了再去登一次門，沒想到她竟然來了。

下一瞬間，他便迫不及待地低下了頭。神容頸邊一熱，是他的唇貼了上來，頓時撐著他的手指一縮。他的氣息一瞬間裹挾過來，熟悉的張揚又激烈。

山宗把她的手拉下去，搭到自己的腰上，她的手指去勾他束帶的結釦，勾了一下，又一下。他笑，騰出隻手來抓著她的手，一把扯開了，一聲輕響。她腰上也有他的手，很快她身上的繫帶便鬆了，衣裳窸窸窣窣，半鬆半散。他的手往裡伸入。

神容呼吸急促起來，一陣一陣的溫熱，從頸邊到耳垂，是他的唇，讓她不自覺仰起頭，腿動一下，被他肆虐的手惹得咬唇，搭在他肩頭的一隻手伸進他的胡服，忍不住去拉他的中衣。

山宗抬起頭，看到她的模樣，眼神倏然轉暗，一把將她托了起來。

神容腳下忽然騰空，張惶地攀住他，他已欺身抵上。

「抱緊我。」聲音低得過分。

神容來不及開口，他已霍然闖入。人如浮木，他是汪洋，只能隨他浮沉搖晃。

神容眉頭時緊時鬆，有些失了神，手上一下拉扯開他的衣領，看到他寬直的肩露了出來，肩頭到肩後好幾道紅痕，眼神不禁一頓，伸手摸了上去。是那幾下鞭笞留下的。

「你的傷好透了，可以任意挨抽了是不是？」她輕喘，問得斷斷續續。

山宗用力托著她，沉沉不停，呼吸拂在她雪白的下頷：「妳都看到了？」

神容眼神一動，胸前起伏越來越急：「沒有。」

「妳看到了。」山宗驟然壓緊她，聲低至沉啞：「妳自己看看我好了沒有。」

神容陡然失聲，雙臂緊緊抱住他的脖子。驚濤駭浪，便真是浮木，也快要被拍撞碎了。

山宗肩頭繃緊，沉沉喘著氣，親到她的耳垂：「怎樣？」

神容咬著唇，說不出話，只能緊抱著他脖子不放，一手順著那幾道紅痕撫去他的背後，摸到了剛長好的疤，長長的一道，光是摸也能覺出猙獰。手指劃著，又摸到他胸膛上那一處，覆上去，掌心下是他激烈的心跳，終於能開口，輕顫著說：「嗯，好一些了……」

山宗低笑：「才是『好一些』？」忽又沉撞。

神容摟緊他，咬著唇伏在他肩頭，眼看著他肩頭最清晰的那道紅痕，身一沉一落，那紅痕在眼前一動一動。許久，驀然渾身一緊，她難忍地低頭，張唇含了上去。

山宗肩頭一繃，瞬間如被點燃，雙臂一收抱緊她，更加狠了。

不知何時，外面傳來樂聲。

神容斜斜伏靠在臨窗一張簡榻上，伸手將嚴實關著的窗口推開一道細細的縫，往外看去。官驛外便是城內道路，原本尚算安靜，此時卻漸漸多了許多路人，朝著遠處望著。那裡有一行人正朝這裡過來，一路歡聲笑語。

神容透過窗縫看了又看，才漸漸看清了，原來是一行迎親隊伍。

大概是城中哪家富戶人家娶親，排場算大的，難怪引得百姓伸頸墊腳地湊熱鬧。新婚的馬車覆蓋了輕薄的彩綢，從遠往近一路而來。當先的年輕新郎坐在馬上，婚服豔豔，笑得眼睚成縫，手上不停地向沿途的眾人撒出一枚枚的通寶。

有的落在地上，叮叮響，引得人紛紛俯身去撿；有的落在別人身上，人家一邊被砸疼了，接了錢也高興，還笑著向他搭手道喜。歡聲笑語，喜氣洋洋。

有人在往車內看，想一睹新娘容貌，被新郎笑著喝斥開，接著又是一把通寶撒出來。

神容看著這場景恍了個神，身上一沉，多了件厚沉的絨毯。

一條烏黑斑駁的胳膊箍住她的腰，男人的胸膛自後靠過來：「妳不冷？」

神容眼波一晃，輕輕說：「分明要嫌熱了。」

山宗扯起嘴角，想起她軟在自己身上的模樣，直到最後釋放那刻，他依然緊緊抱著她不放，再也不用像之前那樣克制，彼此緊貼，她甚至出了一層細細的汗。

他朝窗縫外看了一眼，看到了那熱鬧場景。

神容已看到他的眼神，撇撇嘴：「沒什麼好看的，還比不上當初你我萬分之一。」

山宗低頭看她一眼，聲音低沉：「確實比不上。」

不只排場，連剛才那新婚隊伍中垂簾半掩的車中女子身影，也比不上當年她坐在婚車裡的身影。

他抿了抿唇，又低聲說：「我該補給妳一場婚禮，屆時就按照妳父母的要求來，只要我能做到。」

神容慵懶地說：「誰在乎，反正又比不上當初的。」

山宗咧一下嘴角：「妳我第一次成婚那樣的場面，的確是很難比上了。」

她眼神輕輕掃向他，忽而說：「我是說望薊山裡那次。」

山宗一下盯住了她。

神容眼睛微彎，伸出手臂，想去關窗，那條烏黑斑駁的胳膊已先一步緊緊拉上了窗，而後伸入絨毯，撈住她的腰。

她僅著的衣裳又落了，背緊緊貼入他胸口，如貼上一片難當的火熱。

他的心裡更熱，親上她耳邊，喑啞地笑：「請夫人再驗一回傷……」

第三十七章　再嫁

神容坐進馬車裡時，天已然要黑了。

她側過臉往窗格外看，山宗一直將她送出來，身上的黑烈胡服已經穿得齊齊整整，一絲不苟地緊束著釦帶，正對著窗格裡她的臉似笑非笑。

「笑什麼？」她的語氣還軟綿綿的。還不是被他折騰的，哪裡像是個剛剛重傷痊癒的。

山宗眼裡笑意又深一分，低語：「我此刻只想趕緊將妳帶回幽州。」

神容眉頭一跳，心裡也跟著突地一跳，莫名被他的弦外之音撩撥一回，手臂一搭，故意貼近窗格。

窗上覆蓋的薄紗如一張網，她的臉故意隔著這一層網與他相對，幾乎要觸到他的鼻尖。呼吸可聞，剛剛交纏過的氣息也可聞。

「那也得我母親同意。」她輕輕啟唇，卻是冷不丁的這一句，說罷便退開了。

山宗不禁瞇眼，笑著摸了下嘴，看車旁的東來一眼。

馬車立即動了，往前駛去。

山宗一直看著她的車自眼前離去，轉過頭，胡十一跟了過來。他早在旁邊悄悄看好一會兒了。「頭兒，沒事吧？」

山宗臉上仍有笑：「沒事。」

胡十一鬆口氣：「那咱好不容易叫盧龍軍無罪了，啥時候能回幽州啊？」

山宗笑稍斂：「待我再去趙國公府拜見了，才能有定論。」

不出兩日，趙國公府便忙碌起來。

一大早，天不過才剛亮，大門打開，迎接了來訪之客。

依然是一匹馬，一個人。

紫瑞手裡捧著一份冊子進入房中時，神容正端端正正坐在桌旁，手裡捧著書卷，只不過並沒有打開，反而眼睛時不時瞄門外一眼。

「少主，」紫瑞將手裡冊子擺在桌上，笑著道：「這是主母特地著人送來的，叫妳一定要過目，說是婚儀必須的。」

神容放下書卷，拿起那冊子，翻開一看那密密麻麻的字便又合了起來，皺眉說：「何必如此麻煩。」簡直比頭一回成婚還麻煩。

神容又朝門看一眼：「我母親還在與他說話？」

紫瑞點頭，小聲道：「山使一早就來了，到現在還在廳中。」

神容撇撇嘴，她根本不在意這些虛禮，只不過是為了讓她父母好受罷了。如今她母親堅持要再辦一場婚禮，怕是對她嫁去幽州還是有些不情願。

廳內，裴夫人坐著，看著對面那一襲黑衣的人。

僕從端著精緻銅盆送進來，裡面盛著浸香的淨水。

山宗筆直端坐，伸手入盆淨手，又取帕擦拭。

除了這一身胡服比不得當初那般錦衣貂裘的貴氣了，他身上與生俱來的氣度還帶著。

裴夫人看了好幾眼，方道：「你說這次不是聯姻，是你自己想娶，不必經手山家，可以，算你有擔當。但我雖答應了你們的婚事，你想輕易娶走阿容沒有可能，要一切按照我趙國公府的要求來。」

山宗沉定說：「只要我能做到，盡聽安排，不過希望越早越好。」

裴夫人皺眉，忽然想到什麼：「從戰時到現在已這麼久了，你們在幽州時便如尋常夫妻一般一同生活？」

山宗點頭，毫不避諱：「是，此事皆是我的主意，全幽州都知道她是我夫人。」

裴夫人細眉愈發緊皺，微微變了臉色，低斥一句「浪蕩子」，難怪想越早越好了，好一會兒才道：「你如今身在幽州，不在洛陽了，要娶阿容去那邊關，就得給她最盛大風光的，休想虧待了她，山家也要給她應有的顏面，否則免談，你便回你的幽州去，待一切定好了再來迎娶，再不得像在幽州那般！」

山宗漆黑的眼動一下：「我沒打算與她分開那麼久。」

裴夫人輕輕哼了一聲，起身便走：「若非為了阿容，你還有商談的份，就這樣定了。」

山宗幾不可察地壓了壓眉峰，站起了身。

裴夫人愛女心切，怕也是有心給他些難關，好叫他珍惜，他沒有異議，只是要完全按照趙國公府的安排，至少也要耗上大半載功夫才能全然準備好。他實在等不了那麼久，也不願等那麼久。

外面忽而傳來接近的腳步聲。裴夫人剛走到門口，便見趙國公走了進來。他剛下朝，身上的國公朝服尚且厚重在身，皺著眉，沉著臉。

「不用準備婚事了。」他忽然說。

裴夫人愣住：「為何？」

山宗也看了過來。

趙國公抬手攔一下山宗：「你在正好，那個契丹的孫過折你可知道？」

山宗眼神微沉：「自然。」

「今日朝中收到他遞送來的求和書。」

「求和？」山宗冷笑：「他不可能求和。」

趙國公冷哼一聲，憤然拂袖：「他聲稱願意率自己那一部歸順，甚至願意獻回薊州故城，只要聖人願意賜婚和親，但這和親之人不是宗親，也不是公主，而是阿容！」

裴夫人當場驚呼：「什麼？」

山宗眼神一瞬凜起。

「所以我說不用準備婚事了，」趙國公冷臉道：「我已當著滿朝文武的面承認阿容在幽州再嫁了，決不能讓阿容和親關外！」

後院處，裴少雍剛剛走入，身上亦穿著官服。

「裴二郎君今日怎麼是打後門入的？」守門的小廝笑著問。

「沒什麼，我隨姑父車後來的，只來見見表哥。」裴少雍道。

小廝回：「郎君今日不在府上，一早便去工部了，主母在府上與山大郎君說話呢。」

山大郎君，原來他在這裡。裴少雍沒再說什麼，勉強笑笑，逕自往內走了。

神容坐在房中，霍然抬起頭，不可思議地看著身後的紫瑞。

「妳聽到的？」

紫瑞點頭：「奴婢剛去前院替少主看山使有沒有走，隱約聽國公親口說到的。」

神容立即起身出門，直走出院門，穿過園中，忽然停了步。

園中假山旁站著裴少雍。

「二表哥因何在這裡站著？」神容問。

裴少雍看著她，眼睛眨也不眨，彷彿看入了神：「今日早朝上的事，妳聽說了嗎？」

神容輕抿唇，「嗯」一聲。剛剛聽紫瑞說的。

裴少雍連勉強的笑也笑不出來了。

朝中忽然收到關外派專使送來的求和書，契丹的孫過折戰敗之後求和沒什麼意外，只是點名要長孫家愛女和親，滿朝震驚。但是對他而言，最震驚的莫過於親眼看著他姑父在朝上說，神容已經於幽州再嫁。

裴少雍的眼垂下，臉上失落：「他到底有什麼本事，原本的罪名帝王不追究了，妳也再回頭了。」

「他的本事只有我知道，」神容輕輕說：「或許將來你們也都會知道，他沒變，還是當初那個天之驕子。」

裴少雍忽而笑了一聲：「那我就再無可能了是不是？」

神容蹙眉，少有聽他如此直白的時候：「那日天壽節，我以為二表哥就該清楚了。」

「是，我是清楚了。」裴少雍幾步上前，情不自禁想伸手來拉她，眼中竟已微紅：「阿容，可我這些年對妳的情分沒變過，為何他還是贏得了妳？」

神容的袖口擦過他的手指，一下避開了，看到他的眼神，別過臉，不想給他一點幻想，反而更冷淡了：「沒有那麼多為什麼，若我早知道二表哥的心思，或許就能更早地讓你斷了。」

裴少雍的手僵住了，臉色微白，許久才回緩：「我明白了。」

神容沒再說什麼，越過他快步走了。

至廊上拐角，忽而迎頭抵上男人結實的胸膛。

神容怔了一下，看見眼前漆黑的胡服就伸出了手，被一把接住，抱了過去。

山宗抱著她，雙眼越過她看著她來的方向，眉峰壓著，眼底幽深，薄唇緊抿成一線。

神容輕聲問：「你看到了？」

山宗嘴角勾一下：「還好他懂點禮數，沒真碰到妳。」

神容抬手貼著他如刻的側臉，往眼前撥，不想讓他再看。

山宗臉上貼著她手的柔軟，沒料到她這舉動，順著她那點力道就轉過了頭，看著她的臉。

「朝上的事是真的？」神容看著他，想起先前聽聞的事，胸口微微起伏。

「是真的。」山宗笑了一聲，卻沉著臉：「孫過折從不會有真心歸順的時候，倒是陰差陽錯幫了我一回。」

裴夫人聽完趙國公的話後，已經不再提讓他離開長安去幽州等著迎娶的話了，此刻將全部思緒轉到了不讓神容出關和親的事上。

「可為何偏偏是我？」神容蹙起眉：「孫過折並不認識我，難道是因為你？」

「或許。」山宗眼中更沉：「他不可能得逞，我回去就請趙進鐮上書帝王，他當初為妳我證了婚，如今正好有用。」反正孫過折的身上，又會多記上一筆了。

他說著重重抱一下神容，低聲說：「這下妳可以隨我一同回幽州了。」說完忽而鬆開了她。

神容朝他身後看去，原來是裴夫人帶著人自遠處廊下朝這裡過來了，忙退開兩步。

山宗深深看她一眼，先轉身走了。

神容稍理衣裳，站了片刻，默默等著。

裴夫人走到了跟前，看到她，腳步快了些，過來牽住她的手，皺著細眉，好一會兒才道：「想不到他私下與妳成婚，倒還算做對了。」

神容只好安撫她：「母親莫要為我惋惜，幽州的婚儀我很滿意，真的。」

不止天地山川，還有那男人的麾下全軍，沒有世家的千金奢華排場，但她記得比什麼都清楚。

裴夫人輕輕嘆息：「只怪那莫名其妙的契丹人……」

神容心思輕轉，也覺得孫過折這一次莫名其妙，竟然拿薊州做籌碼。倘若她沒有跟山宗私下成婚，只怕此番會進退兩難。

天擦黑，胡十一從外面趕回官驛，一頭鑽進院子裡，直走到懸燈的客房廊下。

「頭兒，打聽到了，那幾個契丹派來的狗屁專使沒得到聖人首肯，眼下好像還想再求呢。給趙刺史的信已快馬加鞭送去了，快的話幾天功夫就有上書過來。」

山宗剛走過來，停在他面前：「嗯。」

胡十一回來得急，喘口氣：「那關外的孫子咋還敢打起這主意來了？」

駱沖怪笑的聲音從後方傳來，他們一群人正好過來，顯然早聽到風聲了。

「依老子看，那狗東西吃了敗仗，又被咱們從關外帶回了盧龍軍，什麼好處沒撈著，聽說了幽州城裡小美人兒的名號，存心報復，就想撈個小美人兒回去唄。」

山宗朝他掃去一眼。

駱沖看到他的眼神，眼上白疤一聳，又怪笑：「成，老子說錯了，是團練使夫人。」

胡十一知道他嘴碎慣了，一時半會兒改不了，乾脆不理睬，又問山宗：「那頭兒要麼趕緊帶金嬌嬌回幽州去？」

「走是肯定的，卻也不用那麼急，就大大方方地回去。」山宗冷笑：「我還用得著躲他們不成？」

薄仲走過來：「頭兒，咱能走了嗎？這趟被審問過後，聖人雖然給咱們免了罪名，但沒提到盧龍軍，也沒提過薊州，對你也只是表彰了戰功，當初的事就這樣過去了？」

山宗沉默了一瞬，才說：「當然不會就此過去，但你們有了自由，才能有下一步，其餘都不重要。」

薄仲有點明白了，大約是想起了關外失散的同袍，皺著眉點點頭。

山宗掃一圈眾人：「你們可以準備上路了。」

一清早，趙國公府裡便又忙碌不已。

紫瑞將東西收拾好，送出房門，交給東來送出去放車上，回來時看見趙國公和裴夫人都來了房內，趕緊退避，讓他們說話。

神容手上剛剛拿起那份書卷，轉頭就見裴夫人擰著眉，走到了跟前，一臉不悅。

「便宜了那小子。」

神容的眼轉了轉：「既然如此，母親又何必答應他讓我這麼快就去幽州，倒不如讓我在長安多待些時日，我也情願多陪伴你們。」

「不行。」裴夫人竟斷然拒絕，小聲道：「我們都不瞭解聖人秉性，萬一那幽州趙刺史的證明未到之前聖人改了主意，不承認妳與山宗已婚，真要送妳去和親可如何是好？妳留在長安我不放心。」她是不悅讓山宗如此輕易就又將愛女娶走了，可更不願讓她的掌上明珠被送去關外那等荒蠻之地。

趙國公一臉肅然：「這是我的決定。聖人沒有點頭，或許也是覺得此事蹊蹺，聽山宗說那孫過折極其狡猾，眼下我們只有鐵了心將你們在幽州的關係坐實，免得他再生出其他事來。」

神容點點頭，心裡竟有些好笑，真是人算不如天算，前兩日還在嫌安排的婚儀繁雜瑣碎，此刻卻又一切從簡了。待她將書卷好好收起來，轉頭就見她母親在旁邊拭起了淚。

「母親這是做什麼？」她忙伸手去扶。

裴夫人紅著眼摸摸她的臉，嘆息：「不知為何，此番我才覺得妳是真嫁出去了，當年送妳出嫁都沒這般過，分明嫁的是同一個人……」說著又擰眉，「這城中怕是已傳遍了。」

神容忍著起伏的心緒，挑挑眉，若無其事道：「管他們如何傳，我又不在乎。」

此刻的趙國公府門前，早已立了一排的人，皆是裴家諸位表親。

裴元嶺風姿翩翩站在眾人最邊上，往青石鋪就的大路上看，日上三竿，城中正當熱鬧，這時候上路正好，想必全城都能看個正著。

長孫瀾自他身邊進了府門，也是去與神容說話了。

不一會兒，長孫信從府門內走出，身上穿著齊齊整整的月白簇新袍衫，直走到他跟前：「想不到大表哥還特地帶著諸位表親來送阿容。」

裴元嶺看他一眼，感慨低語：「自然要來為那二位復合的新人送行，如今全城都傳遍他們在幽州成婚了，作為娘家人，越是熱鬧地給他們送行，越是叫他們的事再傳廣一些，也好叫那契丹的什麼孫打消念頭不是？」

長孫信左右看了看，攏手在他跟前低語：「他們在幽州可是真成婚了！這種事只有他做得出來。」

裴元嶺笑一聲：「那是自然，山崇君哪有規矩，他就是規矩。偏生阿容就敢迎他而上，換個人可不一定。」

長孫信往府內看一眼，知道他父母一定在對神容依依不捨，想起孫過折想求神容去和親的事還有氣：「那姓孫的真是做夢，我長孫家的小祖宗，是他能供得起的？」

裴元嶺一眼看到遠處路上情形，笑道：「對，以後就讓姓山的去供。」

一行人已打馬而來，個個身著甲冑，身形彪悍，從老遠處就沒一個路人敢接近的。領頭馬上的人黑衣烈烈，刀收鞍下。

長孫信倒沒注意，他正在看裴元嶺身後的人，看了一遍，低聲問：「二表弟沒來？」

裴元嶺聞言輕嘆一聲，搖頭：「他是不可能來了。」

長孫信聽了便皺眉：「我猜也是，那日天壽節才看出他對阿容竟還有那心思……」

裴元嶺忙豎手，叫他別說了。

十數匹馬在前面一段就勒住了，山宗俐落下馬，在他們說話時踩著馬靴踏至，一掀眼，嘴邊掛著抹笑，也不知有沒有聽到他們的話。

「連襟，」裴元嶺笑著喚他：「你已是我連襟了，別的可就別太在意了。」是暗指裴少雍，他心裡還是維護弟弟的，天壽節上都能當場射下天燈的人，誰能是這囂張人物的對手。

山宗懶洋洋的，似笑非笑：「神容都不在意，我有什麼可在意的。」

裴元嶺還想再打趣一句，卻見他已看向門內，一動不動地盯著。

長孫信跟著轉頭看去，是神容出來了。

她身上穿著大袖襦裙，描著精緻的妝，髮髻高挽，簪珠飾翠，盈盈一眼，豔豔生動。

山宗看著，忽而有了幾分迎她出嫁的莊重，眼牢牢盯著，沒離過她的臉。

裴夫人和長孫瀾一左一右陪著，直送她上了車。

神容坐進車裡時才又朝外看去，山宗還盯著她，礙於禮數一直未能太近前，迎上她的視線，他勾唇笑了笑，轉身去與府門前的趙國公道別。

胡十一在一群人當中對著那府門前的情形伸頭伸腦，暗自感嘆，真不愧是趙國公府，這派頭，就跟迎親似的了。忽而看到山宗已轉身揮了一下手，連忙翻身上馬。

一群悍勇兵馬在馬車前帶頭開路，這架勢在京中確實有些少見，就連裴元嶺都多看了好幾眼。

馬車自趙國公府前駛出，趙國公和裴夫人又緩行著送出一段。

神容朝窗外看了一眼，窗格外已貼近胡服烈馬的男人，他稍低頭，朝她看來一眼，臉上由始至終帶著笑，直到此時，都還算收斂。

天公作美，上路後都是朗朗晴日。

寒風捲著吹過洛陽城頭，一個兵牽著馬在城下張望著，遠遠看到一行隊伍而來，騎上馬就往城內去了。

隊伍很快到了城下。山宗勒住馬，對車內說：「到洛陽了。」說著又往後看。

神容揭開簾子，探身出來，也往後面看了看。

現在已遠離長安，那些城中街頭爭相圍看的眼神悉數遠離了，只不過後面還跟著一行相送的。

長孫信親自領著一群護衛來送的，此時打馬過來，看著山宗道：「父親、母親心疼阿容，囑咐我一定要好生相送，畢竟就這般跟你走了。」好似也想說便宜他了。接著又道：「我遲早也要去幽州，你若是對她不好，小心被我知道……」

山宗笑著打斷他：「洛陽就在眼前，你何不送入城中，稍作休整？」

長孫信看那城門一眼，不自覺瞄神容，臉色微微變化，忽而重重一聲咳：「有何好休整的，我已打算走了。」說完真就扯了馬要往回走了。

神容喚他：「哥哥還是歇一日吧，我們先入城，你自己隨意，也自在些。」說罷放下簾子，車先往前去了。

長孫信聽她這般說了，對著那城門看了又看，才又決心入城，還真沒跟上他們。

一行人入了城中，馬車緩緩停了下來。

神容從車內下來，發現城內很是熱鬧，好幾年沒來過洛陽，東都卻依舊繁華。她看身旁一眼：「難得會過洛陽。」

山宗鬆開馬韁，走到她旁邊，輕輕拉她一下，帶著她往街邊一間茶舍裡走：「他們也很多年沒回過洛陽了。」

神容往他身後看一眼，龐錄、駱沖等人剛從馬上下來，正在打量大街。她記起來，以往盧龍軍的大營就在洛陽，這裡本就是他的根基所在。

紫瑞在茶舍裡擦拭了一張桌子，請神容去坐。

山宗歪頭在她耳邊笑著說：「等著，我給妳選個茶來。」說著信步去了櫃前，當真親自選茶去了。

神容去桌邊坐下，看著他閒閒立在那裡，一襲黑衣分外肅殺，舉手投足慢條斯理的，卻又好似回到了當初那個洛陽世家的貴公子。

她一手玩著桌上的茶盞，一手撐在臉側，盯著他看了看，又朝旁邊看去，胡十一他們陸續在旁邊幾張桌子邊坐了下來，在那兒小聲嘀咕：沒料到頭兒會在洛陽停。

忽然聽見一聲喚：「夫人。」神容轉頭看去。

山宗手臂搭在櫃前，正看著她，勾著唇角。他的旁邊，是個看起來同樣在買茶的女子，似乎剛與他說了什麼，臉上還帶著笑，此時有些訕訕地轉身走了。

山宗走了過來，櫃後的夥計已開始為他煮茶了。

「怎麼回事？」神容看著他坐下。

山宗低笑：「沒什麼，只是叫妳一聲，好叫洛陽的也知道妳是我夫人。」

方才那女子在旁搭話，問他可是洛陽人士，看來眼熟，問著問著便有了些許弦外之音，他什麼也沒說，開口直接喚了神容一生。

神容瞥見旁邊胡十一往這裡瞄，轉過頭，眼已彎起。

茶還沒送來，外面傳來了馬蹄聲，在門口停下了。

山宗朝門口看去。

來的是一隊山家軍，先到門口的是山昭，他先探進來一張臉，又整個人走進來，快步到了跟前，誰也沒看，只向神容抱拳：「以山家軍儀，特來請嫂嫂入府。」

神容看山宗一眼，問：「為何只請我？」

山昭瞄瞄山宗：「母親說，不知道大哥如今到底能不能回去，如果請動了嫂嫂，才有可能請動大哥。」

山宗不禁笑了。神容看過去，就聽他說：「沒錯，妳定吧。」

連他母親都知道拿他軟肋來行事了。

山家坐落洛陽城東，權貴清淨之地，門庭森嚴，大門高闊。府前大路直通城中繁華大道，開闊平直，如今灑掃一淨。

兩列山家軍甲冑赫赫，齊整持兵，由山家小郎君山昭跨馬率領，在城中百姓引頸觀望的驚嘆目光中，護送著一輛馬車當街而過，緩緩而來，直至大門前停下。

山昭一下馬，門前守衛即刻推開大門，山家僕從魚貫而出，在門前鋪上細密的織毯，而後靜候侍立。

馬車停下，車簾掀開，神容自內伸出一隻手，搭著紫瑞，緩緩出來，腳方踩到地上，兩側山家軍便面朝她肅穆垂首，紋絲不動。

她輕掃視兩眼，聽聞山家軍的軍儀過往只在山家得了戰功的山家人回來時才會動用，如今卻為了迎她如此鄭重。

「恭迎嫂嫂回府。」山昭站在府門前抬手做請。

門前眾僕從齊聲道：「恭迎夫人回府。」

神容看了前面大門一眼，曾經對此處最後的印象便是和離時斷然離去的情形，如今又回來了。

府門內頃刻走出一群人，楊郡君身著絳色綢衣，頭上釵飾莊重，被簇擁著快步而來，邊走邊喚：「阿容。」

神容還未說話，手便被她握住了。

「早聽著你們的消息，可算是請回了妳。」楊郡君往周圍看：「宗兒和妳一起回來了嗎？」

神容朝後方看一眼。

馬車後，烈馬緩至，山宗從馬背上下來，朝這裡走來。他是有意走在後面，好讓滿城的人都看著山家軍的威儀盡護於神容一人。走近了，他停步：「母親。」

楊郡君一看到他眼裡就紅了，聽到這一聲喚，再也忍不住，抬手抹了抹眼，怕失態，又擠出笑來，趕緊道：「快，快進來！」生怕他們會走一樣。

神容是被她牽著手帶入府門的，往前走去時，一路眾人皆垂首相迎。

入了府中，她又悄悄往後瞥一眼，看見山宗裹著馬靴的小腿，他就在她後面緊跟著，不疾不徐。待她回過頭，不禁微微一怔，腳下織毯直鋪至廳前，兩側赫然站著的都是山家人。

楊郡君停住，將神容的手交到山宗手上，欣慰笑道：「山家的大郎君帶著夫人回來了，理應是要接受閭府上下拜見的。」

山宗握住神容的手，笑了笑，扯一下，帶著她往前。

神容的手被他牢牢抓著，隨著他一步一步入了廳中，被兩側看來的目光盯著，手不禁稍稍動一下，他反倒握緊了，手指一張，穿過她指間，嚴嚴實實與她五指交握。

直到廳中，僕從恭請著二人就座。

山宗拉著神容在上方坐下，外面的人接連走入拜見。

最先來的還是山昭，他大約是想起了先前，抹了抹眼才恭恭敬敬抱拳，臉上已滿是笑。

而後是山家的兩個庶出兄弟，帶著妻兒，一前一後來拜見：「拜見大哥，嫂嫂。」

其後甚至還有山家在洛陽的部下領兵將領，陸續拜見——

「拜見大郎君，夫人。」

神容端坐著，手仍被山宗握在身側，面上不動聲色，眼睛悄悄瞄了瞄身旁，以往她剛嫁過來時都不曾有過這等陣仗，定然是山家準備好的。

山宗似有所感，朝她看來一眼，氣定神閒地一笑，又朝前遞個眼色，彷彿在叫她好好坐著，儘管接受拜見。

其他人也跟著擠進了廳。

胡十一一腳跨進門，緊跟著另一個人走了進來，一襲月白的袍衫很顯眼，他施施然負手，朝這廳中情形看了過來，左右環視，見那一個個兵甲在身的將領都在拜見上方坐著的二人，似有些沒想到。不是長孫信是誰。

神容已看到他，耳邊聽見山宗低聲說：「我叫胡十一請他來的。」之前神容在那茶舍裡答應山昭之後，臨走前他特地囑咐了胡十一。說完他朝胡十一看一眼，朝旁示意。

胡十一正看著這排場感嘆呢，接到他的眼神，明白了，轉頭做請：「長孫侍郎，頭兒請你去坐呢。」

長孫信被他半推半請地送到神容側面的座位旁，看了看這廳中肅然場面，輕咳一聲，端著架子坐下來了。

山昭這次又特地過來抱拳拜見了他：「舅哥也來了，早知該一併請來。」

長孫信又聽到這熟悉的稱呼，可也成真了，只能客氣地笑笑：「我送阿容一程而已，不必多禮。」

緊隨其後有一道身影匆匆進門而來，英姿颯颯，直奔上方，興高采烈地抱拳：「大堂哥，神容，可算回來了！」是山英。

山宗掀眼看她：「妳叫什麼？」

山英一下回味過來：「是了，都怪我被迫改了口，該叫回堂嫂了。」

神容瞥旁邊一眼：「不必了，妳還是叫名字吧。」

山宗眼神看了過來。

神容微微挑眉，對著山英解釋：「反正妳年齡稍長於我。」

山英還未說話，只聽旁邊一聲低咳，才發現旁邊還坐著長孫信，驚喜道：「星離果然來了，方才僕從已報過了，伯母親自去請伯父了，馬上就來。」

「是，我送阿容來的。」長孫信面露微笑。

山英又反應過來：「不對，我現在該叫你舅哥才是了。」

長孫信臉上的笑頓時沒了，不輕不重地又咳一聲，頗有些掃興。

神容看見，淡淡說：「叫星離不是挺好的，叫別的可就太生分了。」

山英一聽也是，點點頭，笑道：「反正妳回來就好了，妳說什麼都好，我也叫星離叫習慣了。」

長孫信的臉色這才又好看一些，眼睛不時打量她。

神容正看著哥哥，忽覺手被一握，轉頭就見山宗的眼神從長孫信身上轉回來，落在她臉上，似笑非笑。她便知道，他一定是看出什麼來了。

山英委實高興，渾然不覺，朝門外看一眼，提醒道：「伯父、伯母來了。」

眾人退去，廳內又走入一群僕從，山上護軍和楊郡君一同走了進來。

山宗拉著神容站起身。

山上護軍直走至跟前，剛正的眉目對著他看了許久，點頭，似乎千言萬語都不必說了：「沒事就好。」

山宗喉滾了滾，笑一下，點了點頭。

山上護軍便明白了，本想問一下他盧龍軍的事，進門時已在廳外看見那群跟來的鐵騎長，都安然無恙，不便當眾多提，就此打住，帶起笑，去看長孫信：「聽聞長孫賢姪來了。」

長孫信過來見禮。

山上護軍道：「我山家還有駐守河東的幾支兵馬，只要神容願意，可叫領兵皆回來拜見她這個大郎君夫人。」

長孫信聽了暗自咋舌，笑了笑道：「上護軍已不問世事，還為阿容如此費心做什麼？」

楊郡君在旁接話道：「阿容是我山家長媳，以往有所虧待，以後自然要加倍補回來。」說著轉頭朝神容笑。

神容起初沒明白，接著見山上護軍也一併看了過來，才有些會意，眼往身旁瞄，山宗漆黑的眼盯著她。她一手提著衣擺，稍稍屈膝，輕聲改口：「父親、母親。」

楊郡君的眼已笑瞇起，過來牽了她，示意她隨自己來。

神容故意沒看山宗，知道他一定還盯著自己，隨楊郡君走出去前，被他交握的手指勾了下他的手背，聽到低低一聲笑，他鬆開了。

山上護軍已在旁親自抬手，請長孫信去準備好的宴席。

山宗看著神容出了門，有意走慢一步，走在長孫信身側，帶笑不笑地低語：「今日山家的事，就有勞舅哥回去轉告岳父、岳母了。」

長孫信聽到他叫自己「舅哥」，腳步不禁就停了一下，看他好一會兒，一下明白了，低低道：「難怪你請我過來，是早知道山家會如此迎回阿容了。」

山宗臉上掛著笑，這根本不用想，只要他過洛陽，這便是必然的，山家一定會盡可能地彌補神容。

「我沒別的意思，有我在，神容的將來也不需要山家來補償。只是她是長孫家至寶，如今走得倉促，岳父、岳母心有不滿，你回去將今日的事告訴他們，至少給他們點安慰，除去長安，全洛陽也會記得她是如何被迎回來的。」

長孫信上下看了看他，暗自腹誹狡猾透頂，卻也不好說便宜他了。

山宗說話時已走至門邊，朝他身後看一眼，朝胡十一招下手，跨過門，先走了。

長孫信不禁也往後看去，山英跟了過來。

「走啊星離，山家準備好幾日了，今日算是替大堂哥和神容補上婚宴，熱鬧著呢。」她說著高高興興地推他一下。

長孫信的胳膊被她推出去幾步，立即朝兩邊看，只看到山昭追著山宗去了，這裡沒了別人，才道：「妳對別人……」

山英馬上鬆手：「我沒對別人這樣啊，你不必又問了。」

他的話被攔個正著，收著手在袖中，一本正經往前走：「咳，那還差不多……」

神容坐在屋中，打量四周。

這間以往山宗的房間，她曾經住了半年，與幽州官舍裡的主屋相似，只不過更奢華精緻一些，以致於再進來竟也不覺多生分。屋內什麼都沒變，仔細收拾過了，一塵不染。

楊郡君在她旁邊坐著，感嘆一聲：「你們回來就好了，倘若留著昭兒一人，光是他上面兩個哥哥都難以撐下去了。」

神容接受拜見時已經看到了山宗那兩個庶出的兄弟，連帶各自的妻兒也都恭恭敬敬，心裡明白，笑了笑：「我看他們並不敢如何，大概不需要我們一直在山家留著來鎮的。」

楊郡君愣一下，失笑：「就這般被妳看穿我的意思了。」她這麼說，無非是希望他們能在山家停留，越久越好，能不走就更好了，儘管也知道那無可能，山宗還要回幽州。

「罷了，你們能好好的我便滿足了，我能看到今日你們一同回來，還有什麼可奢求的。」楊郡君說著嘆口氣，站起來，朝外招招手，一面朝神容柔柔笑了笑，出去了。

屋內隨即進來一群婢女，捧著東西，四下布置。

神容看過去，眼神微動，轉頭朝外看，外面聲音略吵，自前院而來，甚至能聽見胡十一的大嗓門，像是辦喜宴一樣。

山家多年沒有這般熱鬧，這熱鬧持久不退。

山宗也多年沒這樣參與過熱鬧，走出那片絢爛燈火，身上還帶著酒氣。

胡十一跟在他後面從宴席的廳中出來，嘿嘿笑：「頭兒，我覺著今日好似喝了你的喜酒一樣。」

山宗回頭：「替我擋著他們。」

胡十一還沒回話，他已經穿過廊下昏暗走了。

走回自己當年的住處，到門口，正好看見紫瑞出來，手裡端著伺候神容梳洗過的銅盆，看到他便見禮退去，臉上還帶著笑。

山宗推門進去，看到裡面情形，不禁眯眼一笑，合上了門。屋裡軟帳明燭，焚著淡香，炭火溫熱，融融如春，倒像是新房。

神容坐在床邊，聽到聲響，輕輕看了他一眼。

山宗走過去，看到床邊一張小案，擺著對切成雙的匏瓜酒器，紅絲結柄，盛著酒，笑意更深了：「連合卺酒都有。」

神容「嗯」一聲，輕聲說：「倒不知山家準備得如此齊備。」

山宗的眼看到她身上，燈火映著她的臉，將她臉側一抹似有若無的紅也映出來，襯著雪白的脖頸，長睫掩眸，說不出的明豔。

他不覺聲低了：「正好，當初走得急，沒來得及喝。」說著一掀衣擺在她身旁坐下，端起兩瓣酒，遞給她一瓣。

神容伸手接了，撇撇嘴：「在幽州已被你的兵敬酒喝過一回了，又來。」

山宗想起了她當時不能飲酒的模樣，笑：「這種酒我可不能代妳喝了。」

神容瞄他一眼，低頭便飲了下去，剛喝下一口，又皺起眉拿開了。

山宗看見，臉上笑意更深，就著紅絲的牽扯，飲盡了手裡的酒，又將她手裡剩下的拿過來，仰脖一口灌下，一伸手，勾著她的腰，低頭堵住她的唇。

神容的唇齒被他猝不及防撬開，舌尖沾到了洌辣的酒氣，舌根一麻，喉中輕咽，被渡了口酒，呼吸裡都是繚繞的酒氣，胸口止不住起伏。

山宗退開，拇指抹去她唇邊殘酒，聲更低了：「這樣也算喝過了。」

酒氣太烈了，神容微微蹙眉，側臉上的紅更顯眼了。

「不舒服？」他問。

「沒有，」她不承認，躺下，翻身朝裡，蓋上錦被，故意說：「好著呢。」

山宗盯著她的背看了一瞬，笑起來，忽而掀被而入。

神容一下被他抱住了，聽見他在耳邊的笑聲：「是麼，我看看……」

她頓時氣息亂了，錦被裡被他沉沉壓住，他在被中低下了頭。一身酒氣，他更顯浪蕩，錦被也遮不住。衣裳扔了出來，落在床沿。

神容仰臥時，已忍不住咬住了唇，眼睫一下一下地顫，伸出的手臂雪白，手指忍不住抓了一下身下鋪就的厚毯，揪出幾道痕。

錦被翻浪，山宗自被中露出臉，朝著她笑，下一刻就渾身繃緊，朝著她沉身壓下。神容瞬間抱緊了他的背。

山宗盯著她的臉，看到她臉上的紅又深了一層，沉沉緩緩，彷彿真的在新婚洞房，少見的柔和。

神容看見他的眼神，不禁心跳又急，一隻手攀到他的胳膊，緊緊抓著他那條烏黑斑斕的右臂。這屋中一切如在曾經，這有這布滿刺青的右臂，顯出真實。

她難捱地蹙眉，眼裡如浸水光，這麼溫和，她卻覺得更是煎熬，輕輕喚他：「山宗……」

「嗯？」山宗低頭，貼著她的唇，嘴角勾著。

呼吸越扯越急，神容的手滑下，在他腰上抱住，眼中黑亮，臉已紅透。

山宗悶哼，一口親住了她，雙手扣住她，疾風驟雨前低語：「我真要離不開妳了。」

燭殘天明。神容睜開眼，眼裡是山宗清晰的下頷。

她幾乎是半邊身子伏在他身上的，彼此坦誠相貼，稍微一動都能感受到男人堅實的身軀，彼此的腿還纏在一起，她的臉擱在臉側，一隻手搭在他的心窩。

神容悄悄看他睡著的模樣，臉對著他高挺的鼻梁，只要接近一點就能碰到他的鼻尖，他此時輕閉著眼時出奇的安寧，可不像昨夜，折騰起來沒完。到此時，薄汗剛消，緊貼處仍熱。

她伸出手指，不由自主想去撫摸他的嘴角，又怕弄醒他，手指在他唇邊停住，虛勾一下，輕輕起身去拾自己的衣裳，才察覺自己居然在笑，差點連自己都沒意識到。

「少主。」外面傳來紫瑞放輕喚她的聲音。

神容披上外衫，輕輕走去門口，開門出去：「有事？」

紫瑞垂著頭在門邊道：「楊郡君一早就派人來問，是否要多留幾日，她好似很不捨。」

神容昨日聽了楊郡君那番話就知道她不捨，想了想說：「反正日子還長，往後再回來的時候多的是，叫她不必傷懷，便這麼回話吧。」

紫瑞領了話去了。

神容回到房中，掩上門，坐去鏡前時，透過銅鏡往床上看了一眼，沒看見床上躺著的男人，陡然腰上一緊，身後一隻手箍了上來，男人剛穿上中衣的胸膛貼住她。

「妳剛回了我母親什麼？」

神容透過銅鏡看見他揚著的薄唇，他聲音微啞，眼裡清亮，顯然早就醒了。

「你肯定都聽到了，」她說：「日子還長，往後再來啊。」

山宗故意問：「日子還長是多長？」

神容與他鏡中的眼對視，緩緩在他懷裡轉過身，一手勾住他的脖子，輕聲說：「你來定好了。」

山宗看著她的眼神漸漸幽暗，深沉如海，胸膛裡的那顆心似乎也被她勾緊了：「真的？」

她曾對他說，少得意，要如何才算註定落在他掌心一生一世，全憑她來定。他當時笑著說她可能有朝一日也會對他低頭。現在她說讓他來定。

「嗯，你定。」神容說。

你來定，以後你在多久，就有多長。

山家大門口，一大群人站著，山家的熱鬧似乎直到此時才算完全退去。

昨天喧鬧到大半夜，山英到這會兒才走出門來，看了看周圍，發現山家與她一樣的小輩們幾乎都在了。她走去山昭跟前問：「長孫星離呢？」

山昭身著錦袍，少年眉眼秀俊，只不過等著送行大哥嫂嫂，頗有些感傷，聽到她問話，才想起還有長孫信在，吸了吸鼻子，看了一圈，沒看到人，回道：「昨日不是堂姊與他坐得近嗎，舅哥在哪裡應該問妳才是啊。」

山英認真回想了一下，昨晚她在宴席間與長孫信相鄰而坐，的確很近，期間勸了他好幾杯酒，本以為他那端著架子的模樣是不會喝的，哪知他沒拒絕，都喝了。

後來她又去找大堂哥敬酒，不想他早就走了，只留了個胡十一在擋酒，那群鐵騎長看著彪悍，她也沒招惹，只好去與別人喝，喝來喝去就喝多了。再後來是何時離開宴席廳中的，都沒什麼印象了。

想起來還有些額角疼，山英揉了揉額，搖頭：「我不記得了，早知就少喝點了，本還想去鬧一下神容呢。」

山昭小聲道：「妳敢去鬧嫂嫂，是不怕大哥了不成？」

山英一想她大堂哥昨晚走那麼早，肯定是先回屋找神容去了，有些後怕地點頭：「有道理，還好沒去。」

山昭忽然伸手指了指：「喏，舅哥這不是來了嗎？」

山英轉身往後瞧，果然長孫信從門裡出來了，身上一絲不苟地穿著月白的圓領袍，髮上束冠，依舊是滿身的君子風姿，卻跟山英方才的動作一樣，一邊走一邊揉額頭，眉頭鎖著。

「星離。」山英走過去。

長孫信抬頭看到她，眼神竟閃躲了一下，往一旁站著的山家人身上看去，還好都是平輩中人，大多不熟，輕咳一聲。

「你這是怎麼了？」山英挺關切地看著他：「瞧著好像是昨晚喝多了。」

長孫信打量她兩眼，又看看左右，低低反問：「難道妳不記得了？」

「記得什麼？」

「昨晚妳喝得可比我多得多了，我後來還送妳一程來著，路上我與妳說了些事……」

「那就難怪了。」山英明白了：「難怪我不清楚後面是如何走的了，難得高興，我昨晚確實喝得多，以往可從沒醉過。」

長孫信又看左右，眉頭皺緊，合著她只在意自己這一回醉了？

「妳後面全忘了？」

山英看看他，誠實地點頭：「忘了，你說了什麼事，要麼再說一回？」

長孫信眉頭一跳，臉上一陣青一陣紅，握拳在嘴邊連咳好幾聲，彷彿是被嗆著了一般。

正當這時候，大門敞到底，門內的人出來了。

山上護軍和楊郡君都現了身，一直送出了門，又在門口站了下來。

是山宗回頭攔了一下，他身上仍然緊束著那身烈黑疊領的胡服，從山家的大門裡走出來，一手從僕從手裡接過了自己的刀，一手在身邊的神容腰後帶一下，走下臺階。

楊郡君許是被神容那番話安撫好了，這回沒再抹眼淚了，依依不捨地看著二人。

神容身上罩著墨緞披風，戴著兜帽，腰間環佩輕響，隨山宗走到送行的眾人跟前。剛站定，山家人便立即上前向山宗拜別。

山家小輩，無論男女，從山昭到他那兩個庶出兄弟，山英帶頭的那些堂兄弟姊妹，全都抱著拳行軍中禮數，無一不在他跟前畢恭畢敬。

神容雖然早就知道他在山家的威懾力，親眼見到，還是不自覺掀了掀兜帽，瞄了他一眼。

山宗抬了一下手，眾人才直起身。

東來已帶人在旁邊將車馬備好。

紫瑞在攏墩子的時候，胡十一和龐錄、駱沖等人出來牽了馬。

神容看見長孫信朝自己走了過來，看山英一眼，她卻還在山宗跟前乖乖服帖地站著，輕笑著說：「待我走了，哥哥是要在洛陽待上幾日，還是即刻就回長安都自便，就請山英幫忙安排吧。」

長孫信瞥山英一眼，大概是因為剛才的事還有些氣悶，臉色不大自在：「妳放心好了，不用顧念我。」

山英聽了看過來：「好啊，這等小事便包在我身上，我一定好生招待星離，他若想回去，我也會好生給他送回長安去的。」

長孫信聽了忍不住看看神容，臉上一本正經，卻也沒說不要的話。

神容朝他微一挑眉，提衣登車去了。踩上墩子的時候，她稍稍身斜了一下，腰側靠上一截刀鞘，是山宗用刀鞘撐了她一下。

他接著走近，用手托一下她的腰，趁機在她耳邊低聲說：「妳還是只在意妳我就好了。」

她扭頭看去時，他已帶著笑，伸手去牽馬了。

馬車上路，在眾人的送行中，還有一隊山家軍特地在後跟隨，要一直送行出城。

山英目送著神容乘坐的馬車遠去，見她大堂哥提刀策馬在旁，始終在窗格附近，跟山昭小聲感嘆：「大堂哥對神容真是護到心底去了。」

山昭還沒說話，旁邊一聲低咳：「你對旁人的事倒是看得挺明白的。」自然是長孫信。

山英轉頭：「你怎麼好似對我不大高興，是不是因我忘了你說的事？都讓你再說一回。」

長孫信臉上好一番變化，拂袖悶聲就走：「我昨晚也喝多了。」

不喝多能說那些嗎？他真是遲早要被山家人給氣死。

往幽州而去，一路順暢。

天上飄起細密的小雪時，隊伍已行至半途一座十里亭。一行人在這裡暫停。

亭外接連幾匹快馬奔來，又迅速離去。

胡十一拿著一封冊子送進亭內：「頭兒，趙刺史的上書已經送到長安了，方才那報信的兵說那幾個關外的狗屁專使都離開長安走了，想必聖人應該最後也沒點頭。」

亭中圍坐著一群鐵騎長，都在用軍糧，飲水。山宗坐在最邊上，「嗯」了一聲：「自然沒點頭，否則早該有消息來了。」

他其實有數，新君雖然年輕，藏著心思，但還不至於在長孫家剛立下大功不久後就讓神容去和親，那樣未免讓世家功臣寒心。他伸手去接了那冊子。

胡十一道：「這是剛送到的幽州軍報。」

山宗翻開看了一遍，很快就合上。

胡十一看他沒什麼表情，奇怪道：「是幽州出事了？」

山宗說：「沒事，一點動靜都沒有。」

胡十一鬆口氣：「那是好事啊，頭兒你半路忽然說要他們來報幽州軍情，咱還以為幽州有什麼事。」

「沒什麼事才古怪。」山宗將冊子收起來：「孫過折來這一出，一定有什麼目的，可幽州沒動靜，或許他的目的不在幽州。」

頓時亭中所有人的視線看了過來。駱沖聽到孫過折的名字時，白疤就開始一跳一跳地抖了，滿眼陰沉。

山宗坐了片刻，拿了身側的刀站起來：「走吧。」

出了亭子，他便朝馬車看去。

小雪已經停了，神容在車中大約是等久了，一手掀開車簾看了出來，朝他這裡露了下臉，另一隻手中捧著暖手爐，煙霧嫋嫋朦朧了她的眉眼，嬌豔得不像話，和他視線相觸，她又放下簾子坐了回去。

山宗走過去，透過窗格朝裡看：「可以走了。」

話音剛落，遠處忽有一陣快馬馳來，他迅速轉頭，已聽見馬上人不斷吼叫的呼喝聲，塵土飛揚中個個手持大刀，看不出來歷，直往他們這裡衝來。

「頭兒！」胡十一大喊一聲，當即跨上了馬。

山宗的手在窗格上一按，轉頭喚了聲：「東來！」下一刻就翻身上了馬。

東來馬上帶著護衛守在車旁，紫瑞已被他推著爬上車，擋住車門。

那群人亂叫著衝到跟前，照著當先一個護衛揮下一刀，沒能得手，又見一群彪悍人馬朝自己衝來，慌亂了一樣，調頭就跑。

山宗策馬疾馳而上，一手抽刀：「活捉。」

胡十一打頭，那群鐵騎長反應迅速，全都上馬過來，齊齊追了出去。

直到這陣突來的變故在外沒了聲響，神容才揭開車簾往外看：「怎麼回事？」

紫瑞臉上還有些驚慌：「好似是群土匪，不過就這樣嚇跑了，肯定不成氣候。」

神容心想這一路都很順暢，怎麼到了這裡就遇上土匪了，未免古怪。

忽又有一陣馬蹄聲至，東來防範地看去，見到那是一隊兵馬，握刀的手才稍稍放鬆。

一隊兵馬大約二三十人，領頭的一到馬車邊就抱拳道：「幽州軍前來接應，奉山使之命來護送夫人先行，以免遭受波及。」

神容問：「他現在如何？」

那兵回：「山使還在追擊那群匪徒，擔心驚擾到夫人。」

她點點頭：「嗯。」

馬車跟隨他們上路。

神容透過窗格去看那群兵，想起他們剛才的稱呼，眼睛仔細盯著他們，看了看他們的馬，忽而問：「你們是哪個百夫長手下的兵？」

方才回話的那個兵道：「夫人不必問了，馬上就安全了。」

神容立即抬高聲喚：「東來！」

頃刻馬車一停，東來應聲，手中的刀已拔了出來。

那隊兵馬似沒想到，瞬間雙方就廝殺了起來。

神容朝外看了一眼，看到那群兵換了兵器，許多從馬腹下拿出了又寬又彎的大刀，便知自己沒有猜錯，掀開車簾，推一下紫瑞。

紫瑞忙跳下車去，伸手接她。

神容搭著她的手躍下車，沒有看旁邊情形一眼，趁亂跑了出去。

有馬蹄聲自後追來，神容沒有回頭。

無論是裝束還是口音，都看不出來他們是關外兵馬，來的時機又如此天衣無縫，簡直毫無破綻。但他們的馬不一樣，只是尋常的馬，不是幽州軍所裡的戰馬，若非她見多了，可能就真要上當了。

東來見她跑出去時，已看見追過去的一小隊敵兵，但只是眨眼的功夫，另一波人馬就如閃電般折了回來。

一左一右兩匹快馬衝至，直接斬殺了追去的兩個馬上敵兵，那是駱沖和龐錄。

山宗策馬自他們身後疾馳而出，直接奔向神容的方向。

這一行他們原本是被押送入京，一個兵卒都沒帶，因而在追出去的那刻就已有所提防，發現那群人馬不過是尋常匪類，虛張聲勢故意吸引他們，山宗便交給了薄仲，立即策馬返回。

果然，如他所料。

駱沖和龐錄轉眼看見那群馬車旁的兵馬拿著的兵器就認出他們是關外混進來的，二話不說衝殺過去。

這一帶距離易州不遠，易州是唯一還能與關外通商往來之處，他們可以混進來，卻也只能混進這些。

駱沖握著刀，忍不住狂肆地怪笑了：「難得，老子們還能在這裡殺一次關外狗。」

山宗一刀砍過一個馬上的敵兵，手裡的刀擲出去，最前面一個追兵從馬上摔下去，撲屍在地。他衝過去，俯身一把抽出自己的刀，勒住馬，已到另一條細窄小道上，四周都是荒蕪漫野，沒了敵兵，但也不見神容的身影。

不遠處，胡十一已跟過來，清理了他的後路，向他大聲報：「頭兒，追兵沒了，鐵騎長們都回來了，馬車那裡也快清完了。」

「嗯。」山宗下馬往前，環顧四周：「神……」一聲喚還沒出口，身後一陣腳步聲，他立即回頭，手伸了出去。

神容飛奔過來，一把抱住他的腰，還在喘氣：「沒事，我沒事。」

第三十八章　山河社稷圖

她撲過來的剎那，山宗的胸口如同被重重撞了一下，沒握刀的那隻手撫上她的後頸，往下一直重重撫過她背上，喘了口氣：「真沒事？」

神容抬起頭，臉輕擦過他的衣領：「嗯。」

山宗此時才看見她臉上微微的潮紅，貼著他的胸前還在不住的起伏，手臂一收，將人往自己懷裡按緊了，低頭埋在她頸邊深深吸了口氣，自己的胸膛裡才算平靜下來。

遠處仍有急促馬蹄聲奔走，胡十一在傳他的命令留活口，似乎所有人都回來了。

山宗終於鬆開神容，帶她走去自己那匹馬下，抱著她送上去，翻身而上，趕回馬車旁。

廝殺聲已經停歇，長孫家有不少護衛受了傷，被束來帶著退去道旁，此時一地屍首中站著的僅剩一群持刀的彪悍身影。

山宗扯了下馬韁，手在神容臉側撥一下。

神容的臉頓時貼入他的胸膛，沒能多看，聽見他的聲音在頭頂問：「沒有活口？」

胡十一在前方大聲回答：「沒有，這群狗賊見苗頭不對就想跑，跑不成就自盡了。」

山宗冷冷說：「清理乾淨。」

又回到那座十里亭前，神容才抬起頭往道上看了一眼，那一群鐵騎長雖然是後來殺進來的，卻是殺得最凶的，駱沖此時還蹲在那兒往一個倒地的敵兵身上擦刀，惡狠狠地呸了一聲，一旁的人在迅速清理。

她扭過頭沒再看了。

「下來。」山宗伸手接住她下馬，進了亭中。

神容被他按著坐下，平復了輕喘，又見他走去了亭外。

薄仲回來了，帶著兩三個同行的鐵騎長騎馬到了亭外，下來後快步走到他跟前，頭上滿是汗：「頭兒，那群土匪不堪一擊，不過是尋常地痞流氓，已解決好了。」

「問出了什麼？」山宗問。

薄仲抹把額上的汗：「他們是拿錢辦事，被指使來騷擾咱們的，在這裡等了有一陣子了，今日等到就下了手。」

山宗頷首，一言不發地又回了亭內。

神容看著他：「既然是早就等著的，那就是準備好要引你走開，他們的目的是我。」

山宗沉著眼：「沒錯。」

胡十一和其他鐵騎長也都過來了，老遠就聽見胡十一氣沖沖的聲音：「頭兒，都是關外的兵，一定就是那孫子的人了！」

山宗冷笑：「這還用說。」不是他還能是誰，難怪幽州沒動靜，他根本沒盯著幽州。

「看來姓孫的是鐵了心了，就是搶也要把人搶回去了。」駱沖在胡十一身邊陰笑，順帶瞅亭內的神容一眼。

神容蹙了蹙眉，去看山宗，他就站在她身前，馬靴挨著她的裙擺，一動不動，如在沉思。

胡十一看那邊清理的差不多了，忍不住問：「頭兒，咱這就上路？可要我先行回幽州帶人過來？」

山宗腳下動了一步，轉身說：「不用，就這麼走，你們先去，我還有些事。」

胡十一抓抓下巴，瞄亭子裡坐著的神容一眼，明白了，朝旁招招手，所有人都退走了。

山宗回頭，伸手將神容拉起來：「孫過折為人狡詐，應該會分出接應的人，妳被盯上了，不能就這麼走。」

神容問：「那你方才還說要就這麼走？」

山宗笑一下：「我是說我們，沒說妳。」

神容盯著他的臉，眼神輕輕轉動。

山宗在她眼裡稍低頭，認真說：「放心，有我在，誰也別想動妳。」

她心頭頓時一麻：「嗯，我記住了。」

隊伍繼續出發，往幽州方向前行。

路上只有他們這一行，馬蹄聲不疾不徐。

那輛馬車依然被好好護在隊中，卻不見長孫家那群護衛，前後左右只是那十數人的鐵騎長隊伍，山宗打馬走在最前方。

胡十一瞄瞄那車，騎著馬靠近前方，小聲問：「頭兒，咱為何做這樣的安排，何不乾脆走快些，早日回到幽州不就安心了。」

山宗一手抓著韁繩，一手提著刀，目視前方：「走那麼快做什麼，關外讓我不安心，我豈能讓他們安心。」

胡十一聽他這語氣就覺得不善，心想還是為了金嬌嬌，誰讓關外的敢動他的女人。

「聽著動靜。」山宗忽然掃了左右一眼。

胡十一回神，馬上戒備起來。

四周安靜的出奇，冷不丁一聲尖嘯破風而來，一支飛箭射在馬車上，一匹靠得最近的馬當即抬蹄，一聲長嘶。

山宗抽刀，朝射出箭的方向疾馳而去。

胡十一緊跟其後，一群鐵騎長一瞬間往那裡奔出。

馬車邊只剩下兩三人還圍守著，很快道旁就鑽出了人，朝他們衝了過來。

來的是十幾個人，皆如之前那群偽裝的敵兵一樣裝束，外罩黑皮軟甲，乍一看還以為是幽州軍，仔細看才會看出細微的差別。唯有他們手裡的刀，因為用不慣中原兵器，拿的還是寬口的彎刀。

守在馬車邊的兩三個鐵騎長抽刀抵擋了一番，作勢往山宗剛追去的方向退，似已顧不上馬車。那十幾個手持彎刀的敵兵趁勢直衝向馬車。

當先一個跳上車，掀開車簾就想往裡去，卻忽然退出，大驚失色地用契丹語向同伴們低喝——裡面沒人。

馬蹄陣陣，已自周圍奔來。山宗帶著人疾馳而回，手裡的刀寒光凜凜。

十幾人立即想撤，已來不及，刀還沒舉起來，左右殺至的人已直接襲向他們的要害。

不過片刻，山宗收刀，策馬回視，十幾人已死的死，傷的傷。

胡十一揪住一個剛將刀架到脖子上的敵兵，一手捏著他的嘴，不讓他自盡，解了口氣般喊道：「頭兒，這回總算抓到個活口了！」

山宗在馬上看了一眼：「去審問清楚。」

胡十一二話不說拖著那敵兵去了遠處。

山宗在馬上等著，一面看了那輛華蓋豪奢的空馬車一眼。

這是計畫好的，離開之前差點出事的地方時，他已經和神容分開，他去前方掃清餘敵，讓神容跟在他後面不遠，只走他清除過的路。

又過片刻，遠處沒了聲響，胡十一處理好回來了：「頭兒，他們一共就混入了這麼多人，這十幾個是等在這裡接應的，見前面的沒得手又下了一次手。」

山宗問：「目的問出來了？」

胡十一氣道：「沒！這人說就知道這些，咱幾人都下狠手也沒問出啥，可見是真話。他只說是他們城主吩咐的，無論如何都要將人帶回去，帶活的！」

若非怕山宗不高興，胡十一都快要說是不是姓孫的真對金嬌嬌起心思了，還真就非要將她弄到手了。悄悄看山宗一眼，果然見他面沉如水，眼底黑沉，他老老實實沒敢吱聲。

山宗扯一下馬韁，往前走：「到檀州了，再往前去搜一遍，以防他們有內應。」

胡十一趕緊上馬跟上。

眾人俐落乾淨地處理了四下，繼續前行。

駱沖在馬上跟龐錄笑著嘀咕：「有意思，盧龍軍被帶回來了，姓孫的不報復咱們，倒只顧著搶女人了。」

不出十里，荒道之上，遠處塵煙拖拽而來，在陰沉涼薄的天光裡看來不太分明。龐錄騎著馬走在前面，一看到就回頭示警：「好像又是兵。」

駱沖當即就想拔刀。

山宗看了兩眼，說：「那是檀州軍。」

檀州軍身著灰甲，很容易辨別，一隊人約有四五十，看來是慣常巡視的隊伍，自遠而來，直衝著這裡。

山宗勒馬停下，看著領頭而來的人。

對方身著泛藍胡衣，身配寬刀，打馬而至，一雙細長的眼早就看著他，是周均本人。

「我的兵來報，這裡剛有交手動靜。」他一到面前就道。

山宗「嗯」一聲：「我們在你地界上動了手，不過是關外兵馬，沒道理不動手。」

周均上下看他兩眼，這次居然沒有找事，反而說了句：「聽聞你去過長安了。」

「看來我被查的事已經誰都知道了。」山宗漫不經心地一笑。

周均的眼睛在他身後那群跟著的身影上一一看過去，尤其在最眼熟的龐錄身上停了停，又道：「還能在我地界上和關外的動手，看來你也沒什麼事，正好，送你一份大禮。」

山宗眼睛掃去，見他從後招了下手，兩個檀州兵下馬，將最後方馬背上的一個人拖下來。

那人雙手被綁著，被一路拽過來，一下撲跪在地上，面容枯槁，髮髻散亂，朝著他慌忙喊：「山大郎君！山大郎君饒命！」

山宗打量他好幾眼，才認了出來：「柳鶴通？」

「是是是，是我……」

山宗看周均一眼：「你抓到的？」

周均的語氣慣常是涼絲絲的：「也不算，你們動手的時候我率人趕過來，這個人在逃，正好撞上我的人馬，晚一步，你們就到了，他還是逃不掉。他自稱是幽州大獄裡的犯人，自願回幽州大獄。」

柳鶴通立即道：「是，我自願回幽州大獄！只求山大郎君饒我一命！」

山宗大概有數了，搜這一遍居然搜出他來，一偏頭，朝後方看一眼：「十一。」

胡十一從馬上跳下來，幾步過來，拖了柳鶴通回了隊伍。

柳鶴通嚇得直哆嗦，也不敢多言。

「帶回去細審。」山宗抓住韁繩一扯，又看周均一眼：「大禮我收了，告辭。」

周均看他所行方向並不是往前直去幽州，仍在他檀州地界上，皺眉問：「你還要去何處？」

「去接我夫人。」山宗已逕自策馬遠去了。

一路順暢，再無危險。山宗疾馳，一馬當先，直到約定好的地方，看到那座熟悉的道觀山門。

長孫家的護衛們似乎剛到，正在進出山門忙碌，觀前停著一輛普通馬車，兩馬拉就，毫不起眼。他一躍下馬，大步過去，左右頓時迴避。

馬車門簾垂著，安安穩穩。山宗一直走到車旁，對著簾子看了好幾眼，心才算徹底歸了位，伸出手，屈指在車上敲了兩下。

「誰？」裡面神容警覺地問。

山宗不禁揚起嘴角：「我，找人。」

裡面頓了一頓，神容聲音放平緩了：「你找誰啊？」

山宗抱臂，盯著車簾，不急不緩地說：「找一位金貴小祖宗。」

「是麼，哪家的小祖宗？」

沒有了回音。

神容在車裡，手指正捏著袖間的那塊崇字白玉墜，忽然察覺外面沒了聲音，還以為他走了，立即掀簾探身出去。

人被一把接住了。山宗的雙臂牢牢抓著她抱住，臉貼近，蹭了下她的鼻尖，嘴角輕勾：「我家的。」

神容怔了一下，搭著他的肩，慢慢牽起了唇。

這一路神容離得並不遠，為防有險，幾乎緊隨在山宗後面，只是一直緊著心，隨時提防。現在他到了，心就定了。

道觀裡很快安頓好，知觀剛來見了禮，退去了。

神容站在三清殿裡，看向身旁的男人：「你這一路好似有意走得很慢，到現在才到這裡。」

山宗挺拔地站著，轉頭看來，掃門外一眼，故意低聲說：「有人要搶走妳，自然要弄清楚目的才能回去。」

神容瞥他一眼，輕輕說：「他又搶不走……」

山宗嘴角扯開。

殿門外面冷不丁傳來了胡十一的聲音：「頭兒！」

他已帶著人抵達道觀了，一腳跨進來，看到殿中站著山宗和神容，才察覺自己有點冒失，嘿嘿笑一聲：「頭兒，我沒打擾到你們吧？」

山宗看身邊看似若無其事的神容一眼，問：「何事？」

胡十一想起來意，不笑了，指著門外道：「就那柳鶴通，我本想馬上去審他來著，誰知那老東西非說有話只與你說！還挺強！」

「誰？」神容有些詫異地看了過來：「他不是被關外的帶走了？」

「嗯，是他。」山宗說完看了胡十一一眼，冷笑：「也好，那就我親自去審。」

胡十一沒好氣道：「老東西，敢要你出面，真是不怕死！」

道觀後院裡，一間柴房緊閉，只有窗戶裡漏入了光。柳鶴通被關在裡面，手還被結結實實綁著，戰戰兢兢坐在柴堆旁。

忽然門開了，他嚇一跳，看到來人，忙又激動地挪了兩步：「山大郎君！」

山宗反手將門關上，垂眼盯著他，順手將手裡提著的刀點在地上。

刀鞘落地鏗然一聲，柳鶴通哆嗦一下，想起了眼前這人的狠厲手段，臉沒了血色。

山宗冷聲開口：「孫過折此番派人混入，你是跟著他的人入關的了。」

柳鶴通又哆嗦一下，「是、是跟著他們來的，但我跑了！」說著他又忙不迭道：「山大郎君饒命，我自願回幽州大獄啊！」

「何必說得如此乖順，」山宗冷笑一聲：「難道你當初不是想趁機逃出大獄，心甘情願被他們帶走的，還真是被抓走的？」

柳鶴通被綁著的手抖索，枯槁的臉上哭笑不得：「瞞不過山大郎君，我當初確實是想逃……」

那次關外大軍來犯，夜晚時幽州大獄被攻擊，他在牢中聽到動靜，起初還以為是又一次大獄暴動。後來獄卒們終究抵擋不住，大獄被攻破，進來了一群人，除了無法打開的底牢之外，他們在各處搜找關外犯人。

柳鶴通受夠了幽州大獄裡的折磨，日思夜想能出去，當時見他們將要從自己牢房外經過，顧不上其他就朝他們大喊：「救我！我乃前任中書舍人！先帝面前重臣！快救我！」

那群人已經過去了，竟然真的返回，領頭的首領問：「你是你們老皇帝面前的重臣？」

柳鶴通這才察覺他說漢話生硬拗口，藉著火光，又發現他穿著打扮是個契丹人，後縮著點頭。而後他就被這一隊契丹兵拽了出去，直接帶出了大獄，甚至後來還出了關。

「就、就是這樣……」柳鶴通哆嗦著說完，不敢看山宗：「我就這樣被帶去了那孫過折的面前……」

山宗沉眉，一身幽冷地站在他面前：「那想必你很清楚孫過折的目的了，先是和親，後是派人入關擄人，如此不計後果，他到底有什麼企圖？」

柳鶴通神神祕祕道：「他在找東西，找很多年了，當初帶走我就是因為我是先帝跟前重臣，想從我這裡得到消息。自我出關後，他們終日盤問我，自宮中到朝中，問了許多古怪事情。後來又問我長安長孫家的傳聞是不是真的，都說是長孫家發現了幽州金礦，長孫家又有哪些人來過幽州……我告訴他我只見過長孫家的小女兒，她曾在大獄裡挑選過犯人……他、他就認定了那東西長孫家才有！」話音猛然收住，因為他發現山宗的眼神已經沉了，瞄了他手裡的刀一眼，面如土色。

山宗冷冷盯著他，心裡過了一遍：「這是何時的事？」

柳鶴通縮著乾瘦的身子回想：「好似、好似之前關外出了什麼事，聽說有群人從他眼皮底下跑回關內了，那孫過折十分動氣，從那時候起他就開始更急要找那東西了，才有了現今的事……」

山宗沉聲：「他要找的是什麼？」

柳鶴通忽然激動道：「他就是個瘋子！他絕對找不到！我趁他們此番要摸混入關，提出給他們做內應，藉機跟他們回了關內，又趁他們去攔截隊伍就跑了，不想正好撞上檀州軍……」

說到此處，察覺這麼說還是暴露了自己想逃的事實，他忙又道：「不不，是我主動找上了檀州軍……山大郎君明鑑！孫過折真是個瘋子，那東西註定是找不到的，就是真擄了人回去我也是個死，我情願回那幽州大獄，再不想回關外了！」

山宗霍然抽刀指著他：「到底是什麼！」

柳鶴通這才一下噤了聲，又畏懼地哆嗦開口：「我說、我說……」

半個時辰後，山宗拎著刀離開那間柴房，一把將門關上。

胡十一跟了過來：「頭兒，咋樣？」

山宗說：「將薄仲叫來。」

胡十一愣一下，轉頭去叫人了。

薄仲不多時就到了。

山宗已走回那間三清殿外，手上摩挲著刀柄，還在思索柳鶴通的話，左右有經過的道士也連忙迴避開去。

「頭兒，你找我。」薄仲向他抱拳。

山宗問：「我記得我去關外找你們時，你曾說過，孫過折喜歡活捉你們？」

「沒錯，」薄仲回想起此事，臉上鐵青，額間皺紋橫生：「他一心把咱們一網打盡，抓咱們的時候都儘量留活口，好像是要盤問事情，也有弟兄說是要跟朝廷談判，但我們都未能叫他得手，因而不知詳情。」

山宗點點頭：「我知道了。」

薄仲看了看他的神情：「頭兒因何忽然問起這個？」

「為了知道孫過折的目的。」山宗說：「他比我想的還要敢盤算。」

神容剛被請去用了齋飯，又回到三清殿裡等著，一旁是紫瑞在與知觀小聲說話——

「有勞知觀，就不必另外安排客房了，那位是我們家少主的夫君。」

知觀呼了一聲「三無量」：「原來如此，原來如此……」

神容暗自聽著，撚了一簇香在手裡，輕輕笑了笑，想來知觀如今也很意外。

身旁一暗，她抬眼看去，香放了下來，剛說到夫君，他就到了。

紫瑞和知觀都離開了，殿中又只剩下他們二人。

「問清楚了？」神容問。

山宗挨著她的那只手拿著刀，換到了另一隻手上：「嗯。」

神容不禁聲低了些：「他有何圖謀？」

山宗看著她的臉，忽然問：「妳可聽說過山河社稷圖？」

神容一怔：「山河社稷圖？」

山宗點頭：「孫過折一直想得到一個東西，柳鶴通說，那就是山河社稷圖。」

剛才，就在那間柴房裡，柳鶴通也問了類似的話：「山、山大郎君聽說過山河社稷圖嗎？」

神容眉頭蹙起，一臉不可思議。

山宗笑一下：「我也覺得不可相信，但柳鶴通就是這麼說的，據說孫過折已經為此找了好幾年。他曾經聽說過，中原皇室有份寶圖，內含山川社稷，有詳細的關隘軍事，甚至還藏有寶藏，得到了就能直取中原，從此他們就管這個叫山河社稷圖。」

神容怔忪一瞬，繼而好笑：「別說聞所未聞，便是皇室真有，他一個關外的又是如何知道的？」

山宗說：「李肖崮。」

李肖崮是宗室出身，曾在先帝跟前算受器重，成了幽州節度使後與孫過折勾結，他的部下甚至說過他們曾一度稱兄道弟，這當然是李肖崮告訴他的。所以同樣身為先帝跟前的重臣，柳鶴通才會被帶去關外，盤問消息。

柳鶴通說，孫過折有意無意提及過，李肖崮曾在先帝跟前得知朝中留下了一份記載了山川社稷的寶圖，只要得到就能通曉天下山川機密，可直入中原大地。

山宗聲音壓低：「孫過折野心很大，他準備憑藉這個聯結關外各部與各方勢力，大舉進軍中原。」

當年在與李肖崮對峙時，他曾大言不慚地聲稱，待他們與朝中講了條件，就會有大軍集結。山宗此時才清楚他因何有底氣說有大軍集結。

他們從一開始就打算得到這所謂的「山河社稷圖」，再藉此聯結號召各部勢力，一舉來襲。當初孫過折在追剿盧龍軍時，還想著活捉他們搜集消息，甚至以他們來做籌碼。

神容看了面前的三清塑像一眼，只覺得可笑：「可山河社稷圖不過就是個傳說罷了，不過是神話中的東西，從未有人見到過，他也信？」

山宗「嗯」一聲：「柳鶴通也不信。」所以他跑了，認定孫過折不過是異想天開，註定找不到，遲早是個死，不如趁亂回關內保住一命。

他的聲音低了些：「但關外已經信了，否則他上次就不可能集結到十萬大軍。」

神容看著他：「就算他要得到此圖好了，與我又有何關聯，為何盯上了我？」

山宗掀起黑漆漆的眼看著她：「他如今認定這東西就在長孫家。」

神容在他的眼神裡忽然意識到了什麼，想起方才所說孫過折集結到的十萬大軍，那是因為金礦，臉色淡了下去。

山宗盯著她，沉緩說：「妳的手裡，不就握著一份天下礦脈圖嗎？」

神容唇動了動：「書卷。」

天已黑了，道觀內逐漸安靜下來，山門外卻又傳出了馬嘶聲。

胡十一吃飽喝足，直奔柴房，將剛剛才鬆綁休整過的柳鶴通又綁回去，拽著他出去，直往山門外走，要即刻帶他上路。

經過道觀內的一道小門，兩三個鐵騎長等在那裡，薄仲在其中，上來幫胡十一拽了柳鶴通一把。

山宗站在他們旁邊，逆著門邊的燈火，身上已經卸下了護腰護臂，卻周身凜然如同修羅：「這是我的安排，跟他們幾人走，一切按我的吩咐做，保你一命。」

柳鶴通始終戰戰兢兢、哆哆嗦嗦：「是、是……」

山宗看他一眼：「還有什麼要說的？」

柳鶴通道：「有！山大郎君要留心都中，我聽那孫過折的意思，若是求親不成，他派的專使臨走還會在長安生事。」

求親的確沒成，專使也離開長安了，那要生事也肯定已經生了。山宗擺一下手。

胡十一拽著柳鶴通，與薄仲幾人出山門去了。

山宗轉身往後走，沒多遠，看見女人如水的襦裙衣擺，半邊浸了燈火，就在他面前，是神容。

「妳都聽到了？」山宗問。

「聽到了。」神容剛才親眼看著柳鶴通走的，自然聽到他所說的話了。

「看來他說得應當是真的，孫過折要的東西，應該就是我手上的書卷。」

所以李肖崮才會告訴孫過折這東西出自皇室，這書卷本就是當年長孫皇后親筆所留。

山宗「嗯」一聲。

神容抬起頭，眼神動了動，眉蹙著，沉默了一瞬才說：「他已經找了幾年，會不會當初針對盧龍軍就是因為……」

「不是因為這個。」山宗立即打斷她：「他是現在才知道這與妳有關，如果早知道，那前幾年就對妳下手了。」

神容輕輕合住了唇，心緩緩鬆了下來。

如果是因為這書卷讓他的盧龍軍遭受了這樣的重創，她光是想也沒法想。

山宗看著她沉凝的眉眼，雪白的臉微微低著，長睫掩眸，在燈火裡被描得灼灼豔豔，一抬手，托起她的下巴：「妳少胡思亂想。」那隻手又垂下去，抓了她的手，用力一拽：「過來。」

神容被他推入房中，門關上，頭抬起來，剛對上他的臉，人就被他抱住了。她幾乎立即伸出手，去摟他的脖子，貼向他懷裡，緊緊的。

山宗低頭吻上她頸邊，從她雪白的下頷到側臉，直親到她的耳垂，陡然一含，將她攔腰抱起。

神容頓時摟緊了他，呼吸亂了，思緒成功被他打斷了。忽而背上一軟，陷入被褥，已被他按到床上。

山宗看到她的臉被晦暗燈火映著，只盯著床帳，低頭：「還在多想？」手上故意一把撈起她的腰。

神容抱著他脖子，眼神轉到他臉上：「不是，我想起了別的。」

「想起了什麼？」山宗貼到她的臉。

神容眼裡盛著一點燭火，如潤水光，眼珠輕轉，緩緩掃視這道觀裡睡過好幾次的床榻：「我在這裡，做過一個難以啟齒的夢……」本來已經忘了，甚至還在想著她的書卷，但被他按上來的剎那，又一下記了起來。

山宗低笑：「就是夢到我的那個？」

神容耳後一下熱了，他竟還記得。迎著他的視線，眼睫微掀，忽而仰起頭，貼到他唇上，輕輕蹭過去：「我可沒說是你……」

山宗霎時反堵住她的唇，壓下去，兩手握緊她的腰，往自己身上送，唇稍退開時聲音沉沉地笑：「那我一定要讓妳記清楚點。」

床帳垂落，裡面衣裳輕響，呼吸漸沉，直至帳上映出起落輕動的人影。神容難熬地咬住唇，眼裡看見山宗寬闊的肩，肩峰在一下一下地下沉，聳起。

「看清楚了？」他忽然用力一衝。

神容一聲輕哼，不自覺微微眯眼，隔著垂帳，燈火黯淡迷蒙，他箍著她腰的手臂上，烏黑斑斕的刺青都已模糊不清。這一瞬間，赫然真與夢中情形重疊了一般。

山宗緊抱著她笑：「這下再說是不是我？」他忽而重重用力，比剛才更狠。

神容身在輕晃，早已看不清燭火，手指緊緊攀著他的背，摸過那幾道疤痕，就快抓出新的痕跡來。

他彷彿摸清了她的脈門，每一次都如同撞在她心底嗓眼，她只能無聲地啟開唇，呼氣又吸氣。

「快說。」山宗低低在她耳邊喘著氣，扣緊了她的腰。

神容的手摸到他的後頸，手臂環住，隨著他的力晃，聲也晃散：「是你……」不是你還能是誰。

山宗沉笑：「我是誰？」

神容的身如被重重一顛，眼睫輕顫：「山宗。」

「就這樣？」他似不滿意，身動不停，如握有一把疾風，聲低沉嘶啞：「夫人應當換個稱呼。」

神容就在這風的中心，忍耐著，手臂收緊，一下貼在他的耳邊，張開唇：「崇哥？」

山宗笑了，又是狠狠地一下。

她的呼吸夾著身上幽香在他鼻尖，輕哼一聲：「我又沒叫錯。」

「沒錯……」山宗的呼吸和她纏到一起：「還有呢？」

神容眉心時緊時鬆，先前在想什麼，擔心什麼，全忘了，眼裡只有他這個人：「夫君？」

眼裡看見山宗的眼神似乎瞬間就深了。她又仰起頭，直迎向他深黯的眼眸，啟唇：「宗郎？」

山宗霍然將她抱起：「嗯。」他笑著應了，貼著她的胸膛在這一聲後劇烈跳動，忽而一把掀開垂帳，燭火透了進來，映著彼此相對的臉。

「看清楚了，妳永遠只可能是我的。」並沒放過她，他反而更狠了。

神容腿一動，感受到他緊實的腰，心如擂鼓，若非擠在他胸膛裡，彷彿就快跳出胸口。

不知多久，天已隱隱青白，燭火早已熄滅。人已停歇，一眠方醒。

神容枕著手臂伏在床沿，青絲不知何時散開，鋪在背上，滑落一縷在肩頭。

之後再也沒做那個夢了，大約是因為夢已成現實，或許早在來幽州時，這就已是冥冥中註定好的事。

那一縷隨即被兩根修長的手指挑開，山宗那隻斑斕的手臂動了一下，人貼上來，臉挨在她頸邊：「什麼都別多想，我不會讓妳有任何事。」

神容輕輕「嗯」一聲。他那般擺弄她，不就是不想讓她多想。

「不信我？」山宗在她耳邊問。

她回頭輕瞥去一眼：「是沒力氣了。」

他咧了下嘴角。

神容趴著，忽而說：「不知道長安現在如何了。」

山宗的笑斂去：「我們走得慢是對的，若有事，也可以及時應對。」

長安晴空萬裡。

長孫信慢慢悠悠打著馬入了城，一邊走，一邊往後瞄了兩眼。後面是一群護衛，但護衛前緊挨著他的馬不遠的就是山英的馬。

她坐在馬上，束髮男袍，英姿颯爽，正好看到長孫信的眼神，拉拉韁繩靠近些道：「到今日才回來，趙國公和裴夫人不會怪罪你吧？」

長孫信在洛陽著實待了好一陣子，料想神容都已經隨山宗回到幽州了，實在不好多待，才趕回來。

此時聽了這話，他臉色不大自在：「我本不想待那麼久的，還不是妳非要挽留。」

「我那是想知道你那晚到底說了什麼啊，這麼些日子了，還是不肯說。」山英嘆氣。

她不提還好，提了長孫信就有氣：「妳便不會自己好好想想。」

「沒想起來。」山英實話實說。

長孫信越發沒好氣，沒想起來，那不就是拿他話不當回事！

「一看就沒好好想！」他低低道。

山英沒聽見，指了一下前面：「到前面的朱雀大街就該停了，我就送你到這裡了。」

街上人來人往，偶爾有百姓經過，都在打量他們。

長孫信心裡不痛快，此時聽她這麼說，那不痛快又轉換成離別的不快了。他乾脆下了馬：「去前面酒肆，我做東請妳，算作答謝。」

山英跟著他下馬：「好啊，那我就不客氣了。」

酒肆裡正當熱鬧，長孫信打發了護衛們先回趙國公府報信，當先走了進去。

山英跟著他進了間雅間，剛坐下就道：「料想我大堂哥和神容應當早到幽州了吧，看我大堂哥對神容的樣子，他們定然是每日如膠似漆的了。」

長孫信在她對面風姿翩翩地掀衣一坐，看她兩眼：「妳還是管好妳自己吧。」

山英往他跟前湊近道：「我又沒什麼事，除了我大堂哥和神容的事，我就想知道你那晚到底說了什麼，可你又不願意說。」她平日接觸多的都是山家軍，習慣了直來直去，真不習慣被懸著吊著，越是這樣越是在意。

長孫信乍見她接近，還左右瞄了瞄，看到她臉上神情認真，心裡又好受起來了，甚至還露了笑容：「妳當真在意？」

「自然，我都愁悶多日了，你就不能再說一回嗎？」山英一本正經地盯著他：「星離，你就再說一遍吧。」

長孫信這才算是真好受了，施施然理一理衣袖：「也不是不可以……」

恰好外面的夥計進來問菜目了。他抬一下手，示意稍後再說，山英只好等著。

長孫信臉上還有點笑，剛要發話，卻見那夥計一直打量他，不禁留了個神：「怎麼？」

夥計忙道：「沒什麼，是小的無狀，請長孫郎君點菜目。」

長孫信稍稍停了一停，又聽見外面的話語聲，方才進來前沒留意，此時才發現好像在議論他——

「剛才進去的那可是長孫侍郎？」

「是吧，長孫家前面剛出了那樣的風頭，也不知那傳聞是真是假……」

他覺得古怪，起身出去。

山英也察覺不太對勁，跟了出去。

長孫信剛到外面，討論聲便小了，門外一個護衛匆匆走了進來，正是他剛打發走的。他越發覺得不對，往兩邊看了看，立即走過去，直到門外。

「郎君，」護衛向他低聲報：「半路遇上國公，他得知你回來急喚你回去，府上有急事。」

「何事？」長孫信忙問。

護衛道：「國公說都中近來不知是何處起的流言，說長孫家私藏了皇室密圖才有了如今的本事，已傳遍全長安了。」

長孫信大驚：「什麼？」難怪方才那群人在竊竊私語。

「怎麼了，星離？」山英已經跟出來了。

長孫信回頭看她一眼，皺著眉道：「我還有事，要即刻走了。」說完便趕緊去牽自己的馬。

山英不明所以：「你話還沒說。」

長孫信在馬上又回了下頭：「還是下次吧！」

山英看著他就這麼急匆匆地打馬走了，又往身後的酒肆看一眼，心想長孫家這莫非是出什麼事了？

第三十九章 長孫女則

趙國公府裡，近來頗為沉肅，就連僕從們在府中四下走動的腳步都輕緩了。

裴夫人在廳中端莊地坐著，眉頭細擰，擱在手邊的一盞茶早已涼透，卻一口未動，只時不時朝廳門看一眼。

好一會兒，終於看見長孫信從門外走了進來。

裴夫人立刻問：「如何？」

長孫信身著官袍，一絲不苟，搖頭道：「未能得到什麼消息，只看父親那邊如何說了。」

他是從工部回來的。自那日在酒肆裡與山英分開，返回趙國公府後他便連著幾日都在奔波。但宮中沒什麼動靜，只今日，聖人忽然召見了趙國公。

裴夫人揉著手中的帕子：「也不知是從何處突然冒出這流言蜚語，你父親到現在還未回來，更不知聖人會如何說。」

長孫信安撫她：「母親不要太擔心，長孫家立了大功，有那座金礦在，聖人當會顧念。」

裴夫人嘆息一聲：「只怕會叫聖人種下疑心……」

長孫信也沉默了。這等流言蜚語看似沒有根據，卻最容易叫人生疑。

裴夫人是經歷過先帝的，先帝便是最容易生疑的秉性。歷來伴君如伴虎，如今的少年帝王一直與大臣不遠不近，還未能叫人澈底摸清，登基以來又拔除了許多世家舊臣，萬一揪住了這一項可如何是好？說不擔心是不可能的。

正相顧無言，趙國公回來了，入廳時一身厚重的國公朝服未除，臉上嚴肅。

「父親，」長孫信迎上前：「情形如何？」

裴夫人站起來：「聖人都問你什麼了？」

「問了許多，」趙國公皺眉道：「聖人知道我們長孫家藏有能探山川的東西。」

裴夫人一驚：「聖人知道？」

長孫信也覺不可思議：「聖人怎會知道？」

趙國公踱了兩步：「這便是聖人捉摸不透之處，早在當初幽州發出金礦之後，宮中便在這其中查過一番。聖人雖不知我長孫家有的是什麼，但一定有東西相助，才會代代有此本事，但他一直未提，直到此番流言四起。」

這番話一說，足以叫所有人提心吊膽。裴夫人的臉色有些發白：「那卷《女則》……」

別人不知道那流言真假，他們長孫家卻很清楚，沒有所謂的皇室密圖，但要說他們長孫家的本事，唯一有關聯的便是那本《女則》。看來是有人盯上了那份書卷。

她小聲道：「聖人查過長孫家，莫非對長孫家……當初也生出過除去的心？」

長孫信臉色也嚴肅了：「母親莫要自己嚇自己，聖人是新君，登基不久，自然要摸清各家大臣情形，若真有那心，早下手了，他後來不還賞了我們功勳，只看他如今如何斷定就好。」

趙國公道：「聖人如今什麼也沒說，只說想看那份圖，或是與其有關之物，他想知道究竟是什麼造就了這流言。」

裴夫人臉色愈發不好：「只看看？怎會如此簡單？」

長孫信想了想：「聖人有令，自然不得欺瞞違背，可要圖，除了阿容，誰還能將那書中文字轉化為圖，難道要叫她回來？」

裴夫人立即道：「不，好不容易將阿容送走，她險些被和親的事剛解決，千萬不要叫她回來。」

趙國公又踱了一圈步，沉吟道：「我手上尚有書卷裡的幾份謄抄文字在，只待破析了畫成圖，再加上阿容當初描出來的幽州礦脈圖，上呈宮中，或可讓聖人打消疑慮，也或能保住書卷。」

外面忽有僕人來報：裴大郎君攜大女郎回來了。

長孫瀾隨即走了進來，身後跟著一道趕來的裴元嶺。

「父親、母親，事情如何，可有我能相助的？」長孫瀾溫聲問，一臉擔憂之色。

裴元嶺也道：「姑父、姑母有任何事要幫忙，皆可直言。」

趙國公點頭，對長孫瀾道：「正好，妳也一併來解文描圖。」

長孫信看了看堂姐，湊近父親身邊低語：「那可不是誰都解得了的，父親，真不要叫阿容回來？」

趙國公看裴夫人一眼，亦低了聲：「我也不希望阿容回來，聖人既然要圖便給他圖，最好不要讓阿容捲進來。」他說著一聲低嘆：「聖人遠比我們想得要不簡單。」

趙國公府上的氣氛更凝重了一分。

又是一日過去，清早，府上鴉雀無聲。趙國公告了假，如今終日待在書房內忙碌。

長孫信一身便袍，也已連著幾日沒有出門，手裡拿著幾張謄抄的文字，一臉沉重地從園子裡走出，直到廊上。

一個護衛小跑過來：「郎君，查遍了全城，那傳言據說是幾個外族人傳出來的。」

「外族人？」長孫信沒好氣：「哪裡的人，逮到沒有？」

「沒有，找不到他們了。」

長孫信擺手，低低道：「連是哪裡的人傳的都不知道！」

「契丹人。」

忽來一句回答，長孫信轉頭看去，頓時眼中一亮：「阿容！」

神容正朝他走來，身上罩著厚厚的披風，一手揭去兜帽。

長孫信說不上是驚是喜：「妳不是已到幽州了，怎麼返回了？」

神容走到他面前：「長安的事我已聽說了，是孫過折做的，我回來便是為了這個。」

長孫信訝然：「又是他！」

神容看他手裡的紙張一眼：「你在做什麼？」

長孫信正愁此事，便一五一十將前後事情都告訴了她，包括帝王說要看圖的事。他低聲道：「聖人對此事態度不明，朝中風向也不明，我們都摸不清聖人是何意，越是這樣，越是心中不安，只怕惹了猜忌，若有人添油加醋，那先前立的功也都白立了。」

神容點了點頭，臉上神情平淡。

長孫家曾經最擔心的事莫過於此，擔心帝王發難，家族難全，沒想到如今是在這樣的境地下到來。

長孫信抬手示意她等等：「我去告訴父親、母親妳回來了。」

神容看他走了，轉身走向園內。

園中一角，兩株蔥蘢松樹已是墨綠，樹幹筆直，旁邊倚著身姿頎長一身漆黑胡服的山宗。

他抱刀在懷裡，小腿上的馬靴沾著塵土，是帶著她一路馳馬抄近路回來所致。

神容走過去，剛要說話，他手臂一伸，勾住她的腰拉過去，一手捂在她嘴上，頭朝園中一歪，低聲說：「有人。」

神容眼看過去，園中亭內坐著她堂姐長孫瀾，金釵環佩，鵝黃襦裙，面前石桌上鋪著一張張紙，她手握一支筆，緩緩擱下：「我到底還是比不了阿容，解不出來。」

「那何不與姑父明說。」裴元嶺自她身後走出，站在她旁邊。

「我想解出來，」長孫瀾顰眉微蹙：「我也是長孫家子孫，卻幫不上忙。」

裴元嶺笑了笑，寬撫她：「解不出來也沒什麼，妳還是我裴元嶺的夫人。」

「這不過是你寬慰之言，有時我也希望自己不僅僅是你夫人，也能有獨當一面之能。」長孫瀾頓了頓，輕聲輕語地道：「你我相敬如賓這麼多年，如今長孫家面臨危局，倒也不必遮掩了，誰都知道，當初裴家表親們全都惦念的是阿容，我知道你也是。」

神容愣了一愣，想起她堂姐曾在她跟前說過大表哥有話也不會與她多說，原來早就藏著個結。

嘴上還被山宗捂著，他勾著她腰的手臂環緊了，臉抵在她頸邊，低笑一聲，也不知在笑什麼。

亭內安靜一瞬，裴元嶺嘆了口氣，在妻子身旁坐了下來：「那都是多少年前的事了。這天下獨一無二的人誰都會去想，但也會有同樣獨一無二的人去匹配。我自認不是那一等一的人物，天上獨有的日月都摘不得，能在漫天星海裡摘得一顆星辰，便已心滿意足了。」

長孫瀾不禁朝他看了過去：「我也算星辰嗎？」

裴元嶺笑著抓住她的手：「自然。」

「我還以為……」長孫瀾沒說下去，聲音輕了。

神容拉下山宗的手，輕輕道：「想不到大表哥還如此會哄人。」

耳邊傳來他的低語：「嗯，只比我差一點。」

她立即想轉身，被他緊摟著往後一拽，察覺那邊似有視線看來，忙隨著他快步躲開去。

直到假山後，兩人才停下。

山宗臉上的笑抿去：「孫過折盤算得很清楚，求親不成便散布傳言，這樣隨後擄走了妳，礙於帝王猜忌，妳也不會讓書卷留在中原，便會落在他手上；若沒擄走妳，帝王猜忌或也能幫他將書卷引出來，省得他再下功夫另找。看剛才情形，聖人確實關注起了書卷。」這就是孫過折狡猾之處。

神容一手搭在他胳膊上，手指輕輕撥著他衣袖上緊束的護臂：「好在回來得及時。」

山宗手臂在她腰上一緊：「我此時明面上已在幽州鎮守，不在長安，書卷的事會暗中配合妳。」

神容回味過來：「你是不是要用柳鶴通對付他？」

山宗眉峰低壓：「柳鶴通多嘴才叫孫過折留意到妳身上，他這算將功折罪。」否則他豈會輕饒了他。

那晚他讓胡十一和薄仲帶柳鶴通離開，正是提前折返了長安。如今他隱藏行蹤，看似人已在幽州，是為故意轉移關外視線，孫過折此時一定留心著長安動靜。

「你想主動對付孫過折？」神容蹙眉：「聖人還沒信任你。」

山宗嘴角扯了一扯：「我知道，但或許這次是個機會，我早就不想放過他。」他早就想出關外了。

失散的盧龍軍，失落的薊州，都在關外，只不過沒有機會罷了。

神容眼神輕轉，落在他抿緊的唇上：「我明白了。」

「阿容？」長孫信親自過來找她了。

山宗鬆開她，笑一聲：「我就不去見岳父、岳母了，裝不在得裝像一些，等我收拾了孫過折再來告罪。」

長孫信很快找了過來。

神容自園中走出，對他道：「走吧。」

長孫信走在前，直到廳中，趙國公和裴夫人都在，看到她無不詫異。

「妳怎麼回來的？山宗呢，他讓妳一個人回來的？」裴夫人接連問：「這事真是孫過折做的？」

神容說：「母親不必著急，這都可以慢慢說，我只想知道聖人除了說要看圖，還與父親說了什麼？」

趙國公沉默一瞬道：「其實聖人除去問圖一事，還問了我一個古怪問題，他問以我對山的瞭解，當初可曾為先帝謀劃過什麼，正因如此，此事才顯得嚴重。」

裴夫人錯愕，先前他沒說，竟不知還有此一問，牽扯上先帝，那就明明白白是被猜忌了。

神容不禁微微變了臉色，輕輕抿了抿唇，一手摸到懷間錦袋：「既然如此，書卷在我手裡，由我入宮面聖。」

宮中，殿宇內安安靜靜。

一清早，垂帳懸起，帳後案檯上燃著嫋嫋龍涎香，清瘦的少年帝王身襲明黃圓領袍，端正坐於案後，手裡剛放下一份專查那流言蜚語傳播的奏章。

河洛侯君子端方地站在一旁：「陛下當日對趙國公有那樣一問，是覺得長孫家不可信了？」

少年聲音道：「趙國公並未遮掩，據實以告，朕也查明先帝晚年疑心深重時，疏遠的各大世家裡，就有長孫家和裴家在列，他應談不上為先帝謀劃。」

「那便是長孫家可信？」

「等朕見到那所謂的『密圖』才能知道。」

只要是出自宮中的東西，宮中或多或少都會有些痕跡流傳下來，有了方向便很好追查，長孫家確實有什麼東西在手中，只是似乎與傳言有所不同。

河洛侯道：「當初若臣順利派人經手了礦山，大約就能知曉長孫家的祕訣所在了。」那正是他當初主動提出可為長孫家開礦相助的原因。

帝王抬起年輕的臉：「如此不是更說明長孫家有獨到之處，越是有家傳之能，才越會不希望外行人介入。」

河洛侯笑了笑：「陛下所言極是，料想趙國公今日該入宮來面聖了。」

話音剛落，小步進來一個內侍，在帝王跟前低聲稟報了兩句。

少年帝王朝殿門看過去：「來的不是趙國公。」

河洛侯略為詫異地看他一眼，隨即搭手，躬身告退。

帝王點點頭：「宣。」

內侍即刻退出了殿門，高聲唱：「宣趙國公府女郎覲見。」

一道纖挑身形自殿外走入。神容髮髻高挽，點描眉目，身著莊重襦裙，收束高腰，雙臂間挽著柔紗披帛，釵環腰佩隨腳步清悅輕響，至殿正中，斂衣下拜：「長孫神容拜見陛下。」

未曾抬頭，隔了幽深的大殿，帝案數丈遙遠，看不見少年新君的神情。過了片刻，才聽到帝王年輕的聲音：「妳便是那位不久前被契丹請求和親的趙國公之女，山宗的夫人？」

神容沉靜地垂著頭：「是。」

「為何是妳來拜見？」

「因為只有我能來向陛下獻圖。」

殿內稍稍寂靜了一瞬，彷彿是在思索這話中意味，而後帝王才又開口：「圖在何處？」

神容手從袖中抽出，捧著卷起的厚厚黃絹：「便是此物。」

內侍上前，雙手接過，直呈送至案前。

神容此時才稍稍抬眼看去，那明黃清瘦身影的手抬著，徐徐展開了黃絹。沒多久，那手就停住了。

「這是什麼，《女則》？」帝王雖年少，但一直刻意壓著聲，沉穩非常，只此時，聲音裡的疑惑才顯露了與年紀相符的一絲青澀。

神容早料到他會有這樣的反應，畢竟書卷裡面都是如同天書般晦澀深奧的文字。

「這就是陛下想看的『密圖』。」

帝王的手按在厚厚的書卷上：「這裡面並沒有圖。」

神容自袖中又取出一份疊著的黃麻紙：「那便請陛下過目此圖。」

內侍又接了呈上去。

帝王抬手展開：「礦脈圖？」裡面是詳細描繪幽州金礦的礦脈圖。

神容平靜說：「此圖就出自於這書卷，長孫家正是靠著這卷《女則》才找到了幽州金礦，請陛下翻閱至最後。」

大約是出於驚訝，少年帝王依言往後翻閱，厚厚的書卷拖開，直至最後，上面有印璽撰名，乃長孫皇后親筆所著。

「此卷傳至今日，晦澀如同密語，不僅要能解開，還要能對應上現實山川，才算通曉，如此便能轉文為圖。」神容垂眼：「這就是外界所傳，長孫家擁有的那份皇室『密圖』。」

殿內又歸於沉寂，只有黃絹捲起時細微的聲響。在這陣聲響裡，帝王的心思似也捲過了一遍：「這麼說來，這就是長孫家的本事所在。」

「長孫家的本事世代相傳，陛下若願聽，我可以從頭說起。」神容道。

自當年天縱英才、以才能為中原手畫山川定敵虛實的長孫晟，到其女長孫皇后於太宗後宮裡留下的這部書卷，再到如今。言語說來，不過彈指間事。但這是一個家族的積載。

帝王在案後聽完，安安靜靜，許久才道：「妳說只有妳能來獻圖，所以只有妳懂這書卷，這張礦脈圖也是妳所繪？」

「是。」

「幽州金礦也是妳發現的？」

「是。」神容淡淡說：「這卷《女則》由我所繼承，如今呈送宮中，交托陛下。」

帝王的眼神看了過來，似有些驚奇：「妳要將此書上交宮中？」

神容頭垂低，只露出堆雲般的髮髻：「如今情形，我情願將此書交給陛下，但求陛下能相信長孫家。」

沒有回音，過了片刻，傳出窸窣衣袂聲，帝王年少的身姿自案後站了起來：「朕知道了，妳是擔心朕會像對待其他先帝舊臣一樣對待長孫家。」

神容不語，耳中聽著他緩慢輕淺的腳步。

他年少的聲音帶著轉變期的澀和沉，並不清朗：「其實朕只是為了先父一點私事，才有那一問罷了。」

神容垂著的眼輕轉，心思也在轉。來此之前，她父親告訴過她，這位新君當時奇怪的問題不只那一個，還有一句：真正的山洪是何模樣？

趙國公據實相告，而後才想起來，這位少年帝王的過往。

登基前他只是一個快要落敗的光王府世子，雖然是宗室出身，卻並不被先帝親近。

光王妃因生他難產而亡，其父光王也年紀輕輕就因意外而落傷病故，留下他年少孱弱，連光王爵都未能繼承，好幾年間都只有一個世子頭銜，客居遙遠邊疆，根本無人問津。

正因如此，後來他能成為皇儲，得登大寶，才讓二都世家大感意外，只因早已不曾有人注意過這樣一個落魄世子。

而當年導致光王身故的那場意外，就是山洪。

所以如今少年帝王直問真正的山洪是何模樣，長孫家可曾為先帝謀劃過什麼。趙國公便意識到，這位新君的生父恐怕不是意外身亡，有可能是人為，甚至涉及先帝。

他是懷疑長孫家參與過此事，因為長孫家有此能力，或許曾幫先帝謀劃過除去其父。如今他親口所言是為了此事，便是印證了。而先帝，確實在晚年疑心重時大力收攏皇權，致力於削藩和扼制邊疆。

少年帝王的聲音放輕了：「朝中的確有諸多老臣被朕處置了，但倘若他們行的端坐的正，又豈會被揪出罪名，一一摘除？長孫家既然不在此列，又何須擔憂？」

神容不動聲色，心裡卻驚訝非常。她忽然明白了，那些被拔除的老臣，皆為先帝謀劃過此事。

年輕的帝王一早就在清除先帝勢力，並非只是因為一朝天子一朝臣的需要，也是在報父仇。她做足了最壞的打算，卻沒想到是為了這個。

帝王又問：「如此，妳還願意將書卷上交宮中？」

神容定了定神：「我上交書卷，確實是出於自保，卻也不只是交於陛下，更是交於國中。長孫家能發礦的本事代代相傳，如今卻被有心人利用，關外稱此為『山河社稷圖』，但這山河社稷若是淪落在外敵之手，也就山河不存，社稷難復了，不如呈交歸國。」

少年帝王的腳步停了：「妳說與關外有關？」

「是，請陛下明察。」並非呈交於帝王，而是呈交歸國。料想當初長孫皇后留下它，應也是為了江山社稷。長孫家自然不捨，但神容心意已決，沒有比宮中更安全的地方了。

「朕明白妳上交書卷的緣由了。」帝王忽然道。是要他身為帝王澈底介入此事，到時候反而會來護住書卷，甚至清查外敵。

神容一臉坦然：「從此書卷屬國，不再為長孫家獨有。」

眼前忽然出現一雙繡金黑面的罩靴。她悄然抬眼，繼而微怔。

少年帝王竟已身在眼前，居然還蹲了下來，正在上上下下地打量她：「如此重要的東西，妳願交歸國中，長孫家既也無罪，那之前的請求大可不必，朕允妳換一個請求。」

神容不禁意外，過往一直擔心這位新君是會妄加罪名之人，去幽州尋礦，為長孫家立功，皆是為了家族求穩。

如今方知一切事出有因，剝開那層神祕，再看他也不過是個年紀不大的少年，與山昭看來也差不多，為人甚至算得上柔和好說話。

她微微抿唇，開口：「那就求陛下信任山宗。」

帝王眼在她身上轉了轉：「何意？」

「這一切皆起自於關外陰謀，求陛下相信山宗，信他的盧龍軍，給他機會領軍出關。」

帝王年少白淨的臉安安靜靜，沒有作聲。

神容微微吸口氣，咬了咬唇，破釜沉舟一般，抬高聲道：「只要陛下信任，我也可為陛下做長孫晟。」

帝王看著她，甚至動了一下身姿，愈發仔細地打量她。

神容察覺到他的視線，幾不可察地蹙了下眉：「我雖為女子，但敢如此放話，絕不敢欺君。」

眼角瞥見面前的少年帝王竟難得一見地笑了一下：「朕沒有看不起妳是女子，這世上厲害的女子，朕已見識過很多了。」

神容離開那座大殿時，下了臺階回頭又看一眼，心中訝然一閃而過。新君心思莫測，但她這一步似乎沒走錯，至少他與先帝不同。

殿內，年少的帝王坐回案後，翻開一道奏摺。這份奏摺早已呈來，其上署名山宗。

帝王仔細看完，按了下來，朝外下令。

約莫一個時辰左右，宮人親領，經過層層宮門，大殿內被帶入了奏摺裡提到的人——形容枯槁、嚴實被綁的柳鶴通。

「陛下，罪臣當初並非有意替先帝謀劃加害光王的啊，罪臣若知道先帝當時針對的是個藩王，絕不敢隨意參與啊！」一入殿他就畏懼地跪爬著道。

外人都道新君剷除先帝老臣，只有他們這些被剷除的當事者，才知道是怎麼回事，皆是咎由自取罷了。

帝王面前的垂帳已經放下，遮住他的身形：「朕今日傳你，不是為了你已定的罪。」

柳鶴通頓時不敢多言。

「將你在關外所知情形一一報上。」

「是，是……」柳鶴通乖順地伏地，一直希望能有機會再面聖，如今是難得的機會，竟然是山宗給的，只求能將功贖罪，一分一毫也好。

足足又過了兩個時辰，柳鶴通被帶走。

少年帝王仍安然坐在殿內，內侍們穿梭，送來一份一份文書典冊，絹書密旨。他的手裡壓著一份談判書。

是當初契丹送到先帝手上的談判書，甚至還附帶了一塊盧龍殘旗。

今時今日，他才看到這一份談判書，正是孫過折所寫，提及願與中原「對等相換」。但先帝當時根本沒有救援盧龍軍的打算，所以不了了之。如今，大概可以知道他想要換的是什麼了。

「原來如此。」年少的帝王合上面前的談判書，雙眼透過案前垂帳，彷彿看到了當年不得不立他為儲君的先帝那蒼老頹唐的模樣。

那時候的先帝大力收攏皇權，為求撤藩不擇手段，為遏制邊疆不惜手染鮮血，為了大權安穩更不惜損兵折將。

最後幾年裡，先帝始終疑神疑鬼，誰也不相信，看什麼都有陰謀。直至於後來子嗣凋盡，眾叛親離。

而他一個落魄世子，居於遙遠北疆，在立儲風波裡被安北都護府的兵馬推出來，協同洛陽河洛侯的勢力，被扶持成為儲君。

當時邊疆也的確出過有都護府勾結外賊的叛亂，他一直以為那就是先帝疑心的陰謀了。

如今方知，還有更大的陰謀在等著，不僅僅是一方勾結外賊的叛亂，居然是要聯結四方各部外族勢力大舉而來，顛覆中原的圖謀。

原來如此，原來先帝竟然沒有感覺錯。多少人的鮮血，才換來這個陰謀的現世。

少年帝王坐了片刻，默然起了身。

天黑時，山宗在長安官驛裡。

廊下燈暗，他就站在暗處，聽著胡十一腳步走至，低聲道：「頭兒，柳鶴通白日裡被帶進宮去了，我去看了，金……不是，夫人在他前面也入過宮。」

「嗯。」山宗點了個頭。

胡十一報完就走了。

他站在廊下想著神容，早料到她一定會親自面聖，不知她此刻定心沒有。

院外忽然有動靜傳來，山宗朝那裡掃了一眼，察覺出一絲不對，聽著那陣動靜，舉步往客房走。

快到門口，兩個內侍一左一右立在門前，尖著嗓音問：「可是幽州團練使？」

山宗說：「是。」

兩名內侍讓開，抬手示意他過去。

山宗走過去，推開他們身後的門，門立即就被內侍在外關上。他看見屋內坐著的人，一掀衣，單膝著地。

新君換了便服，就坐在桌旁，看起來如同尋常人家的清俊少年郎：「朕既然親臨，想必你也知道所為何事了。」

「為臣奏摺呈報之事。」

年少的帝王點頭：「如你所願，朕此番終於澈查了先帝。」

山宗一言不發，燈火下黑衣靜肅，身凜如松。

帝王起身，走到他跟前：「你呈奏之事被准了。」

山宗靜默聽命。

「朕許你行使節度使之職，統調九州兵馬，必要時亦可調度山家軍，掃清關外聯軍，奪回薊州。」帝王的聲音頓了一頓：「待薊州光復，盧龍軍復番，你就是幽州節度使。」

山宗抬起頭，眼底如黑雲翻攪，沉沉歸於平靜：「臣領旨。」

「即刻返回幽州。」

幽州正值一年中最冷的時節，軍所外寒風凜冽，攜沙呼嘯，捲肆不停。

演武場裡的兵卒們正在操練，場外，一個報信的兵剛走。

張威聽完了報信，手裡拿著兩件軍甲，分別拋給場邊站著的駱沖和龐錄：「頭兒馬上就要到了，帶了信給咱，叫咱都準備著。」

除去半道折返長安的胡十一和薄仲那幾人，其他鐵騎長早已提前回到了幽州，今日忽然接到山宗馬上就要回來的消息。

駱沖伸手接住，在身上比劃一下，拽兩下身上緊緊的甲冑，一臉怪笑：「傳信來給老子們幹什麼，有你們這些百夫長不就行了，老子有什麼好準備的。」

龐錄摸了摸那軍甲，忽然抬起滄桑的眼：「這是作戰軍甲，或許準備的事跟咱們有關。」

駱沖臉上的笑一點點沒了，連眼上聳動的白疤都定了下來。

軍所大門外忽然馬蹄聲急切，張威轉頭看去，緊接著驚喜地喊起來：「頭兒！」

山宗提刀策馬，自大門外直奔而來，一勒馬，身上黑衣肅肅，肩頭還擔著不知從何處趕路帶回的一層雪屑。後方幾匹快馬緊跟而至，是薄仲為首的幾個鐵騎長。

一行人剛下馬，軍所外又有車馬聲由遠及近傳來。

趙進鐮身著官袍，趕來軍所，一入大門，看到山宗的情形，撫了下短鬚道：「看來我來得正巧，剛好你回來，我已接到聖人命令，九州內都多少年沒有過這樣的大動靜了，媯州、易州的鎮將已趕來幽州，定州、恒州、莫州的幾位鎮將也已在路上了。」

山宗點頭：「來得越快越好，我就在這裡等他們。」

趙進鐮追著問：「這到底是怎麼回事？」

趁他們說話，張威忍不住悄悄過去問薄仲：「咱們這是又要準備開戰了？」

薄仲低聲道：「不一樣，頭兒這是要打回去了。」

張威看了看山宗，很是驚奇。

龐錄和駱沖往這裡走近了幾步。

「這麼說，老子們能出關了？」駱沖陰笑著齜了牙。

山宗與趙進鐮說完了話，朝他看了一眼，不輕不重地笑一聲：「當然。」

屯軍所內開始騰空布置，大門被兵卒往兩邊拉到底，大開迎兵。趙進鐮走後不久，從清早到傍晚，陸續都有別州兵馬到來。

幽州城門在遠處遙遙相望，靜默安然地矗立。只軍所外塵煙滾滾，各州旗幟招展，迎風披月，兵馬長隊如遊龍。

山宗拎著刀，點了一撥兵馬，自演武場裡走出。

演武場外高牆所圍的空曠院落裡，寒風盤旋中站著幾個將領，皆帶刀攜劍，身著胡裝武服，只因地方不同而式樣略有不同，正在低聲討論著眼下情形，轉眼看到他，紛紛向他抱拳：「山使。」

山宗掃視一圈，是剛趕到的幾州鎮將。

帝王詔令以八百里加急送至各州，在他趕路返回時，他們已點兵妥當，如今離得近的幾州差不多都到了。

大家都很恭敬客氣，倒不僅僅是因為帝王旨意，實際上處在邊關多載，天高皇帝遠，反而更多還是因為懾於山宗這個上州團練使的手段威名。

當初李肖崮身死後，轄下九州崩裂散亂，幾乎所有鎮將都是新換過的，多的是壓不住下方的。後來是因為有山宗狠戾鎮壓，聲播九州，先穩住了幽州，才總算叫轄下各州陸續安定。如今帝王允許他行使節度使之權，凌駕眾人之上，無人敢有異議。

這幽州一帶的九州，敢跟他唱反調的大約也就一個檀州鎮將周均，還屢屢占不得好處。

果然，隨即有一個兵近前來報：「頭兒，附近幾州鎮將皆已到了，除了檀州周鎮將。」

山宗也不意外：「請先到的都來堂中。」

那兵去傳話請人時，軍所外恰有齊整的兵馬行進聲傳來。

山宗停步。檀州軍此時才終於來了。

周均騎著馬領先入了軍所大門，按著腰上的寬刀下馬後，沉著張白臉走過來，細長的眼看著這頭：「想不到有生之年還能再重啟那一戰。」

山宗說：「這回你可以正大光明說了。」

周均想起了過往那道密旨，多年來不能提及的那場戰事，臉色不好，涼颼颼地道：「不知你用了什麼法子叫聖人讓你行使節度使之權，這回最好不要叫人失望，否則我倒情願抗旨不來這趟。」

山宗似笑非笑：「你若是不服，還不如像以往那樣想想自己能否拿到頭功。」說完直接轉頭往軍所正堂走。

胡十一當日打著馬趕回軍所裡時，軍所外還陸續有離得遠的幾州兵馬隊伍趕來。

他鬆了馬，急匆匆往裡走，看到各州鎮將從正堂裡出來，似乎是剛議完一番事，停下來等了等，等到了最後出來的山宗。

不等他上前，山宗已經大步朝他走了過來：「告訴她了？」

胡十一點頭：「我特地等在趙國公府門口等到人的，頭兒你走這麼急做什麼，那可是自己的夫人，何不道個別呢？」自然是在說神容。

山宗明面上已經回到幽州，早已不在長安，就連帝王下令都是親自去的官驛，而非召他入宮。接到聖旨時，帝王便直接下令他即刻返回，他幾乎沒有絲毫停頓就啟了程，根本不可能去找神容，又談何道別。

他手指摸著刀柄：「她如何說？」

「沒說啥。」胡十一道：「我去時趙國公府裡正忙著呢，好似宮中有人去送了賞賜，長安城裡頭眼下已沒那些亂七八糟的流言了。」

那一定是新君有意的安排。山宗也不知神容到底如何說服了年少的新君，她於明處入宮面聖，自己於暗處上奏真相，本沒想到會如此順利，但新君這次居然徹查了先帝，坐實了孫過折的企圖，事情便容易了許多。

「她真沒說什麼？」

胡十一仔細想了想，還是搖頭：「沒有。」

他當時等在趙國公府外頭好幾個時辰才見到金嬌嬌出了府門，上前一本正經地說了山宗已經奉旨回幽州調兵備戰的事，還特地強調：「聖人有令，頭兒也是沒辦法，妳可有話要帶給他？」

神容攏了一下身上披風，看了他一眼：「知道了。」

就這麼一句，臉色很淡。胡十一都要懷疑她是不是生氣了。

山宗無奈地扯了下嘴角。神容就是這樣，無論心裡有多少心思，面上都很少顯露，她要是真的有氣，也只能他回頭再去哄。

他轉頭看這軍所裡四下烏壓壓駐滿的兵馬一眼，心想她此刻在長安能安穩無憂也好。

一場大風自關外吹來，更加狂烈。軍所裡的兩隊斥候悄然往關外探路而去。

斜陽將盡，關城上，一群人察看著關外情形。

張威走到城頭邊上，向身前的人稟報：「頭兒，九州兵馬已全都到齊了，易州與關外通道也已切斷，關外那些衛城裡近來好似有過增兵。」

山宗藉著暮色，遙遙自薊州方向收回目光，轉身往城下走：「繼續盯著關外動向，通知各州鎮將，隨時準備出關。」

下了關城，趕回軍所的路上，天色差不多已快黑下。

山宗一馬當先，半道看見一行隊伍遠遠自官道上迎面而來，風塵僕僕。他勒馬停住，看著隊伍前面的人：「你此時怎會來幽州？」

隊伍前面是騎著馬的長孫信，身上一件厚實披風罩著，裡面的官袍齊齊整整。他看了看山宗，正一正衣袍道：「我來自然是為了礦，途徑你軍所，看裡面兵馬忙碌，便不打擾了。」

山宗看著他自眼前經過，目光掃過他的隊伍，沒看見那輛熟悉的馬車。

疾馳至軍所，天就完全黑下了。軍所裡到處都是兵馬，院中燃著篝火。

山宗一跨下馬，走到正堂裡，堂中沙盤上推演的布戰情形密密麻麻一片複雜。

他解了刀，拆下護臂護腰，順手接了門口一個兵遞來的濕布巾擦了手和臉，在椅子上坐下，盯著沙盤，屈起一條腿。

「頭兒，」一個兵進了門，抱拳稟報：「有客正在營房等你。」

山宗仍盯著沙盤：「何人？」

「說是朝中派來助你的軍師。」

山宗掀了下眼，眉峰低壓：「什麼軍師？」

「她讓我告訴你，是能斷定山川河澤，如長孫晟一般可定敵虛實的軍師。」

山宗頭抬了起來，腿一收，霍然一笑，起身往外走。

腳步越來越快，越過外面的篝火，他幾乎是跑回了營房，一把推開門，門內站著正在桌前一手挑燈的纖挑身影，轉頭朝他看了過來。

神容襦裙曳地，眉眼灼灼，如自畫中走出。

下一瞬，她迎面走來，一伸手臂，勾住他的脖子，昂起頭將唇貼了上來。

山宗迎著她的唇親回去，一手關上門，回身抱住了她，低頭碾著她的唇，直親到她臉側耳邊，低笑一聲：「軍師？」

「嗯。」神容急促喘息，下頜輕輕蹭著他頸窩：「我可在聖人跟前放了話了，可以做長孫晟，不要忘了當初是誰在關外給你指了路，難道你不需要本軍師的相助？」

山宗一把將她抱起來，聲沉在喉中：「要，當然要。」

神容被他抱去那張窄小的床上，旁邊一盆炭火燒得正熱。

床太小，彼此緊疊著，她的衣裙被掀了上去，炭火帶來的熱還不及他身上的。那身黑烈胡衣在眼前迅速剝除，他貼上來的胸膛滾燙。她攀著他，人比任何時候都熱情。

「難怪沒話帶給我。」山宗撞上去：「妳早準備了來。」

神容在窄小的床上被他箍得死緊，迎接著他，眼裡迷離，看見燭火裡映出的身影，手不禁搭到他緊窄的腰上，斷斷續續說：「當然要來，我怕你在關外迷路啊……」

山宗一手打散她高挽的髮髻，手臂穿過她的青絲收緊，穩穩扣著她往身上送，笑著去親她的唇：「有妳在，我豈會迷路。」

神容髮間一支珠釵搖搖欲墜，應和著燈火中人影的搖晃，隨著他的力道輕輕的一響一響，無端曖昧。

終於落下時，她被他的手臂箍著身一翻，已伏在他身上。

神容低頭，燈火裡鼻尖沁出細密的汗，手指搭住他那條布滿刺青的右臂，指尖點在昂揚翹首的蛟龍之首上，一點一點描畫：「何時出關？」

「隨時，妳來得正好。」山宗一下按下她的腰，好叫她專心點。

外面隱約可聞兵馬聲，許多人回營的腳步聲在外響起。

山宗箍著她坐起，拂滅了燈。「夫人真要隨我去？」他的聲沉的能撞進心底。

神容在黑暗裡摟住他：「嗯。」

第四十章　復故城

一清早，廣源騎著馬趕來軍所。

到時卻根本沒能進門，只看見大隊兵馬齊整而出，從大門直往外而去，拖拽了老長的隊伍，快蔓延到遠處天邊。他從馬背上下來，伸著頭墊著腳朝裡張望，剛好看到胡十一帶著隊伍出來，忙直揮手。

胡十一走過來，身上甲冑整整齊齊：「你跑來幹啥？」

「自然是來看望郎君，你們這就要出發了？」廣源問。

「可不是，今早剛得到的軍令，說動就動了。」胡十一往後指：「頭兒馬上就來……」話頓住，他驚訝地盯著大門裡。

大門內，兩匹馬一同出來，當先黑亮的戰馬上坐著山宗，旁邊的馬稍稍落後一步，馬上坐著身著疊領胡衣，披著厚厚大氅的女人，臉掩在兜帽下，細看才看分明。

廣源早已按捺不住詫異道：「郎君這是做什麼，要帶夫人……」

山宗笑了笑：「大驚小怪的幹什麼，這是我的軍師。」

神容跟他並騎而行，輕描淡寫看了他們一眼。

廣源只得眼睜睜看著他們兩匹馬自眼前過去。

張威過來，拽一下胡十一，後者才回神，趕緊跟上去。

諸位下州鎮將都率領著各自的兵馬跟在行進隊伍裡。

周均帶著人馬出來時，看到了山宗身旁的人，已往前方而去，完全沒想到他這是要幹什麼，接連看了好幾眼。

望薊山附近，往關口方向，一支烏泱泱的兵馬已經提前在等著，兵馬當中高舉著一面山字大旗。

為首領軍的人騎著馬，胡衣外面罩著銀甲，卻是個女子，那是山英。她遙遙看見行軍動靜，立即打馬迎去，正看到那浩蕩齊整兵馬前方的兩人。

「大堂哥，我帶山家軍來候命。」她先驚訝地看了神容一眼，才對山宗抱拳道。

山宗扯韁停住，看了她後方的山家軍一眼：「嗯。」

「還有一支山昭率領的輕騎會隨後趕來。」山英又道。

山宗點頭：「讓他先與妳會合，等我調動，孫過折狡猾多變，我的計畫隨時可能更變。」

山英抱拳稱是，乖乖垂頭，聽著他的安排。

另一頭，遠處幽州城方向，一行人正往這裡趕來。長孫信本要往望薊山裡去看礦，一早得知軍所兵馬已出動了，便知道神容肯定也跟著去了，忙趕了過來。

來幽州時他就知道神容有此打算，她可沒告訴父母，只告訴了他。雖說知道她有本事，也有山宗在，但做哥哥的哪能不擔心，總得來叮囑幾句。

哪知等他這一行人抵達望薊山附近，只看到大軍浩蕩遠去的塵煙，已經拖到關口附近了，就是追也來不及了。

他坐在馬上嘆口氣，隨即看見前方還有另一支兵馬，就停在道旁，那赫然是山家軍，再看見領頭的是誰，他止不住來來回回看了好幾眼，拍馬趕上前去。

山英剛察覺有人馬接近，回頭就看到馬背上那一襲披風加身的端貴公子，驚喜得眼中一亮：「星離，你竟也來幽州了？」

長孫信打量她：「妳這是要參戰？」

「是啊，」山英道：「聖人允許大堂哥調用山家軍，能追隨大堂哥作戰可是難得的機會，我可是搶著機會來的。」

長孫信皺眉：「那是要去戰場上廝殺，妳搶這機會做什麼？」

山英莫名其妙：「打仗自然是要上戰場廝殺了，我又不怕。」

長孫信被她說得無言，皺著眉，攏著嘴悶悶一聲低咳。

「你這又是怎麼了？」山英已經對他這點小舉動摸得很透了，忽而恍然道：「不必擔心神容，有我大堂哥在呢，她肯定會被護得嚴嚴實實的，你便放心好了。」說完就要打馬走了。

「等等，」長孫信叫住她：「那妳呢？」

「我？」山英停一下，明白了他的意思，笑起來：「我沒事啊，用不著擔心。」

長孫信的臉有些發白：「妳怎能說得如此輕巧？」

山英不以為意：「本就是啊。」

長孫信被她噎得說不上來話，此一去，萬一有什麼事可如何是好，她怎能如此不在意！眼看著她打馬轉了頭，那臉上毫不當回事一般，就要自他跟前走遠，而後就會隨那大軍出關，趕往敵前……他想不下去了，忍不住打馬追了一步，橫著馬擋下了她。

「怎麼了，還有何事？」山英古怪地看著他。

長孫信眼神不自在，往兩邊看了看，眼前只有她一人，心一橫道：「還有私事！我已向妳表露了心意，妳一定要好好回來！」

山英愣住：「啊？」

長孫信沒好氣，壓著聲道：「我上次的話還沒說完，妳不是想知道嗎？就是這個！」

山英著實愣了好一會兒，才總算回味過來，被他這話一提醒，好似有點回想起來了。

那晚山家熱鬧，她喝醉了，被他送回的時候，半路無人時的廊角裡，他問她：「妳覺得我為人如何，便沒有其他想法？」後來帶著醉意又說了句：「我對妳可不一樣了，我就沒對哪個女子這樣過。」

山英想完，澈底明白了，眨了眨眼：「原來你是看上我了？」

長孫信的眼神越發不自然，一不做二不休：「不錯！妳此去戰場，一定要好好回來！」

山英回味過來：「我沒說我馬上就要去戰場啊。」

長孫信忽然愣住了：「什麼？」

山英誠實道：「我大堂哥叫山家軍在後方壓陣，隨時聽他調令，眼下還沒到我上戰場的時候呢，所以我才說我沒事啊。」說著她又仔仔細細盯著他，一張英氣的臉湊近了些，「你方才說的話都是真的？」

長孫信被她看著，才知自己剛才有多心急，頓時手攏著嘴連連乾咳了好幾聲，臉都脹紅了。

關口之外，大軍推出邊境。

依憑後方關城處崇山峻嶺的圍護，全軍在出境不遠的平地上紮營，作為調度的後方。

大風漫捲，沙塵呼嘯，陰沉穹窿下，一座一座營帳如憑空般鑽出了大地。遠處，敵方衛城方向，兩隊斥候陸續返回。

中軍大帳裡，坐著九州鎮將，如同來到幽州的這些時日一樣，剛討論過一翻布戰，圍看著面前的沙盤。

「薊州城外有契丹所造的圍擋，要想拿回故城，首要得能進入故城。」山宗站在沙盤前，掃一圈眾人：「先到這裡吧。」

周均看著沙盤，又看他一眼。

沙盤上面如此密密麻麻的排布，山宗不像沒去過，反倒比在座的其他人都瞭解，甚至比自己這個在關外作戰過的都瞭解，彷彿他曾到過薊州附近，當初那一戰不曾缺席過一樣。

山宗抬眼看過來：「怎麼，我剛才的布戰沒說清？」

「沒事。」周均細長的眼移開，起身，先往外走了。

其他各州鎮將亦紛紛起身：「隨時聽候山使軍令。」

臨走時，還有人多看了帳中後方側坐的身影一眼。

還從未見過行軍帶著自己夫人的，但這是山宗，似乎也就不奇怪了，誰都知道他行事張狂，豈會在意外人眼光。

鎮將們退去後，胡十一帶著斥候的消息進來了。

「頭兒，斥候探得消息，關外早有增兵，奚和契丹聯軍為主力，都集結在故城方向。」

山宗冷笑一聲：「他一直在增兵，聯結外族，可見他早就準備再動手了。」

大約是出於對他帶走盧龍軍的報復，連奪取「山河社稷圖」的行動都急了起來，但現在中原的兵馬搶先來了。

神容從後方起身走了過來，揭去戴著的兜帽：「奚和契丹聯軍為主力？難道還有其他外族？」

山宗說：「上次他能聯結到十萬大軍，就已有其他外族勢力加入了，若是讓他拿到了東西，恐怕還會有更多，目的就是周邊四夷聯合來犯。」

胡十一嘖一聲：「頭兒你說中了！斥候打探到他們還跟突厥勾結過，哪知前幾年北疆一戰後，突厥大敗，到現在也沒勁兒爬起來，這才沒叫他們得逞。」

神容蹙了蹙眉：「邊疆就沒安穩的時候了，他連這麼大的企圖都敢想。」

山宗沉定定地看她一眼，手指點在那交錯複雜的沙盤上：「烽煙沒有盡時，這裡有奚和契丹，更北面有突厥，西面還有吐蕃，有人就有野心。別說現在，或許百年後、千年後也沒停歇的時候，到了底遭殃的也不過是凡夫走卒。不過也沒什麼，對我們而言，既已披了軍甲，只要眼下平定就足夠了。」

神容沒做聲，看著他的手指點著的地方，薊州。

胡十一聽了也難得沉默了，許久才嘀咕著罵了一聲，報完了事，還站著，看見神容在，就和山宗挨著站著，忽然反應過來，乾笑一聲，轉頭出去了。

帳裡一下安靜了，只剩下外面呼嘯而過的風聲。帳內沒有燒炭火，神容身上的大氅一直沒有脫下。

山宗手一伸，抓著她的手搓了一下，發現冷了，順手塞入懷裡，懶洋洋地笑了笑：「這麼冷，我的軍師被嚇著了？」

神容的手順著他溫熱的胸膛往裡伸，直至摟住他的腰，抬起頭看著他：「我在想如何順利敲開薊州故城的大門。」

山宗盯著她，知道她在想如何幫他，聲音不覺低了：「想的如何？」

神容挑眉：「若有『山河社稷圖』現世，孫過折應該會自己開門。」

山宗黑沉沉的眼動了一動，似已明白她意思。

神容摟緊他：「要平定眼下，我自然會與你一起。」

山宗朝她勾起唇角，用力將她按入胸口，強勁的心跳貼在她耳側：「明白了。」

數百里之遙，往薊州故城方向，如今重兵橫陳。

一道漫長的高牆矗立圍擋著，連著好幾座大大小小的城頭，作為防禦，裡面屯滿聯軍，將薊州城澈底遮掩在後方。最大的那座城頭之中，此時不斷有披頭散髮的兵馬進出。

忽而一匹快馬遠遠衝了過來，身後是邊境幽州關城方向，馬上的契丹兵一路高聲用契丹語呼喊著「有急報」入了城內……

離那裡還很遙遠的連綿群山裡，一支大軍早已抵達，正靜默以待。

遙遙望去，只能依稀看見天邊一截圍擋，如同一道虛幻難辨的橫線，在昏沉風沙裡時隱時現。那就是阻擋他們進入薊州的關鍵。

「頭兒，他們應該把咱們這邊放出的消息急報回去了。」說話的是胡十一，他正伸長脖子留心著遠在前方的斥候動靜：「可那孫子能上鉤嗎？」

山宗站在高坡上，身上穿上了一襲玄甲，目光遙遙望著前方：「那圍擋的城頭裡此時都是他遊說而來的別族聯軍，他手上沒有圖，或許是拿了別的好處換來這次聯盟，僅憑這些，難以長久維持鐵盟，就會像上次入侵幽州一樣，遇亂則散。如今他只要聽到與山河社稷圖有關的消息，必定會動心。」

孫過折自然已經知道中原大軍抵達了，說不定還已經謀劃布置了許多。彼此交過手，山宗瞭解他，他對山宗也不陌生。

但山宗現在卻故意散播消息，長安城內帝王生疑，「寶圖」已被他攜帶至幽州，如今為報當年盧龍軍之仇，他準備將山河社稷圖當眾高懸，公諸於世，以招降聯軍中的別族各部，瓦解關外聯盟。就在當初盧龍軍被困逼降的那座甕城。

這就是神容說的，讓「山河社稷圖」現世。

「那萬一那孫子懷疑有假，不親自現身呢？」胡十一又問。

山宗冷冷地笑出一聲：「他雖聯結到了外族，卻也會防著那些外族，包括與契丹最為親密的奚族。一旦有消息送入，真假已不重要，就算是假的，他也要拿到手，否則若是讓別族收到消息，搶先拿到，或者起了異心動搖了聯軍，他就不一定還能統帥聯軍了。他當然會親自現身，可能還會隱藏消息，來得很急。」知道了孫過折的目的，主動便在他的手裡了。

胡十一差不多明白了，忙又往前走出去一段，更嚴密地盯著動向。

遙遠處，斥候渺小的就像一點黑點，揮舞起了手中的旗幟，那是傳信旗幟。

胡十一兩手搭在額前看見，頓時大喊：「有動靜了！」

「即刻進發。」山宗立即回頭。

高坡下方的山腳處，風難捲入，三位下州鎮將跨馬等在那裡，正看著這頭，此時聽到消息便動了。

大軍在他們身後整肅候立，這一支包括媯州、易州、滄州的三州兵馬，約有四萬，是九州兵馬於整合之後擇選出來的，為今日先鋒。

山宗下了高坡，自大軍旁經過，走向後方。

不遠處，一座墳墓靜靜立著。

神容身披大氅站在那裡，從那座墳墓上收回目光。聽說裡面安葬的是當初那個她見過的瘋子，也是盧龍軍第六鐵騎營先鋒周小五。

大軍已動，她轉過頭，山宗走到面前。

「要走了？」

「嗯。」山宗抬手，將她的兜帽遮上，兩手掩一下：「我將他們留給妳，無論計畫進展如何，妳都要小心。」

兩人後方，站著一群彪悍身影，是那群鐵騎長。

神容看著他：「你呢？」

山宗笑：「我又不是第一回上戰場了。」

她昂起頭：「你以往身邊可沒有我。」

山宗嘴邊的笑深了一分，在她的兜帽上又掩一下，遲遲沒鬆開，手指摩挲著帽檐，如在撫著她的側臉：「我自然也會小心。」

神容這才點了點頭，眼睛始終看著他。她知道他等這一天已經很久了。

山宗的手到底還是伸了進來，在她臉側上一撫而過，臉上還帶著痞笑，浪蕩不羈，毫不在意這是三軍陣前：「等我來與妳會合。」

神容只覺他指腹蹭過一陣輕微的麻癢，被風吹涼的臉側似也熱了起來：「嗯。」

山宗轉身，走出去時臉上的笑就收斂了，成了一身沉肅。

一個兵牽著他的馬送來，他接了盔帽戴上，接了自己的刀，踩蹬，翻身而上。

神容的目光追在他身上，自他寬正的肩，到緊窄的腰，彷彿又看到了當初的他，那一身凜凜的玄甲緊束，身跨烈馬，和他當年的模樣一樣，還是那個自洛陽到長安都讓人仰望的山大郎君。

山宗從馬上回望她一眼，眼底漆黑沉然，手臂一振馬韁，策馬疾馳而出。

大軍瞬間如龍遊動，隨他身影率領調動。

天陰沉地駭人，似有大雪將臨，風沙亂走，風嚎如哭。隨著風聲，送來了隱約的歌謠聲。

後面傳來駱沖的聲音：「又是那歌謠。」

龐錄滄桑的聲音接過了話：「當初咱們聽得最多的時候，還在忙著突圍……」

神容看著馬上遠去的身影，聽清了，還是那首薊州流傳出的歌謠：「舊一年，新一年，一晃多少年，中原王師何時至，年年復年年……」

如今中原王師終於來了。不知那座灰敗的鎮子，那些失落了十幾載的遺民，是否已經聽見。那些失散的盧龍軍人，又能否聽見。

她伸手牽了馬，坐上馬背。

駱沖騎著馬過來，打量她兩眼，左眼上的白疤聳起：「請吧，夫人，讓老子們也長長見識，看一眼那『山河社稷圖』到底是什麼模樣。」

神容攏住大氅，打馬往前：「圖已給孫過折準備好了，想必他會十分喜歡。」

駱沖白疤又是一聳，不禁看龐錄一眼，一行鐵騎長率領著兵馬跟上她。

橫攔薊州的圍擋高牆處，正中城頭大門轟然敞開。

一支契丹騎兵匆匆然出來，由數名頭戴氈帽，手持寬口彎刀的契丹首領率領，足有萬人。

附近相連的幾座甕城裡，兩名奚族首領率領的奚族兵馬趕來，另有關外漠北眾多散落的小族兵馬，陸續集結而至。

除此之外，甚至還有一批自西北而來，高鼻深目的回紇兵馬。無人知道他們是如何聯結而成，在這圍擋的甕城外成了一支龐然重兵。

一個契丹首領抖著鬍子，高聲用契丹語道：「姓山的要去拿甕城，由我等契丹大軍做先鋒，各部于後方支援就好。若有任何外來傳言，都不要隨便聽信！」

除了遙遠北疆的突厥人，這附近一帶，勢力最強的便是契丹人，多年來在與奚族的聯軍裡始終占據主導，這次也不例外。

但如果被別族知道山河社稷圖現世了，爭著搶到了手，便有可能改變契丹的主導地位，這個時候，契丹只能遮掩消息，只當去應戰，還必要做先鋒，才有可能最先拿到山河社稷圖。

夾雜了各部胡語的聲音紛雜，鮮卑語、回紇語、契丹語，在這片本該屬於中原的大地上高呼不止。

後方大開的城頭大門裡，契丹兵馬還在接連出來，披頭散髮的騎兵個個手裡拿著出了鞘的彎刀，刀口雪亮。隊伍當中，左右兵馬嚴密簇擁著一匹馬，馬上坐著的人髡髮垂辮，外人幾乎看不分明。

剛剛喊話的契丹首領上前，順服的如同一隻羊羔，用契丹語小聲稟報探得的消息——山宗的大軍裡的確有女人的蹤影。

這才是他們願意出動的最大原因，那可能是長孫家的那位小女兒，山宗的女人，也是最可能擁有山河社稷圖的人。所以如今的山宗也許真的持有山河社稷圖。

以盧龍軍曾受的重創，和他們在長安的動作，他完全做得出來這樣的報復之舉。馬上的人揮動了手中寬口的彎刀，一句契丹命令傳下，全軍出發。

狂沙捲過，地上伏著一個兵聽完動靜後起身，往後方稟報：「兵馬往這裡來了！」

山宗坐在馬上，抽刀出鞘，下令：「按我計畫，分頭而動，上中下三路，半個時辰拿下就撤走！」

後面三州鎮將抱拳，各率一支分兵，分頭出發。當年那座甕城還在，就在前方。距離孫過折趕來的地方不足五十里。

山宗選擇這裡，就是要讓孫過折相信他是報仇而來，甚至不曾提及薊州。何況這裡他曾攻下過，實在太過熟悉。

三州鎮將率軍分三路襲向前方甕城，裡面駐守的契丹軍頓時開始抵擋，城頭飛落箭矢不斷。

就在此時，胡十一忽然快馬回到後方：「頭兒，那孫子轉向了，沒往這裡來！往咱們出發的深山那裡去了！」

山宗沉著雙眼：「我就知道他會來這招，那就加快拿下這裡！」

風過山林，群山連綿。

神容的馬上了高坡，忽聞後方薄仲緊急的一聲低呼：「戒備！」

清晰可聞的馬蹄聲傳來。神容循聲看去，塵煙瀰漫，大股兵馬正往這裡而來。

薄仲已率一支兵馬迎了上去。

神容拽一下韁繩：「換個方向走。」

孫過折果然狡猾，竟然沒有直接去迎戰山宗，而是搜尋到她的蹤跡，直接來追捕她。

山宗也推測過可能會有這一出，但越是這樣，越說明他上鉤了，堅信有山河社稷圖的存在。

一行仍有數千兵馬跟隨，皆是山宗親手所訓的幽州軍中精銳，在一行鐵騎長率領下，隨她換向而走。

龐錄騎著馬，聽見遠處傳來兵戈聲，這短短一程繞山的路，竟然已不在方才的方位，看了旁邊起伏的山脈一眼，不免驚奇：「這是往哪裡走？」

神容在前方馬上說：「往甕城走。」

山宗說過，如果孫過折想對她動手，她就是待在大營也會有險，所以讓她隨軍而動，這時候她立即趕往甕城，他會拿下甕城，牽走所有兵力，讓她進入。

眼前豁然開朗，已走出群山，到了另一頭，帶著塵沙的風瞬間迎面撲來。

神容夾了馬腹，往前馳馬出去。

遠處薄仲迎戰的那邊已率人在退，依稀可聞聲響，所退往的方向也是那座甕城。

神容從未騎過這麼快的馬，契丹人的呼喝聲似乎近了，他們可能發現了這裡數千人的隊伍，在往這裡追來。

但他們已來不及了。遠遠的，她已能看見那座甕城，在陰沉天色裡廝殺漸息。

裡面駐守的契丹軍並不多，因為孫過折早已將重軍集中往薊州圍擋處。此時甕城城門已破，裡面的契丹兵馬追著一支鎮將率領的人馬往遠處奔去，澈底丟棄了這裡。

龐錄騎著快馬回頭道：「他們被引走了！」

一切如山宗安排。數千人的兵馬瞬間衝入甕城裡。

神容的馬進去時，還有殘餘的契丹兵藏著沒走完，舉著刀朝她這裡衝來。

可惜還沒近身就被一刀解決，駱沖騎著馬衝過神容前方，狂肆地大笑：「想不到老子們還能再來這裡殺一場，居然還得保護夫人！」

神容喘口氣，回過頭，薄仲已經帶人跟入，緊跟而至的契丹軍漫長的拖拽著直追了過來。

「關門！」薄仲大喊。

神容趁機下馬，被一隊幽州軍護著，往甕城城頭上退避，不忘從馬鞍下拿出什麼抱在懷裡，一手掩著兜帽，儘量不去看那些四處倒地的屍首。

上了城頭，幽州軍迅速架起弓弩，立即轉換成防禦一方，箭指下方追至的契丹兵。這裡已成拿下薊州的第一站。

神容往下看去，下方的契丹兵馬停住，當中一匹馬上坐著個髡髮垂辮的男人，離得遠，只能看見他青灰的臉，短鬚，目露精光，左衽袍衣外罩一層厚甲。他抬手舉刀，隨時可能落下，那就是進攻之時。

「聽說你想要山河社稷圖。」神容忽然開口。

孫過折的刀沒有落下，顯然聽見了。

神容從後方走出一些，手裡捧著從馬鞍下拿來的東西，一捧疊得齊整的玄布。

孫過折的馬動了一下，眼神陰沉地凝結在她手上。

「我就讓你親眼看看這幅寶圖。」神容一手搭上去，緩緩展開。

一張黃麻紙自這捧布中被風吹起，落下去。

契丹軍中瞬間騷動，忙有一個披頭散髮的契丹兵下馬，撲搶著撿起，送到孫過折手裡。

他接去，只見上面細密的線條，旁書幽州礦脈，匆忙展開，卻戛然而斷。只不過是一塊碎角。青著臉往上看去，忽見上方的女人手一揚。

大風而過，那塊玄布招展，上面赤金的兩個大字：盧龍。是盧龍軍旗！

兩名幽州軍接住，迅速懸上高杆。

神容立即往後退去，隱入軍士後方。

當初那面在這裡沉落的軍旗，如今又升了起來。

孫過折看去的眼神陡然陰鷙，低語一句契丹語，刀剛要揮落，遠處忽來一陣急促號角，臉色劇變，頃刻契丹兵馬調動。

山宗已經趁機殺進圍擋裡去了。

第四十一章　鎮山河

大風拍打著圍擋的城頭，城上倒了一地的屍首。

一群披頭散髮的契丹兵踏著同伴的屍首準備箭指下方，剛拉起弓，一陣飛箭自下而上，雨幕一般搶先落至城頭，瞬間倒下一大片。

又有契丹兵來支援，卻又被左右兩側齊來的兩面箭雨逼退，甚至跌落城頭。再要抵擋，後方已有刀兵朝他們揮來。

城門早已破開，中原兵馬殺上了城頭。

聯軍大部被帶走不過才幾個時辰，留守的契丹兵根本沒想到這麼短的時間裡就來了突襲，面對三面而來的夾攻，根本不足以抵擋。

率領契丹兵的首領在城頭上，揮著沾血的彎刀，用契丹語大喊：「擋住！不能讓他們殺出去泥禮城的路！」

破風尖嘯聲而至，一支利箭破空而至，正中他的額頭。

黑亮烈馬衝至城頭下方正中，馬上玄甲凜凜的山宗剛剛收回長弓。

胡十一殺至他旁邊來，看著那契丹首領一頭栽倒下去，還不滿他方才那句話，放聲大喊：

「去你娘的泥禮城！那是咱們的薊州城！」

霎時間四周兵卒回應高呼：「薊州！薊州！」

山宗將弓拋給馬下的一個兵：「大聲點，最好叫後方的薊州也聽見！」

頓時呼聲更高。

破開的城門外，一名斥候快馬奔來：「頭兒，孫過折的契丹兵馬趕回來了！」

山宗問：「夫人如何？」

斥候抱拳：「夫人已入甕城，計畫順利，但跟隨他後方的別族兵馬往甕城去了，只有他率領的契丹兵馬在全速趕回！」

山宗聽到前半句心裡剛鬆，聽到後面又凜起眼，薄唇抿成一線。

胡十一罵道：「這賊孫子這回竟還處處都要當先鋒了！」

山宗雙眼沉壓，「他沒在甕城拿到山河社稷圖，自然是認為圖在我身上了，當然要回來應對我，將甕城留給別人。」他霍然抽刀：「他既然出去了，就別想再回來。傳令大營！」

甕城之中，神容迴避在軍士們後方，聽見下方契丹兵馬調離的動靜，回頭看出去時，發現遠處塵煙被大風吹散，他們已經快看不見蹤跡了。

薄仲自守嚴的甕城城門處奔上來：「他們都調走了！」說完看到眼前場景，不禁一愣，額上緊皺的溝壑舒展開來。

身後，龐錄和駱沖一前一後持著刀衝上來，身上還帶著砍殺了契丹殘餘敵兵的血跡，忽然齊齊在她面前止步。

城頭上高杆豎立，杆上原本懸掛著綴有皮毛的契丹旗幟早已被登上城的幽州軍斬斷踏在地上，此刻杆頭的盧龍軍旗在風裡飄揚，獵獵作響。

神容就站在杆旁。

駱沖左眼上白疤接連抖了好幾下，看向她，齜牙笑：「這就是給孫過折準備的『山河社稷圖』？」

神容抬手，攏一下兜帽：「是啊，這是傳訊。」

龐錄的眼睛從軍旗上轉過來，尚有震驚：「傳什麼訊？」

神容看一眼軍旗：「自然是傳訊盧龍軍回來了。」

曾經的地方，盧龍軍已經回來了。

關外開戰，那些失散的盧龍將士一定會聽說中原有兵馬來了，或許他們會來曾經的地方看一眼，或許他們就會看到這面軍旗又升了起來……

薄仲身邊陸續走來諸位鐵騎長，皆看著那面風中的軍旗。

遠處動靜平息，澈底安靜，只剩風聲。

士兵們送來軍糧，全軍休整。

天暗下了一分，那面軍旗始終在眾人頭頂飄揚，於風裡獵獵有聲。

驀然有兵一聲高呼：「有敵情！」

神容剛嚼下一口乾硬的肉乾，聞聲立即往後退，下方遠處，一片黑壓壓的兵馬往此處推來，風沙裡沉沉然模糊，蹄聲紛雜不斷。

城上的幽州軍立即丟下乾糧水囊，齊刷刷架起勁弩，搭上長箭。

龐錄在左側瞇眼細看：「奚族兵馬。」

「還有回紇兵馬，連他們都從西北趕來參與了。」薄仲看到了後方的兵馬裝束，回頭下令：「嚴守城門！」

一個攀上高頂的兵卒觀望後高聲報：「敵方重兵，粗觀數萬！」

駱沖想起了過往，狠狠「呸」一聲：「讓他們狗日的來，老子們又不是第一回在這裡被重兵圍剿了！」

一支冷箭忽然射來，離得太遠，只達城牆，撞上牆磚一聲悶響。

龐錄迅速擋在左側，駱沖刀攔在右，中間的神容頓時被迫連退幾步到了後方角落，眾人頃刻俯身低頭。

又是接連兩箭而來，貼著頭頂而過。

駱沖自牆磚後抬起頭，抹把臉，朝角落裡的神容狂肆地笑：「夫人放心，老子們被妳救過一命，至今都記著呢！盧龍軍首的夫人，有盧龍軍在，怎能是那群玩意兒能動的！」

神容意外地看他一眼，一手攏著大氅衣領，背抵著城上冷硬的牆磚，忽覺冷箭停了，轉頭往外面下方看去。

未等對方兵馬進入射程，側面似先有箭朝對方大軍射了過去，吸引對方的注意。

「什麼人？」薄仲攀住城頭站直往下望。

大風中，那自側面射出去的寥寥幾箭不成模樣，瞬間被吹偏，似乎不堪一擊，卻始終沒停。有人在一邊射箭一邊往這裡奔跑。

「盧龍軍歸隊！」

陰沉天氣裡，一個兩個，衣衫襤褸，左衽長袍，披頭散髮，似乎是外族人，卻在奔跑中用漢話喊了起來：「盧龍軍歸隊！」

薄仲看到這一幕，渾濁的眼陡然亮了起來。

更遠的地方還有零星人影在往這裡奔跑，或近或遠，或快或慢，風沙遮掩了他們的臉，塵灰撲面，手裡拿著的或許是兵器，破舊的弓，失了鞘的刀。

有人在奔跑裡脫去了外面的外族衣袍，露出了破舊的甲冑。

「盧龍軍第九鐵騎營騎兵歸隊！」

龐錄頓時攀住城牆，認了出來：「那是我隊裡的兵！」

「第一鐵騎營騎兵歸隊！」

「第三十七營騎兵歸隊……」

神容在後方，自軍士們遮擋的縫隙裡看出去，又抬頭看高懸的軍旗一眼，心中一下一下擂鼓般跳急。他們果然看見了，雖然人不多，但他們真的回來了。

駱沖一躍而起，大喊：「開城！他們就要被追上了！」

後方外族聯軍的兵馬已經蹄聲踏近。

沉沉穹窿下，四面零星而來的人散如流沙，聲在風裡飄散，後方卻是如幕如潮一般席捲而來的鐵蹄。

薄仲當即下令，兵卒連忙奔走，去開甕城大門，準備出去接應。

忽覺一陣震顫，頓時下方有兵伏地貼耳，細細聆聽。有鐵蹄踏來，沉重悶響，連在城上都聽見了。

在敵方聯軍的右側，有另一波兵馬正在接近，那是他們大營的方向。

大營方向就正對這支外族兵馬的尾部，儘管風沙瀰漫中看不清楚，還是有人發現原本往甕城而來的外族聯軍推進的速度被拽住了。

他們在馬上就已經朝著跑來的人不斷射去冷箭，但忽被打斷了。

「有援軍！是咱們大營方向來的大軍！」一個幽州軍大聲報。

薄仲抹一下眼，嘶啞著聲喊：「是頭兒布戰安排的別州兵馬！快！出城接應！」

說完轉頭朝角落裡的神容抱拳：「這裡交給我等接應，請夫人準備，只待一路打通，隨時轉移。」

神容點頭，緊緊攏著大氅，隨一隊幽州軍往城下退去。

甕城外，風沙裡，檀州軍協同另外幾州兵馬自大營方向趕來。

周均坐在馬上，盔帽下一雙眼細細瞇起，看著戰局。

旁邊馬上幾位別州鎮將，皆由他率領，離他最近的莫州鎮將感慨道：「山使真是料事如神，傳令如此及時，咱們趕來得正好。」

周均不語。這場行動之初，他被安排率軍在大營中待命，防止孫過折襲營，但孫過折沒有往大營而去，等到後來，他接到山宗的傳令，命他帶人往這裡來支援。

臨走之前，他在中軍大帳的沙盤上將那些密密麻麻的排布又看了一遍，終於發現，之所以那般密集，是因為山宗推演了各種情形，似乎將孫過折交戰可能有的任何行軍手段都想到了。

他越發有那種感覺，山宗對這裡太過瞭解，對孫過折也很瞭解，絕對不會只是因為天生將才之能，他肯定來過，甚至作戰過，可能還來過不只一次。

「盧龍軍歸隊！」遠處遙遙傳來高聲呼喊。

周均頓時轉眼朝遠處看去，目光落在往甕城方向奔跑而去的零星散人身上，又看見甕城上方迎風飄揚的軍旗，那兩個赤金的大字赫然就是盧龍。

關外有盧龍軍。周均細長的眼掃向甕城大門，大門轟然敞開，裡面依稀衝出龐錄幾人，拼了命一般直迎向那群零散的人。

那群人接連奔去，甚至有人不顧嚴寒扯開了衣裳，袒露了右臂，隱約可見右臂上烏黑模糊的刺青。

「盧龍軍歸隊！」又是一聲，是嘶吼出來的，混在風裡，如嗚如咽。

他目光掃回前方戰局，忽然發現自己當初是不是弄錯了什麼。

一個檀州軍馳馬回報：「敵方不曾纏戰，放棄進攻甕城了，他們都往故城方向退去了。」

周均臉上細微地抽動了一下，因為他發現就連這點山宗都推演到了。他將手裡抽出的寬刀收起，扯韁轉向：「留一支兵馬入甕城駐紮，其餘人隨我往薊州方向進軍。」

大隊契丹兵馬趕回圍擋著的正中城下，遠遠看見城門緊閉，城上垂首站立著一排契丹兵，似乎戰事已停。

一個契丹首領搶先出列，大喊：「城主回來了，快開城！」

城上並沒有動靜，也無兵應答。那排契丹兵身後忽然降下一陣漫天箭羽。

那首領手裡刀一揮，吼出一聲契丹命令，下方的契丹兵退避散亂之際，上方那群契丹兵已倒了下去，原來早已斃命，只是被用作了遮擋罷了。

後方緊接著一排黑甲的中原兵馬站了出來，一旁高高豎起了幽州旗幡。

旗下站著持刀而立的頎長身影，一身玄甲，居高臨下，臉朝著這裡，是山宗。

下方契丹首領大驚，率領契丹兵迅速後退，轉向後撤。

胡十一在城頭一角遠遠眺望，轉頭報：「頭兒！沒有那孫子！」

山宗已經看到了：「他派來試探的一支兵馬，可能他還有別的路通往薊州，派人去跟著他們，追蹤到底。」

胡十一暗自罵一句「鬼祟玩意兒」，以為他會直接過來的時候他居然臨時變了路子，只得轉頭去點人。

山宗刀一提，即刻往下走去：「肅清這道圍擋，連通甕城，準備進發薊州！」

左右鎮將稱是。

圍擋至甕城再到邊關大營，一條道已全然打通，往薊州去的障礙已除，此時只剩下故城薊州。

天又暗了一層，呼嘯的大風久久不停。

神容自馬上拿開遮擋的手，瞇起眼往前看，那道以往只覺遙遠的虛實難辨的橫擋線已在眼中成為真實的城牆，牆上飄著幽州旗幡，邊牆上還有易州旗幡、滄州旗幡。證明這裡已經被中原兵馬占據了。

三位鐵騎長率領一支幽州軍護送她轉移出甕城，以免讓契丹人還以為她在那裡，再有動作。薄仲、龐錄和駱沖一行其他鐵騎長此時還在翁城裡，等著能有其他失散的盧龍軍歸來。不知能等到多少。

「頭兒的吩咐，請夫人稍作等待。」一個鐵騎長道。

為安全起見，他們遠遠停下，先命一名斥候揮旗示意。

又一陣風沙掠過，神容閉眼迴避，耳中聽見有兵馬朝這裡馳來。身下的馬停了下來，她睜開眼，面前伸來一隻手。

山宗已打馬近在眼前，朝著她笑：「我來與妳會合了。」說著一手勾住她的腰，「過來。」

神容顧不上說話，立即往他那裡傾身，一隻腳踩住他騰出的馬鐙。

山宗手臂一用力，直接將她抱到自己的馬上。

神容側坐在他懷裡，抵著他身上堅硬的玄甲，若有若無的血腥味，沒什麼顯眼的傷，不自覺心裡鬆下來，輕聲說：「還好。」

山宗笑一聲，韁繩一振，帶著她直接策馬而去。

圍擋內留守的契丹兵抵擋不住往後方退去了，剩下的殘餘到現在才被澈底肅清。附近連著的幾座小城頭內有一些奚族和其他外族聯軍沒有調盡的兵馬，都已往後退去。

山宗手臂環著神容，策馬奔過圍擋的城頭，穿過去，繼續往被遮掩的後方疾馳，繼而猛一勒馬：「看。」

神容抬頭朝前方看去，漸漸昏暗的天地裡，盡頭處，一道隱約可見的城牆矗立著，高大的城門靜默巋然，雖然還遠，整座城卻在風沙裡露出了神祕的面貌。

薊州就在那裡。

圍擋之處，兵馬沒有停歇，不斷調動奔走，幾乎整整排布了一夜。

翌日，正中間的那座城頭上，神容在臨時安置的空屋中醒來，睜開眼時，身上還搭著一件行軍用的厚毯。想起後半夜箍著自己睡在身側的人，她翻了個身，便看見男人站在門口的挺拔身影。

天還沒亮透，外面還有火把的光亮。

山宗背朝她站在那裡，手裡拿著張行軍圖展開看著，身上已經穿上了厚重的玄甲。

神容起身，裹上大氅，輕手輕腳走過去，自他背後摟上他緊窄的腰：「看什麼？」

山宗似乎早有所覺，一點不意外，還笑了聲，圖一合，一手伸過來，拖著她的手在腰間按緊：「自然是看軍師妳描的圖了。」

那原本只是常用的軍事地形圖，但神容在上面將附近山川走勢的情形細描了出來。年少的帝王雖然收下了書卷，但書卷只有她能用，所以又特地恩准她謄抄備用。

那部《女則》，等同仍在她手中。她在回幽州前最先抄錄的，便是薊州附近的山川地脈。

神容不知他看了多久，貼著他的背問：「你都準備好了？」

山宗一手抬起，往前一指：「好了。」

神容從他肩側朝外看出去，火把的光映照熹微青白天光，城頭內外甲兵赫赫森嚴，已經排布完畢。

從開戰到現在，他只有昨夜短暫一兩個時辰在她身邊休整，其餘的時候幾乎都是片刻不停地排兵布陣。如今準備好了，隨時都可以進發薊州了。

風沙到現在也沒有停息，反而還更狂肆了，飛沙走塵裡，火把的光陸續熄滅，未亮透的天更顯得暗沉。穹窿低壓，風雪欲來，卻又遲遲還沒落下。

一隊兵馬迅疾地入了圍擋的高牆內，胡十一下馬，匆匆地往前走，到登城的臺階處，正遇上自城頭上下來的山宗。

神容就跟在他後面，昏沉天色也遮不住她姿容豔豔，臉又掩入了厚厚的兜帽。

胡十一只顧上看了兩眼，張口就道：「頭兒，斥候暗中探過了，沒見那孫子從別的道退回薊州，他所率的契丹兵馬行蹤隱蔽，一直在行軍，似乎知道咱們會追蹤他。」

山宗伸手，接了一個兵雙手遞來的直刀：「他要不玩兒花招才古怪，那就叫他自己出來。」

胡十一不禁問：「要如何叫他自己出來啊？」

山宗臉上掛著抹幽幽冷笑：「即刻攻城。」

胡十一馬上就明白了，轉頭用力揮手傳令：「準備攻城！」

內外兵卒頃刻間肅整待調，有兵小跑著去通知另外幾位鎮將。另有一個士兵將那匹黑亮的戰馬牽著送來跟前。

山宗卻沒有急著上馬，回過頭，聲音放低：「就在我後方，留心安全。」

神容看著他，點點頭：「嗯。」

山宗揮一下手，一隊幽州軍迅速圍上來，跟在她左右。

他翻身上了馬，又看她一眼，才策馬往外，去與趕來的幾位鎮將碰面。

神容坐上馬背時，大軍已經調動了。她隨後方兵馬往外而去，遠遠的，又看見山宗的身影，他率軍在最前方，高頭戰馬上背直如松，速度漸快，離她漸遠。

那道黑烈背影所向之處，薊州城在陰霾的蒼穹下顯露出了輪廓。

大風狂嘯，行軍的馬蹄聲被飛沙走石遮掩，大軍整肅，如一柄利刃，直插向故城大地。

山宗勒馬，已經清晰地看見薊州城大門緊閉，城頭上挑著高高的一杆獸皮點綴的旗幡，那杆「泥禮城」的標誌旗幡。

他抬手，落下。

中原的戰鼓霎時擂響，傳令旗幟揮舞，胡十一策馬出陣，率領一支騎兵當先朝城門衝了過去。

喊殺聲陡然間響徹四野，幾乎要蓋過癲狂的風嘯沙嚎。

城牆上方披頭散髮的契丹兵露了蹤影，紛紛弓箭架起，胡十一即將進入射程範圍，忽而大喝：「轉向！」

身後騎兵驀然分開成兩股散開，後方一股重步兵持盾而上，舉盾擋在前方頭頂，迎接紛揚落下的箭雨。

對方一波箭襲無用，城門竟然開了道一人來寬的縫，衝出一列披頭散髮的騎兵應戰，揮舞著寬口彎刀直衝而來。

胡十一剛奔至側面，回頭一看，見到山宗在馬上右手抬起，又是一揮，瞬間會意，大喊：「應戰！」搶先直衝而上。

雖然城門故意開了道縫很古怪，派出來的契丹騎兵也並不多，頗有幾分誘敵意味，但中原的這支騎兵在胡十一帶領下，彷彿覺得機不可失一樣，不管不顧就要往城門處迎戰。而這正是山宗下令的。

就在此時，遠處已有馬蹄聲震踏而來，伴隨蹄聲而來的是嗚哇威嚇的契丹語，直衝大軍側方。

胡十一遙遙在陣中就傳出一聲高喊：「來了！」

山宗眼神立時向側面掃去，聲音的來源已經迫近，呼嘯而來的契丹兵馬，舉著的獸皮旗幡已入眼中。他的拇指抵住刀鞘：「終於來了！」

那是孫過折。他果然有其他道可以回薊州，但偏偏自己親率的兵馬不回來，而是計畫好了裡應外合夾擊攻城的兵馬。

山宗看見他們故意稍開城門誘敵就料到了，才會下令，故意讓胡十一去不管不顧地往城門下迎戰。不是被誘，反而是誘他出來。

薊州城門果然立即就被裡面的契丹兵推著關上了。

突然而至的大部契丹兵馬衝殺過來，之前去圍擋城下試探過的契丹首領在以契丹語呼喝著，分出一支搶先殺入，揮著彎刀襲向胡十一，一路砍殺了幾個中原步兵，好不得意，叫聲更狂。

胡十一帶著人躲避前後夾擊，回頭看到襲來的彎刀，連忙避開，皮甲被割出了一道口子，氣得大罵一句「狗日的」，接著黝黑的臉反而笑了：「孫子，你以為就你們花招多？自己睜大眼瞧好吧！」

契丹首領一擊不中，亂馬撤至後方，當真轉頭看去，大驚失色。

他們直衝向中原大軍側面的兵馬尚未入陣，左右兩邊竟都各出現了一支中原兵馬，朝他們分撲而去。那是早已分開待命的易州、滄州二州鎮將所率兵馬，等的就是這一刻。

山宗親率的壓陣大軍如山泰然，巋然不動。

直到契丹兵馬終於衝來側面，他手裡細長的直刀霍然抽出，身旁的斥候緊跟著揮下一面令旗，大聲傳令：「攻城！」

烈馬頃刻衝出，大軍齊動，廝殺而入，直向城下衝來。

契丹首領愈發驚駭，姓山的沒有去迎戰他們大部兵馬，反而要大舉攻城，現在他這支先殺來的反倒成了被夾擊的一方，遂連忙揮舞彎刀大喊。奈何後方中原兵馬已至。

戰局廝攪，就連上方城頭射下的箭雨裡都有契丹兵自己中了招。

一刀寒光閃過，馬上的契丹首領喊聲驟斷，被快馬而過的山宗一刀刺穿護甲。

迎面而來的胡十一趁機補了一刀，將他直硬硬的屍首一把推下馬背，大聲道：「那狗孫子還躲在後面！」

山宗策馬回頭，持著瀝血的刀，自戰局中冷眼望出去。

契丹兵馬而來的方向，停著他們的大部，不斷還有兵馬往此處衝來，豎著的獸皮旗下，那道坐在馬上的身影正朝著他的方向看著，髡髮垂辮，臉色青灰，身上裹著厚厚的鐵甲，罩著獸皮圓領。

「頭兒，那孫子還在盯著你呢！」胡十一砍殺了個披頭散髮的敵兵，喘著粗氣喊道。

山宗抓著韁繩，掃向城頭：「他是想拖住我攻城。」可惜誰拖誰還不一定。他手裡的刀倏然揮落，下令：「全軍速攻！」

斥候快馬在場中揮舞起令旗。

神容跟隨後方隊伍抵達時，戰局還在繼續。

天際沉沉，陰厚的層雲似乎就壓在戰場中，風沙盤旋，戰鼓聲聲急催，震耳欲聾，攻城木在衝撞，一聲一聲，城門還遲遲未能攻開。陣中混亂，但始終高舉著的幽州旗幡還豎著，說明山宗就在那裡。

「夫人請在此迴避，」一名幽州軍近前來報情形：「頭兒已下令全軍速攻。」

神容看見另一側不斷有威嚇嘶叫著入陣的契丹兵馬，那杆獸皮旗遙遙可見。她一手捏住兜帽，緊緊盯著幽州旗幡所在處，戰局膠著，那道城門依然沒有攻開的跡象。

驀然一陣快馬急烈蹄聲，從後面傳過來，她扭頭看去，只看到一支隊伍迅速馳來，為首的馬上高舉著一杆玄色大旗。

「盧龍軍歸隊！」滄桑嘶啞的喊聲，是龐錄。

神容迎著風沙眯起眼，看見一行鐵騎長率領的隊伍衝了過來，為首大旗上赤金的盧龍二字在眼前一閃而過。他們的人並不多，看起來頂多也就兩千多人的模樣，卻絲毫不停，直接衝入了陣中。

「盧龍軍到了！」是胡十一的大喊。

山宗在馬上回身，周遭是倒了一地的敵兵屍首，親眼看著那杆軍旗入了陣中，手中握緊早已血跡斑斑的刀。

馬上的軍人有很多幾乎只是匆匆套上了件甲冑，還能看見裡面破舊的衣裳，大多眼熟，卻已多了風霜。他們眼裡沒有別人，只有披頭散髮的契丹兵，衝過去時手裡的刀已揚起。

「盧龍軍歸隊！」幾乎是隊伍裡齊刷刷的在嘶吼。彷彿要讓更多的人聽見，更多失散的人都回來。

山宗一手扯馬，轉頭朝側面看去，終於看到孫過折在那頭的馬往後退了兩步，臉還朝著他的方向。

盧龍軍回來了，就在他眼前回來了。

「時機正好，」山宗擦起衣擺，拭去刀上血跡：「傳訊！繼續攻城！」

更激烈的鼓聲擂響，聲傳千里。出城做誘餌的那支契丹騎兵早已被滅，孫過折帶來殺入混戰的契丹兵馬已被盧龍軍人搶著去殺，幾乎用不著指揮。而城上，還不斷有箭雨落下。

攻城木在盾牌的遮掩下持續攻去，對方不可能再放兵馬出來迎戰，外面的契丹兵馬卻還在繼續拖拽著攻城兵力。戰局裡斥候手裡的令旗揮下，後方神容所在處有斥候接到傳訊，又揮下旗，接著就有快馬衝出去傳訊。

不多時，遠處有兵馬推進過來，陣陣馬蹄如雷。

神容一直盯著戰局，袖中手指握緊，聽到聲音才轉頭看去，手遮了一下風沙，看見檀州旗幟顯露了出來。

周均率人到了。他的兵馬卻都是刀兵出鞘的模樣，顯然是一路交戰過來的。

又是一聲急切擂鼓，神容看向山宗，他在陣中馬上，持刀的黑烈身形凜然如風，忽一揮手，人已馳馬直衝城下。

一旁斥候令旗揮舞，周均的兵馬立時橫插向側面，去攔截孫過折的契丹兵馬。

戰鼓一聲一聲，下方負責防禦的步兵敲擊盾牌，彷彿說好的一般，齊整地高喊起來：「薊州！薊州！」聲音震徹雲霄，直送入城中四方。

周均抽刀親自入陣時，朝前方馳去的山宗看了一眼。

他一路追著那支外族聯軍往薊州而來，路上交手數番，直至對方退遠，接著收到傳訊，就知道攻城的時刻到了。

果然，就在此時，如今才終於兵馬會合，發起總攻了。

山宗快馬直衝至城下，身後跟著的是那兩千多盧龍軍。

一陣箭羽已先行射向城頭，城上的契丹兵紛紛迴避。龐錄和駱沖一左一右在他後方，薄仲親手舉著那面盧龍軍旗在前。

「薊州！薊州！」高喊聲不停。

「繼續！」山宗說。

本就是有意的呼喊，要讓裡面的漢民知道中原兵馬來了，讓契丹人知道這裡是中原的土地。攻城木又一次重重撞擊上城門。

城內的契丹兵似乎抵擋弱了，不再有箭雨落下，城內傳來隱約混亂的聲響。

龐錄在後方擦著剛殺過契丹兵染上血的刀，額間擠出溝壑：「裡面不對勁。」

忽然城頭上方一陣騷動，原本要繼續應對下方的契丹兵馬忽然轉頭往後。他們後方衝出了幾道身影。

「盧龍軍歸隊！」身影穿著破敗的甲冑，像從土裡鑽出來的一般，揮著的甚至是關外的彎刀，卻朝上方的契丹兵砍了過去，用盡了全力在城牆邊吶喊：「盧龍軍歸隊！」

「城內也有盧龍軍！」駱沖吼了出來。

聲音戛然而止，那幾道身影陸續倒了下去。

寥寥數人，無人知道他們是如何殺上去的，卻終是沒能抵擋住上方眾多的契丹兵。

山宗緊緊握著刀，知道裡面到底是什麼不對勁了，聲沉在喉中，一字一字吐出：「殺進去！」

箭雨自下往上射上城頭，周均所率幾州兵馬與試圖衝來的契丹兵馬在後方廝殺。胡十一率人抵上攻城木，狠撞而上。

一下，又一下，不知第幾下，倏然破開了道門縫。

「盧龍軍歸隊！」裡面有人在喊。

霎時間山宗揮手，策馬而上。身後的盧龍軍如風掠至，手中的刀砍向試圖關上城門的契丹兵。

龐錄殺至城門那道門縫處，一刀剛要砍出去，面前的契丹兵竟已倒下，裡面揮刀的人在大喊：「盧龍軍歸隊！」

越來越多的聲音傳了過來：「盧龍軍歸隊！」

身側一馬昂嘶，黑烈身影如風掠入，直接踏過一個契丹兵的屍首殺入了門縫。

山宗手中的刀揮落，又聽到那陣呼喊：「盧龍軍歸隊！」

他終於看清裡面情形，大街上已看不見一個漢字，一些人從屋舍角落裡鑽出，往城門跑來。有幾個和阻攔的契丹兵廝殺在一起，袒露了右臂，臂上帶著塊顯眼的疤痕，是他們在喊。

後面卻還跟著蒼老拄拐的老叟，拿著鐵鍬的少年，甚至是婦孺，個個披頭散髮……是那些被迫忘卻過去的遺民百姓，此刻竟也在喊著一樣的話：「盧龍軍歸隊！」彷彿這是一句暗語，一句印證他們還是漢民的口號。

其他人跟著殺來，駱沖在旁邊馬上狂肆地大笑：「去他娘的！老子們的盧龍軍果然回來了！不僅沒少，還比以往更多！」笑到後來，聲如嗚咽。

山宗一刀砍過一個契丹兵，喉頭一滾，笑出聲：「沒錯，盧龍軍沒少！」他霍然伸手，「軍旗！」

薄仲將軍旗遞上。

山宗親手扛著，直接策馬奔至城頭下，一躍下馬，橫刀殺上去。

上方已在交戰，剛剛倒下的幾個盧龍軍身旁，山宗親手斬斷那截獸皮旗，將盧龍軍旗插了上去。

「泥禮城」的標誌在眼前墜落，劃過城下遠處孫過折看來的臉。

神容遠遠看著那一幕，看到他舉著盧龍軍旗插上城頭的身影，不禁揭去了兜帽。

遠處號角聲起，契丹兵馬的攻勢似乎變猛烈了，就連城中都有回應，似在傳訊，契丹大軍仍在。

周均的兵馬在往後退。

城門已然半開，裡面衝出一匹黑烈快馬。

城頭令旗揮舞，周均接到命令，不再纏戰，率軍轉嚮往城中而去，改為清理城中的契丹兵馬。

與他擦身而過的，是山宗所率的盧龍軍和一支幽州軍。盧龍軍滿腔恨意，幾乎人人都不要命一般衝向了孫過折的陣中。

兵馬被驟然打斷，猛攻的勢頭已被破壞，頓時一聲號角響起，獸皮旗往後方退去，孫過折的兵馬忽然變了方向，往側後方退去。

兵馬仍在追著他。

神容忍不住打馬往前行出一段，忽見山宗勒馬，轉頭朝她看來。離得遠，只看見他動了動唇，聽不見他的聲音。繼而他一扯韁繩，迅速追著孫過折而去。

一名斥候快馬而來：「夫人，頭兒留話，請夫人安心，為他指個路。」

神容望向他所去的方向，眼裡已沒有他黑烈的身影。他是故意的，要將孫過折引往深山，好讓城中儘快光復。

剛才他說的是：請夫人為我指路。

第四十二章　驕驕朝陽

薊州城門大開之時，以檀州軍為首的幾州中原兵馬已直衝而入。

裡面的契丹兵還在調動，就在聽到城外孫過折兵馬吹響的號角後，紛紛往這道城門處來支援，與已入城的中原軍廝殺在一起，一片混亂。

周均在這混亂間馳入了城中，一眼看見裡面情形。

灰濛濛的城中屋舍還是中原式樣，卻已沒有半個漢文，塵沙壓著屋簷，周遭灰舊而破敗。

一個契丹兵揮舞著寬口彎刀殺向中原軍時，後方竟跑出一個披髮左衽的尋常漢子，舉著木杖來給中原軍幫忙，口中還在喊著：「盧龍軍歸隊！」含混不清，又無比高亢。

不只這一個，許多地方都有衝來和契丹兵拼命的百姓。角落裡又陸續鑽出其他幾個百姓，臉上原本木木然一片絕望，卻在看到中原軍時眼裡亮了起來，拿了手邊能拿的任何東西就衝了過來。

四周還有中原軍在大喊著推進過去：「薊州！薊州！」

混著不斷高昂的呼喊：「盧龍軍歸隊！」

胡十一殺過來，抹把臉上的汗：「周鎮將，你都看到了！頭兒要急著去引走那孫子，就是為了讓薊州儘早光復，有那孫子在，薊州永無太平！這城裡等太久了！不能再讓他們等了！」

周均細長的眼掃過那群百姓，拔出寬刀：「看到了。」其中幾個赤著右臂的盧龍軍人，他也差不多看到了。

胡十一立馬轉頭揮手，一個斥候當即舉著令旗朝大街上游走奔號過去：「傳幽州團練使號令，不動異族百姓，除滅契丹兵，光復薊州！」

周均正要親身入戰，忽聞城外斥候大聲疾呼：「五十里外有外族聯軍蹤跡！」

胡十一氣得呸一聲：「那群混帳東西居然還在，還想再來幫那孫子不成！」

周均想起與那支聯軍一路而來的交戰，終於知道他們為何之前會退遠了，恐怕就是為了此時殺回來，隨即又想起山宗在沙盤上那些細密的排布，他們後方大營處還有兵馬。

胡十一已經大喊著衝殺入陣，「聽頭兒號令，即刻傳訊大營！速戰！儘快光復薊州！」

傳訊的快馬衝了出去，夾雜著一聲尖利的笛嘯，一聲一聲，越傳越遠。

周均寬刀一握，也殺入了大街。

天沉雲低，地昏風凜。

一片起伏綿延的深山外，塵煙瀰漫，兩股兵馬拉扯著蔓延而來。

盧龍軍和幽州軍左右並進，直至崎嶇不平的山口，追擊上了前方的契丹兵馬，瞬間喊殺聲四起。

山宗身下烈馬長嘶，策馬揚刀，直衝入陣。

迎面的坡地上，契丹兵馬還高舉著那杆獸皮旗，嚴密地防範著，看到他殺入，連忙護衛著後方的人往後退去。

孫過折抬手阻攔，就停在那高坡上，青灰的臉朝他看過來，短鬚方頷，眼神陰鷙，離近了更顯出幾分精明之態，手裡的寬口彎刀橫著，忽然笑出兩聲，用清晰的漢話道：「你以為泥禮城是這麼好拿的？我的聯軍肯定已經去了。我告訴過他們，如果我的兵馬抵不住，那座城任由爭搶，誰能拿下那座城，誰就得到那座城……」冷笑聲被遮掩在了喊殺聲中。

一聲尖嘯笛哨傳出，隱約入耳。

山宗一刀削過一個契丹兵，隔著廝殺的戰局，眼一抬，冷幽幽地朝他看去。那是斥候的傳訊聲，說明他說的是真的。

難怪他能短時間內再聯結起一支聯軍，原來這次的利益就是薊州城。他就是咬死了也不會讓薊州重回中原。

衝殺著的薄仲在陣中聽見，嘶啞地喊出聲：「那是薊州城！咱們中原的城，還輪不到你一個外賊來支配！」

龐錄道：「他無非是想叫咱們回頭去管薊州，就不會再追擊他了。」

孫過折彷彿是故意一般，居然還抬高了聲，彎刀朝天一豎：「聯軍的動靜已能聽見了，我在衛城安排的兵馬也會過來，你註定拿不回那城。」

山宗又一刀揮出，離坡下近了一分，「是麼？」他盔帽下的眼沉沉然低壓著，嘴角卻提了起來：「你怎麼認定你的衛城還有兵馬能來？何不仔細聽聽，那是何人的大軍。」

遠處確有大軍的動靜傳來，蹄聲隆隆作響，隨著漫捲呼嘯的大風直送入到這片群山間來。

一個幽州軍在外沿大聲呼喊：「報——援軍正往薊州趕去！」

早有一個披頭散髮的契丹兵在坡上扯馬出去，遙遙向遠處張望，緊接著就用契丹語高喊起來：「是中原援軍！他們還有援軍！山家軍！」

風沙席捲的莽莽荒野裡，自邊關中原軍的大營方向，大隊人馬正快馬奔來。

為首的是一隊輕騎兵，當先一杆大旗，上面一個剛正的「山」字迎風招展。領軍的將領銀甲白袍，似乎是個少年，直往薊州方向而去。

後方還有更龐大的一支隊伍，由數人率領，烏泱泱浩蕩而來。最前面馬上的人男女莫辯，颯颯英姿，身側左右是數面山字大旗，緊隨前方輕騎，呼嘯而過。

四周震顫，狂風捲著塵煙在大地上飄散，很快模糊了他們的蹤影。

孫過折已經看見，勃然大怒，寬刀揮過，臉色愈發顯得青灰，轉頭看向戰局裡那道烈馬上身披玄甲的身影，吐出一句契丹語：「後退。」

號角響起，契丹兵馬悉數往深山裡退去。

薄仲在陣中看向前方那片山，急急道：「頭兒，這山就是當初咱們最早遁入和他們周旋的地方，當年多少弟兄都死在了這山裡！」

山宗扯韁望去，手裡的刀尖還在瀝血，滴落在馬下倒地的契丹兵屍首上：「那正好，今日盧龍軍就在這裡一雪前仇。」

霎時身後兵馬齊動，盧龍軍當先追入，幽州軍緊隨其後，直衝向逃竄的契丹兵馬，還有那杆山坳間舉著的獸皮旗。

神容到達群山附近時，身後遠處，還能看見山家軍遠去拖出的塵煙如幕，久久未散。

她坐在馬上，扯著韁繩踏上了一片坡地，遠遠看向前方那片連綿的山脈。

席捲的風沙瀰漫，隱約可見那片山口處有過交戰痕跡，雜橫倒著屍首，風裡隱約送來一陣陣血腥氣。

這片山脈一直連去幽州附近，群山蒼然高聳，山林茂密，深處是難辨的一片濃重墨綠，料想許多地方枝葉虯結，人跡罕至。

她看著那片山口，在心裡細細推敲著來幽州前看過的書卷描述，又從袖中抽出那張地形圖。低頭展開看了片刻，她抬起頭，沿著山脈緩緩掃視，從他們進入的地方，回憶書卷裡面記載的山川走勢，奇巧地形。

後方風過馬嘶，跟隨著保護的一支幽州軍無人作聲，靜默地等候她發話。

神容細細回想完了，心裡算著，伸手在一處山峰處指了一指：「那裡，去豎旗。」

一名兵卒立即抱拳，手持一杆令旗，應命馳馬而去。

山中枯黃的茅草被大股而過的馬蹄踏平，兩側是高聳的山嶺，風沙難入，只餘急切追逐的馬蹄聲。

一個契丹兵在大部尾端跟著，看見前方那杆獸皮旗已遠，忽覺已經被甩下，忙拍馬去追，背上猛然一痛，應聲摔下馬背的最後一眼，只看到後方一張左眼聳著白疤的臉。

駱沖陰森森笑著甩一下刀：「狗東西，看你們往哪兒逃！」

盧龍軍已經追了上來，直踏而過，紛紛舉刀，揮向前方的契丹兵馬。

忽聞後方一個幽州軍老遠在喊：「有令旗！」

山宗策馬直上側面高坡，扯韁回身，看見了山林間那杆隱約可見揮舞的令旗，辨清了方位，當即下令：「將他們往那裡趕。」

傳令兵疾奔往前，傳達命令。

盧龍軍廝殺更狠，嗜血猛獸一般疾衝而入。

龐錄率領第九營鐵騎殘部奔馬往側，刻意一刀一刀砍向邊側的契丹兵。

對方亂吼著契丹語來格擋，不自覺就往另一頭退，很快整個契丹大部被衝擊著偏離了方向，往另一頭的岔道衝去，那裡山林間揮舞的令旗仍隱約可見。

茂密的山林近在眼前，兩山夾對，峭嶺絕壁，比起之前所過的山坳，一下變得細窄無比，幾乎一次只能容兩三匹馬同時通過。

契丹的大部兵馬被迫拉長，漸漸拖遝，隊伍變得凝滯。後方始終緊追不捨的盧龍軍又衝殺上來。

孫過折在前方那杆獸皮旗下扯馬回身，朝後方看來，離得遠看不清表情，只遠遠注視著陣中後方，霍然又往前奔去，只是後方一截兵馬已被纏住，再難顧上。

山宗橫馬在後，冷冷看著。風沙盤旋在半空樹頂，遠處，又是一面令旗揮舞起來，已在別的山頭。他刀指一下方向：「往令旗處，繼續追。」

殺去前方的盧龍軍早已搶先追了過去，奔地最快的是駱沖，手裡刀用力揮著，一路放聲大笑：「跑啊孫子，當初你怎麼圍剿盧龍軍的，現在老子們都還給你！」

契丹兵馬耗到入山，所剩人數已與追擊他們的盧龍軍和幽州軍持平，而此時，孫過折還率領在身邊的，已只剩原先人馬的一半。

薄仲率領盧龍軍往左，示意其餘人往右分抄，特意阻攔他們進入密林，也知道姓孫的不會進密林，當初盧龍軍逃入密林，就有很多士兵都失散了，圍剿過他們的孫過折豈會不知。

他們有意的配合廝殺，拉扯中將契丹兵馬又往下一處令旗指引的山嶺下引去。山勢愈發險峻，夾對的兩山幾乎要挨到一起，頭頂山崖上樹木相接，遮天蔽日。更細窄的山坳出現在眼前，兩側山壁嶙峋，馬蹄過處，如同踏上針氈，速度驟減。

一聲契丹軍令，契丹兵馬竟不急於跑了，轉頭就朝後方追兵撲來。他們已經無法躲避，乾脆應戰。

就連孫過折也亮出了那柄寬口彎刀，親自往後殺入陣來。

陣中卻沒有山宗。

孫過折彎刀揮落，陰狠乍起，連砍數人，忽而眼側寒光閃過，轉頭時一柄細長的直刀已橫掃而來。

伴隨著刀光的是烈馬昂嘶，馬上一身玄甲的山宗不知何時已從他前方突然降臨，一刀過去，他連忙後仰，臉側一道刀鋒而過的劃痕，血流不止，垂辮被斬斷，頃刻散亂。

山宗已策馬至他側面，刀一甩，血跡飛濺，扯馬冷冷看來。

瞬間契丹兵都朝他襲去，又被他迅速揮過的刀破開阻礙。

孫過折眼神更加陰鷙，終於發現了遠處的令旗，顧不上抹去臉上的血，又急又快地說了幾句契丹語，忽往契丹兵後方退去。

契丹兵隨即在陣中揮刀亂奔，橫衝直撞，遮掩住他往後退。

山宗一刀砍倒身前一個契丹兵，抬眼就見孫過折已頭也不回地穿過細窄的山坳奔了出去，追隨他的兵馬只剩不足一隊，抬手揮了兩下。

霎時幾個鐵騎長帶領著幽州軍反撲而上。

「追！」他刀一拎，朝著前方逃竄出去的人影策馬而去。

身後駱沖、龐錄諸位鐵騎長緊跟而上，兩千多盧龍軍立即跟隨，緊追到底。在這片染了不知多少盧龍軍鮮血的山裡，等的就是這一刻。

那杆獸皮旗還被舉著，僅剩的契丹兵馬不管不顧地隨著那杆旗往前奔去。即使偶爾有一兩個落在後面，被後方的盧龍軍趕上，砍倒，前面的依舊馬不停蹄，絲毫不管。

越往前，山間道路崎嶇不平，兩側荊棘遍布，怪石嶙峋，卻漸漸變得開闊起來。

山宗抬頭看了看兩邊，疾馳中朝後方抬手，迅速示意了兩下。是叫他們小心，他已經發現這是一條往山外的而去的路。

追去的速度放緩，薄仲追上來：「頭兒，從這裡往前正對著的就是薊州方向，這孫子還是要逃！」

山宗直直盯著前方：「他發現令旗了，也可能是故意引我們來的！向外傳令旗，我們的位置變了。」

一個傳令兵即刻往後去高處揮舞令旗。

短短幾句話間，馬已疾馳出去，直衝向前方。

兩側山嶺起伏，峭壁高聳，孫過折的契丹兵馬已經翻去了前方坡側，卻忽然停了。

山宗倏然抬手，勒馬，後方盧龍軍驟停。

兩側山石紛落，山林裡鑽出了一隊契丹兵馬，早已在此處等待著，紛紛持著刀橫攔在那杆高舉的獸皮旗前。

「如何，山使？」孫過折垂髮散亂，半張臉血流不止，獸皮圓領的厚甲已經髒汙，眼裡泛著狠戾的光：「沒想到我想到了這一步，一早就在這離城不遠之處留好了後路吧，就算人馬快被你弄光了，鹿死誰手還未可知。」他眼神越發凶狠，「你有種再來追試試。」

山宗掃了四周一眼，這裡本來是他打算守不住城後遁入山中繞行逃離的地方，而非現在這般逃出山裡的地方。

「就算有這些人，你覺得你還能逃多遠？」他將那柄細長的直刀握緊，眼底沉幽。

他的後方，盧龍軍壓近，為首的一排鐵騎長個個如猛獸出籠，為首的駱沖和龐錄一個在朝他齜牙陰笑，一個在擦著刀柄。

孫過折又看見遠處他的兵在揮舞令旗，一定又是在朝外傳遞位置，陰沉地笑起來，當即扯馬就走，連頭都不曾回。

下一刻，一馬長嘶而至。

馬上的人烈影如風，揮刀而過，頃刻倒下兩個契丹兵，他已殺向最前方那垂髮散亂的身影，周圍的契丹兵全都咆哮著朝他衝去。

盧龍軍悉數殺了過來。

契丹兵馬的嚎叫聲響徹山林，比他們聲音更高的是盧龍軍的嘶吼喊殺聲。

兩側山峰又落下一陣細碎的山石，似有什麼古怪聲響傳出。

山宗振韁策馬，終於趕上那道獸皮旗下的身影，肩頭盔甲已被圍攻的契丹兵割破幾處，滲出絲絲血跡來，卻絲毫不停，一刀劃過那胸前鐵甲，帶出一陣刺耳刮聲。

孫過折轉頭彎刀就揮了過來，抵住他迅疾揮至的直刀時，滿臉血污，沾著散髮，連胸前厚甲裡都浸出了血跡：「你敢繼續追，就等著死吧。」

霍然兩側山峰碎裂有聲，不斷有山石落了下來。

「聽柳鶴通說你們的老皇帝用山崩也能殺人，今日正好用上，我早就派兵做了手腳，這你又能否想到，山使？」孫過折的眼神近乎癲狂：「你的盧龍軍又要葬送了……」

山宗迅速往上掃了一眼，沉冷地看過去，手臂一振，刀更用力地揮出。

「頭兒！」後方驀然傳來薄仲的呼喊。

兩側山體塵煙瀰漫時，盧龍軍全都往他那一處衝去。

神容騎著馬，嚴嚴實實戴著兜帽，頂著呼嘯的風沙，自山口而入。

先前看到令旗揮出的方向就在斜前方，得知山宗位置已變，她便知事有變化，攏著大氅領口，沿途而去，特地親自來探地風。

後方跟隨的幽州軍中已派出幾人，按照她的吩咐，馳馬去剛才她出示令旗的方位下打探情形。

馬往前小跑而行，神容邊走邊看，已經到了那令旗位置附近，在馬上坐正，揭去兜帽，朝著那片山嶺細細看去。

天際陰沉沉低垂，厚雲似要壓上那片山嶺的樹木，那片樹木卻像在偏移開那雲……

神容眼神一凝，拍馬就往前馳去：「快走！」

追隨的幽州軍立即跟上。

那已是快出山的位置，她奔向那裡時，以最快的判斷選了最近的捷徑，從顛簸的山坳中橫穿過去。

轟然一聲巨響，前方山峰塵煙瀰漫，下方騰起更濃的煙塵，直升上來，飄在眼前。

神容一下勒住了馬，看著前方那一幕，幾乎忘了言語。

一匹快馬疾馳過來，手裡還舉著先前揮動的令旗，是傳令兵，大聲道：「夫人，頭兒率領盧龍軍都在那裡！」

神容手背忽而一涼，低頭看去，是一片瑩瑩雪花，再抬頭看天，才發現雪終於落了下來。

他和盧龍軍都在那裡……

「去找，」她霍然扯著韁繩往前：「都去找！」

幽州軍齊齊出動，往前方搜尋而去。

神容早已先騎著馬到了那裡，山峰上不斷有落石滑下，濃重的塵煙還未散去，幽州軍下馬衝去搜尋。

遠處去探情形的兵卒回來了，後面是兩個鐵騎長所帶的兵馬，他們在之前令旗揮動的兩處，剿滅了兩波被孫過折落下的契丹兵馬，此時趕來會合，又立即衝上前去找人。

「往右，入山林！」神容在後方說。

無人看見她一隻手緊緊揪著大氅。

山林茂密，林裡崎嶇不平，看起來幾乎暗不見天日，卻也被崩下的山石砸塌了半片樹木，但這是唯一可能躲避的地方。只要他們反應夠快。

忽然有人從林中跑了出來，一群灰頭土臉，手持兵器的兵，有的到林邊看到人就亮了刀，發現是中原軍才收住。

神容立即從馬上看去，是盧龍軍。

「夫人！」他們的後方匆匆跑來了薄仲，滿身塵灰，一條胳膊上還掛著血痕，到了跟前用刀撐著地才穩住身，喘著氣道：「頭兒下令讓咱們及時躲避，咱們和頭兒分散了！」

「他在何處？」神容立即問。

薄仲抹一把臉，轉頭四顧。

當時忽然出事，他們都朝他衝去時，山宗卻下令他們即刻退離，他負責率領盧龍軍疾奔入林，回頭時只來得及看見他逼退孫過折直往前而去，契丹兵馬於是全都追著他殺了過去，但龐錄和駱沖幾個鐵騎長還是朝他那裡馳去了。

塵煙瀰漫裡只看得見他馬上揮刀的背影，直至山崩而下，土石堆壓，地動山搖，什麼也看不見了。

神容聽完，手腳冰涼，朝那片久久不散的煙塵看去。

已有兵趕去扒塵煙裡堆積如小山的山石塵埃。

「不對。」她忽而呢喃一句。

不對，山宗與她一同鎮過山，經歷過山險，他一定是有意為之，是要故意吸引住孫過折和契丹兵馬，好讓盧龍軍脫險，才會與他們分散。

眼前是已經走不通的路，她一咬唇，轉頭扯馬，調過頭，朝另一頭迅速馳了出去。

後方能跟上的兵卒全都跟了上去。

一直到從另一頭繞過去，到了塵煙堆積的另一邊，已在開闊的山口，淺溝圍繞，連接著莽莽而去的荒原，遠處甚至隱約可見那道圍擋的高牆和薊州城若隱若現的一角城闕。

神容停了下來，對著那片塵煙急急喘息。書卷裡是如何說的？她凝起神，仔細回想，手指劃過那片山嶺。

一處一處點過去，每一處都與書卷裡的文字比對，幾乎一個字也不錯過，推測著他可能退避的地方。手指落了下來，她立即說：「那裡，快去！」

薄仲早已跟來，二話不說就帶人衝了過去。

堆積的塵土山石被迅速扒開，露出邊上密林被壓倒的樹木，裡面有人鑽了出來，接連幾道身影，很快拽著刀跑了出來，有的在重重地咳。

神容緊緊盯著那裡，卻只看見駱沖的臉，龐錄的臉，始終沒看見那道玄甲身影。

「夫人，沒有。」一個兵回來報。

神容抿住唇，從馬上下來，往前走出去一段，抬起手，又去看那片山嶺，手指微微在抖。

她五指輕輕蜷縮一下，又張開，告訴自己冷靜，莫要慌。她是來給他指路的，就一定能把他帶回來。

手指順著可能的路線劃過，落在淺溝邊堆積的塵土下。那裡堆的是被推擠而出的塵土，不是致命的山石，她的手指又止不住抖一下：「那裡。」

立刻又有兵衝了過去。

就連駱沖和龐錄都衝了過去，那群鐵騎長全都跑了過去，扔開刀，用手扒開厚厚的塵土。

漫長無聲，只有他們的動作，而後他們陸續停住，轉頭看來，沒有。

雪落下來，洋洋灑灑，落在神容的眉梢眼角，她坐在馬上，渾身都涼了，臉上冷淡的沒有神情。

心頭閃過一幕一幕的畫面，他當初帶著盧龍軍回來時，在城下倒下去時的身影；被蓋上軍旗時一動不動緊閉的雙眼；好不容易才能跪在她母親面前說出那句「願求這驕驕明日，再照我一回」……

如今算什麼？他明明說過以後都不會了，不會死。

眼裡他們在往更深處去扒那些塵土山石，她看著人影在動，卻看不太分明，或許是雪太大了。

「壞種，你要敢言而無信……」神容的喉中失了聲，似被雪凍住了。

目光始終落在那一處，眼裡忽然有什麼動了一下。神容瞬間眼神凝結，就在她剛才指過的地方，後方密林之中挑出了那杆獸皮旗，霎時所有人都抽刀衝了過去，卻又在接近的時候止步。

那杆獸皮旗上鮮血淋漓，早已被斬去一半，上方高高挑著的卻是個頭顱，髡髮散亂的頭顱。孫過折的頭顱。

拖著刀的人從塵灰之中走了出來，手中旗杆一把推倒，撐著刀站在那裡，盔帽已除，玄甲浴血，如從深淵而出的修羅。

神容的心急烈地跳了起來，瞬間朝他跑了過去。

大雪撲頭蓋臉，山風吹揚，周圍的人退開，只有女人的身影在往那裡跑去，耀耀奪目。

風雪裡站著的人朝她抬起黑定定的眼，鬆了刀，勾起唇，張開雙臂。

神容一頭撲入他懷裡，抱緊他的腰。

「我順著妳指的方向回來了。」他低低說，手臂環住她，努力站著。

神容心口已跳至發麻，轉頭看到他那條右臂，衣袖被割裂，斑駁烏黑的刺青露了出來，沾了淋漓的血跡，她手指撫上去，低頭，唇在那烏黑的蛟龍上碰了一下，抬起頭，輕顫著說：「恭喜凱旋。」

山宗嘴邊的笑又揚起。

恭喜凱旋，這次終於親眼看到了你凱旋。

風吹雪揚，簌簌而下，似乎已經淡去了四下的血跡。

相擁的人掩在風雪裡。

遠處傳來了一陣一陣的擂鼓聲，急切又昂揚。

有兵馬朝這裡而來，自薊州城方向，踏過莽莽荒原，一路直往這裡，一隊一隊的先行兵馬，會聚在一起成了烏泱泱的一片，蹄聲震盪。

山宗鬆開神容，一手摟著她，穩站著，看出去。

旌旗招展，山字大旗連著幽州旗幡，其後緊跟的各州旗幡迎風振振，圍繞著山口停了下來。

當先馬上躍下一身銀甲的山昭，身旁跟著下來執劍的山英，看到眼前這幕，二人驚駭難當，反應過來後當即除帽卸兵，垂首致意。

「薊州光復，恭迎盧龍軍凱旋。」

後面是胡十一，下馬後亦震驚於眼前情形，不知該說什麼，脫了盔帽，恭恭敬敬地垂下頭。

幾州鎮將陸續而至，下了馬，皆面朝前方渾身浴血的人垂了頭：「使君。」

只有節度使，才能被稱為使君。

周均最後下馬，緩緩走出，細長的眼掃過那片坍塌的山，那群髒滿面的鐵騎長，又看見後方漸漸趕來的盧龍軍，最後看向筆直站在那裡的玄甲身影，良久，終於放下寬刀，雙手脫去盔帽，低眉垂首。

遠處鼓聲愈發震烈急擂，報著薊州大捷。

風中有聯軍兵馬遠遠遁去的雜亂蹄聲，有人們的歡呼聲，混著啼哭聲，都順著風飄送去很遠。

山裡仍陸續有盧龍軍出來，帶著兵器，渾身塵灰，整肅地聚集而至。

遠遠的，似乎能從這裡看見薊州城頭上那面飄揚的盧龍軍旗。

仍有人在朝這裡走來，衣衫襤褸的，赤露右臂的，一個個拖著兵器走近，身上染血，披攜風霜，面朝著前方哽咽，垂首。盧龍軍歸隊了……

山宗始終穩穩站著，身上玄甲所沾的血滴落腳下土地，埋入塵雪。

神容被他摟著，手卻用力撐著他的腰，肩頭撐著他，才能讓他站得如此穩。他在風雪裡的側臉剛毅而平靜。

薊州城的鼓聲不息，天地間的狂沙已停。

無窮無盡的廝殺沒有盡時，或許百年後、千年後也不會停，但眼前的，此刻的，終於停了。踏著無數人屍山血海堆積而出的野心，終究被摧破了。

慘痛留在過往，鮮血灌入大地，沖刷過人生的暗淵，撕扯著屈辱的不公，托出的卻是不屈的魂魄傲骨，人還站著，就永不會倒下。

故城已歸，故軍凱旋。山川未變，胸口熱血未盡，風雪過後，餘下的只有頭頂朝陽。

大雪持續了很久，雪消後，關外莽莽大地，從薊州到幽州都如同煥了個新。

距離那一戰過去已將近一月。神容從關城上望出去。風自天邊來，拂面而過，遙遙間，依然不太能看見薊州，群山連綿，只一個大致的方位。

但那方位已變得清晰，圍擋的高牆在被拆去，無數百姓的人影露了出來。當初那座灰敗的鎮子，再也不復見了，那裡面的人一定也都重新做回了中原百姓。

關外衛城的屯兵早已盡數撤去，奚和契丹二族大敗，如今兵馬皆已退往漠北深處。

契丹王帳後移，外族聯盟分崩瓦解，求和書已送去了長安，再也不是當年氣焰囂張的談判書。

有經商的馬隊往那裡過去，遠處還迴響著自西域而來的駝鈴，衛城成了行商落腳的關鎮，僅此而已。

胡十一和張威帶著兵馬在關外忙著善後事宜，此時還能看見他們打馬而過踏出的煙塵。

神容細細看完，攏住身上披風，轉頭走下關城，踩著蹬子坐上馬背。

沿著山間道路往外而去時，東來和紫瑞一左一右，帶著護衛們跟了上來。

「少主以後可以往更遠的地方去探地風了。」紫瑞道。

神容點點頭：「嗯。」至少這片地方，哪裡都能去了。

幽州大地，從分崩的九州回到了一體，再不是一盤散沙。

東來打馬在側，低聲道：「少主以後探地風就沒有書卷在身了，難道不會覺得可惜？」

神容聽了不禁笑了笑。

如果是曾經，或許是會覺得可惜，初來幽州，曾經那不過是為家族利益謀劃的家傳寶物，她可以為那卷書豁出性命，怎會捨得獻出。等後來站到了高處看出去，才發現它有更大的用處，遠及山河社稷。

高處就是腳下這片大地，這裡守著的人。

「有什麼好可惜的，」她淡淡說：「我自己就是書卷。」

望薊山裡，熊熊冶礦爐火又燒了起來。

自長安工部趕來的官員們正在礦眼處忙碌，時不時穿梭著新徵募而來的民夫。

一道穿著月白圓領袍的身影穿過樹影，領著三四個護衛，在腳步飛快地往山外走：「山家軍要調回河東去了？為何不早說！只要主帥還沒走就好！」說完牽了馬，一坐上去就打馬出山去了。

神容看見了，也只當是沒看見。

那是她哥哥長孫信，自然是趕去找山英的了。聽說戰前他終於開口了，或許山英也在等他。

出了山，離得遠，看不清幽州城下動靜，只能隱約看見城頭上飄揚著的幽州旗幡，旁邊還多了一面玄色軍旗，赤金的盧龍二字在風中翻捲招展。

盧龍軍已恢復番號，下方城門處張貼上了自長安送來的告示，隨著帝王封賞一道而來。

年少的新君在拿回薊州後，將前任幽州節度使李肖崮的罪行公告天下，他與關外孫過折合謀之事，孫過折聯結外族諸部企圖顛覆中原社稷的陰謀，皆在其中，甚至提及了先帝，終於為盧龍軍正了名。

天下震動，僅幽州城就議論了好幾日，又漸歸平息。

但經歷過的人會永遠記得，關外那片大地永遠會記得。

城下方向，一群鐵騎長正策馬奔來，帶領著身後的兵，從山附近經過，奔去遠處的軍所。為首的兩匹馬上是駱沖和龐錄，從馬上朝這裡看來一眼，遠看似乎駱沖又有那般慣常的怪笑露在了臉上，身上的裝束卻已是正規的厚甲武服，一如當年的盧龍軍模樣。

神容目視他們遠去，身下的馬已經在山外繞了大半個圈。是繞著望薊山的周邊走了半圈，順著一路看過的地風，她又看向關城外的山脈。

緊閉的關口已然敞開。薊州一帶的山形走勢，如今她可以知道的更詳細了，也皆能添入書卷中了。不為別的，只為了讓這裡以後的情形能瞭若指掌，再無戰事。這是她如今最想做的。

山林周圍平和而靜謐，神容下了馬，沿著林邊緩緩而行，忽覺後方沒了動靜。

東來沒有跟來，紫瑞也悄無聲息，卻有一陣突來的馬蹄聲，一如既往的熟悉。

她回過頭，迎面而來的快馬上，是男人依舊寬肩緊腰的身影。

她頓時止了步，看著他下馬，朝自己大步而來，身上的胡服緊束，被天光勾勒著身形，挺拔得似入了虛幻，直至靠近在她身前，才成了觸手可及的實際。

「你的傷好了？」她的手搭住他的肩，去看他頸邊，那疊著的胡服衣領裡，還纏著一道道的白布。

他沒有食言，安然回來了，可受的傷卻養到了現在。

「當然，」山宗低笑：「妳鎮山的時候，豈能缺個鎮人的，所以我來了。」

神容輕聲說：「我往後還會經常出去鎮山的。」

他低笑更沉：「那我就都會在。」

左右的人遠遠退去，臨去前向他低頭，恭敬地稱呼一聲「使君」。

他已是幽州節度使，但有時也會被稱作盧龍節度使。

神容和他在山林間緊依，不覺微微想笑，忽又覺出不適，皺了眉，扭過頭，一手按了按胸口。

山宗問：「怎麼？」

她挑眉說：「不太舒服，或許暫時是沒法鎮山了。」

山宗臉上又露出那般痞壞的笑：「急什麼，以後時日還長。」

神容的眼神凝在他臉上：「怎能不長，我都嫁你兩次了。」

山宗盯著她，頭微低，笑入了眼裡，臉色卻很認真：「娶妳和帶回盧龍軍，是我做的最正確的兩件事。」

山林間風輕搖枝，他們在這裡的一切似已被山川銘記。

神容的手搭上他的腰，借著披風遮擋，朝著他彎眼而笑：「嗯。」

這又何嘗不是她做的最正確的事。

願成就你最後的私心，願做你心頭的驕陽，願你百歲太平，也願你榮耀永在。

只因你無愧天地，也無愧自己。

是日，回到府上，神容沒有如先前一樣，先著手在桌前將薊州附近的地貌描出來。她什麼也沒做。

紫瑞覺得她不適，為她請了大夫。

當晚，山宗在屋裡看到她時，身上胡服剛褪，露出半身纏繞的白布。

他手勾著她的腰，讓她坐在自己腿上，身上那些纏繞的布條似已多餘，他甚至還用手扯了一下。

他如以前一般親上來時，神容按住他的肩：「我有件事要與你說。」

山宗自她身前抬起頭：「什麼？」

神容貼過去，緩緩傾身至他耳邊……

燈火映著彼此身影，影子交錯重疊，隱隱的笑聲。

這大概是幽州最安寧的歲月。

——《他定有過人之處》正文完——

番外一　洛陽

關外一戰結束將近兩個月後，山家軍不僅已從幽州調回河東，還整軍後分出一撥留守。如今多出的兵馬正被調返洛陽。

山英胡衣軟甲在身，配著劍，打著馬，英姿灑然地在前方領路，卻又時不時轉身往後看，臉色古怪。連續看了好幾眼後，她終於忍不住，打馬往後而去。

後方空蕩蕩的官道上，還有另一支隊伍，那是一批押運冶煉黃金送往長安的隊伍。領頭的馬上，端正身姿坐著一襲緋色官袍的長孫信。

山英到了他跟前，往他身後隊伍看了又看，小聲問：「你是不是想與我一同上路，才親自押運這批金子的啊？」

長孫信打她剛過來時眼睛就看過去了，又故作不經意般轉開，清清嗓子，端著架子道：「我身為工部侍郎，親自押運自己冶煉出來的金子是應該的，有何好大驚小怪的。」

山英將信將疑：「是嗎？可這事勞我大堂哥派遣幾個百夫長不就好了，如今他可是幽州節度使了，有他的威名在，誰敢在這條道上造次啊，何須你這樣親自動身來看護？」

眼下都快到洛陽了，他竟然帶著押運黃金的隊伍趕了上來。照理說，他此時應當還在幽州好好開山冶礦才是。

山英琢磨了一下，打馬又離他近了些：「不對啊，開戰前你還好好的，與我說得那般情真意切，怎麼忽就對我如此不理不睬的？一路又離我這般遠，你莫非是轉臉就不認人了？」

她不說還好，一說長孫信的臉立馬就脹紅了，握拳在嘴邊連咳兩聲：「妳還好意思說，妳才是轉臉不認人。」

山英莫名其妙：「我怎麼了？」

「妳……」長孫信看了看後面跟著的隊伍，對她這秉性委實沒辦法，好一會兒才沒好氣道：「說調兵走就調兵走了，只聽了我說的，卻連句回話都沒有！」

「回話？」山英回味過來了，不禁笑道：「原來你是為了這個才特地來與我同行的啊，那有什麼好回的。」

「妳說什麼？」長孫信不可思議地看著她，臉上幾番變幻，還努力維持著姿態端雅的君子模樣，眼神卻已暗淡了，氣悶道：「那好，妳便當我沒說過就是了。」說著打馬繞過她就先朝前走了。

山英眼睜睜看著他自旁邊過去，後方的隊伍也隨著他提速往前而去，竟轉了個方向，朝著另一條道走了。本還想追上去，卻見山昭已經在那裡等她，只好作罷，無奈往前趕去。

山昭扯著韁繩，看看她，又看看遠去的長孫信：「你們這是怎麼了？」

「他好似又被我惹惱了，」山英嘆息：「我明明話還沒說完呢，臨走前我去見了大堂哥和神容的事還沒告訴他呢。」

山昭莫名其妙：「那有什麼好說的，妳去見誰還要與舅哥說一番不成。」

「那當然不是，但我們說的事可與他有關。」

山昭沒能參與上，不大樂意，忍不住道：「為何看堂姊與舅哥近來古古怪怪的？」

山英先擺擺手示意山家軍繼續前行，才湊近對他低聲道：「實話告訴你好了，長孫星離看上我了。」

「什麼？」山昭秀氣的臉呆住了，實在太震驚了。難不成他以後還得喚舅哥作堂姐夫了？

山英已朝長孫信的隊伍看去，止不住搖頭：「這回他好似是真氣到了，這麼快就快看不見人影了。」

長孫信不久後就回到了長安。

春風和拂，趙國公府裡僕從們忙進忙出，很是熱鬧，不少人手中捧著精貴的吃穿用物，悉數送入了廳中去。

他也沒多在意，去拜見父母時興致缺缺。

裴夫人坐在廳中，手中拿著封信，手邊桌上就堆放著那些僕從送進來的東西，好似準備送出去一般，已包裹了一半。她自己正在與趙國公有說有笑，看到他回來，忙招了招手：「你回來得正巧，阿容現在可好？」

長孫信點頭：「阿容很好。」完全沒留心他母親是在問什麼好。

「那就好，那我就放心了。」裴夫人說完還是眉開眼笑的，整個人容光煥發，滿面喜色。

趙國公眼裡也是笑，卻看出了長孫信的不對：「怎麼這般臉色？」

長孫信有些訕訕：「沒什麼。」

總不能說是因為山英，明明戰前說得情真意切的是她，當時還特地問他說得是不是真的，誰知到頭來根本就不當回事。

他心裡說不出是氣悶還是別的，委實不是滋味。

一旁裴夫人正對趙國公道：「阿容那裡有了這樣的好事，如今就該好生安排他這個做兄長的事了。」

長孫信本還心不在焉，聞言才回神：「安排我何事？」

趙國公面容肅正：「你說何事，自然是你的終身大事了，你可是拖了太久了。」

長孫信登時皺眉，臉色不自在起來：「我不過剛回來……」

裴夫人打斷他道：「你年齡不小了，如今你自己是為朝開礦的工部侍郎，妹妹是幽州節度使夫人，多的是主動來說親的，趁此番回來便趕緊定了，莫再像上次那般推辭了。」

長孫信無言以對，眉心擰得更緊，想拒絕又尋不出理由來，想起山英，心裡更是百般情緒翻湧，愈發什麼也說不出來。

別人都知道主動來求親，偏偏她竟瞧不見自己一般，先前的話根本沒放在心上。他越想越是覺得，自己分明是自作多情了。

他身為長孫家兒郎，年紀輕輕就身居京官之列，長這麼大還沒經歷過這些，這情緒說不清道不明，卻是實實在在的一柄鈍刀子在戳他，翻來覆去只有兩個字：難受。

難受至極！

心裡頭完全被塞滿了事，到最後長孫信也沒在意到底裴夫人在高興神容什麼事。

沒兩日，果真又有描像送進他院落裡來，這次比上次要多得多，在他桌上堆了足足一摞。

長孫信對著那堆描像看了幾眼，在桌邊緩緩踱步，始終沒什麼好情緒，眉頭時緊時鬆，有時想乾脆就選個人好了，卻還是遲遲伸不出手。

他有氣，又不知該對誰發，最後只能對著那堆描像苦笑：「早知如此，我還不如不與妳說了……」

門外有個僕從來報：「郎君，宮中來人傳喚，聖人召見。」僕從小聲小氣的，只因府上皆知他近來心情不佳。

長孫信這才收斂了心緒，料想大概是因為押運金子入都的事，別的也不可能有什麼事傳過來了，倒是正好可以擺脫眼前這麻煩事，當即更衣入宮。

近來年少的聖人在眾臣面前露臉次數多了不少，據說薊州拿回來之後，還在宮中廣宴了群臣，普天同慶，更是下詔免除薊州二十載賦稅，比故城失陷關外的年數多，有心安慰故城遺民，讓他們休養生息。

不過那時候長孫信不在長安，還在幽州，親眼看著山宗受到冊封，接受九州官員拜見，成為一方節度使。

到了宮中，長孫信被內侍直接引去了殿門前，請他入內。

他進了殿內，和以往一樣斂衣下拜。

殿內安安靜靜，隔了一會兒才響起帝王年少的聲音：「今日喚長孫侍郎來，是為了一件私事。」

長孫信稍稍抬起頭：「請陛下明示。」

帝案之後，端坐著的明黃身影看著他：「此番薊州光復，除去幽州節度使的主力戰功外，諸方將士會戰，皆立下了戰功，戰後自當論功行賞……」

長孫信不禁想這與他又有何關聯。

卻又聽見帝王後面的話：「山家軍亦有戰功，領兵的兩員主帥中，山英未領賞賜，只另外求了件事。」

聽到山英的名字，長孫信的神思又沉落了，那難受的情緒湧了出來，連這始終端著的世家風範也要端不住了，在心裡暗自嘆口氣，恭恭敬敬聆聽。

上方少年帝王的聲音道：「她說長孫侍郎與她兩情相悅，請求朕為你們賜婚。」

長孫信驀然一驚，紛紛擾擾的情緒倏然退卻，愕然抬頭，「陛下說什麼？」說完才意識到自己失態，忙又垂首：「臣失儀，陛下恕罪。」

那一襲明黃的年輕帝王倒是沒在意，似乎自己也覺得很意外，竟還笑了笑：「朕還是頭一次遇到這種事，便想親口問問長孫侍郎她所言可屬實，若你們二人之間只是她一廂情願，那朕自然不能隨意賜婚了。」

長孫信下意識往兩邊看了看，殿中無人，又輕又低地咳了一聲，分明已認定自己一廂情願，卻又成她一廂情願了……

約莫半個時辰後，他離開了大殿，出了宮。

宮外早就有護衛牽馬等著，看他出來，一名護衛上前來遞上一封邀帖：「郎君，這是有人送來的。」

長孫信一看那帖上的名字，眼就亮了，左右看了看，又收斂起來，忙上馬就走。

喧鬧的長安大街上，酒肆雅間裡坐著不斷朝窗外看去的女子。

看到不知第幾遍，終於有人推門進來了。

她馬上起身：「星離！」

長孫信一腳走進來，看到她，瞬間就又想起方才皇宮大殿內的那事，眼神閃了閃，攏唇輕咳。不是山英是誰。她今日竟然穿了身女裝，雖然只是一身乾淨俐落的胡衣，竟多了幾分不多見的女兒模樣。長孫信瞄她兩眼：「妳怎麼來了？」

「我怎麼來了？我自然是來找你的啊。」山英理所當然道。

長孫信連日來的臉色便沒好過，此時已然回緩了，卻還端著一本正經的架子：「妳不是沒什麼話要回的，還何苦特地來找我。」

山英盯著他瞧：「你那日果然是誤會了，我說沒什麼好回的，哪裡是那個意思。」

長孫信挺直著上身，甚至還理了理官袍：「那妳什麼意思？」

山英往外看看，沒見雅間外有人，關上門：「我是說我又沒說不好，那自然就是好了，又有什麼好特地回話的。反正我仔細想想，也是很中意你的啊。唉，就因為你當時走太快，我還特地趕來這趟與你好生解釋。」

長孫信聽到此時臉色有些繃不住了，抬手遮掩著動了動嘴角，又忍住，看她一眼：「妳方才說什麼？」

「特地來這趟給你解釋啊。」山英道。

「前面那句。」

山英想了想：「我仔細想想，也是很中意你的。」

長孫信嘴角又動一下，咳一聲：「真的假的？」

「當然是真的，我也沒對別人這樣過。」山英一臉實誠。

長孫信問：「於是妳便斗膽去向聖人求賜婚了？倒是趕了個好時候，正逢家中為我安排婚事。」

「趙國公府要為你安排婚事了？」

長孫信點頭，故意道：「我正打算還呢，便被聖人召去宮中了。」

山英看他昂身立於面前，仍是那般君子端方之態，彷彿解釋的也沒什麼用，不免洩氣，又聽他如此說，眉頭便擰了起來：「那你是何意，先前的話不算數了？」

她也乾脆，當即就往外走：「那算了，我便去聖人面前撤了賜婚的請求好了。」

剛要去拉雅間的門，長孫信先一步將她攔住了，一隻手拖住她手臂：「誰說算了，我可已在聖人面前應下了！」

山英回頭，英氣的眉目瞬間舒展：「當真？那你還這麼說。」

長孫信對上她臉，才意識到自己已承認了，差點又要乾咳，忍住了：「沒錯，妳還想反悔不成！」

當時在殿內，當著帝王的面，他的確應下了。無非是見她不把他的話當回事，有心氣一氣她罷了。

手上還緊緊抓著她手臂，她的臉正對著他，長孫信反應過來，發現自己整個人已貼著她，幾乎就是抱上去了，趕緊要鬆手。

山英反倒一手抓過來，爽朗道：「既然都要賜婚了，你還在意這些做什麼，又沒什麼。」

長孫信就這樣被她抓了手，背貼著門，倒好似被她給抱了，冷不丁又有些不自在，卻又忍不住有點想笑，胡思亂想了一陣，忽覺不對：「等等，妳是怎麼想出求賜婚這主意的？」

山英手上一緊，看著他：「是神容教我的啊。」

「什麼？」

「還有我大堂哥。」山英一五一十道：「臨走前我去見了他們，那天沒來得及告訴你，你就氣呼呼走了。」

神容告訴她，要讓她父母主動再從山家挑個兒媳是不太可能的，倒不如藉機會讓帝王出面，少年帝王沒想像的那般不近人情，甚至算得上好說話。

她大堂哥也說，山家人沒有扭捏的，何必說那麼多，直接去做就是了，長孫信一準就範。

當然山英沒說「就範」這個詞，怕長孫信不高興。她盯著他近在咫尺的臉左看右看：「還真有用。」

長孫信對著她臉拎拎神，自顧自道：「等我回去給我父親、母親壓壓驚才好。」

幽州。

神容倚坐在榻上，抬起頭：「聖人賜婚了？」

山宗剛進屋，手裡拿著封信，似笑非笑地走過來：「何不自己看，料想妳哥哥一時半會兒是來不了幽州了。」

神容接過去，是山英寫來的信，她大致看了一遍就收了起來，笑道：「那我父親、母親大概著實要驚訝一番，料想也有陣子不用再給我送東西了。」

眼下房中的桌上還堆滿了各種各樣自長安送來的東西，吃的用的，大多都是補身用的精貴物事。都是趙國公府派人快馬加鞭送來的。

山宗在她身邊坐下：「妳如今可不一樣了，我也恨不得成天給妳送東西。」說完看她小腹一眼，笑起來。

她已有孕了。那晚她要告訴他的，就是這句話。

神容不以為然：「興師動眾。」

山宗笑著將她面前的小案挪開。

就算有孕了，她與往常也沒多大變化，除了開頭委實吐得厲害，後來每日還能繼續描她的圖，現在榻邊擺著的小案上還擱著筆墨，每次他回來便先挪走。

兩人身前沒了阻礙，他一隻手撫上她還未顯懷的小腹，忽然說：「若是個女兒就好了。」

神容傾身到他面前，攀住他的肩：「為何要是女兒？」

山宗眼微瞇，盯著她的臉，似在想像：「女兒像妳更好，那就可以繼承妳的本事了，不好麼？」

神容揚揚眉：「那可得是姓長孫的才行，姓山的可不行。」

「那就跟妳姓長孫好了。」山宗揚著嘴角，渾不在意：「反正是妳我的孩子，還在乎那些。」

神容不禁跟著笑了一笑：「你想得美，哪能讓你想什麼有什麼。」

山宗摟著她，低頭親下來，嘴裡仍在低低地笑：「我已經是想什麼有什麼了。」

番外二　平姬

長安有喜訊傳來時，已經是數月之後的事了。

彼時幽州官舍剛剛擴建過一番，有了節度使府邸該有的氣派，裡面卻是一片忙碌景象，全是為了另一樁喜事。

虛掩的府門忽被一腳踢開，山宗大步從府外走了進來，身後剛停下的馬還在低嘶。入門的瞬間，廣源已匆匆迎來。

山宗邊走邊扯下緊束的護臂，連同手中直刀一把塞過去，口中問：「如何了？」

廣源急急忙忙跟著他腳步，一邊道：「郎君回來得正好，你出府時還好好的，忽然夫人這就……」

山宗腳下實在快，沒等他說完就已往前走遠了，直往主屋。

主屋外的長廊入口，此時守著紋絲不動的東來。

山宗逕自走入，隨處可見婢女僕婦穿梭不斷，主屋房門緊閉，緊接著稍稍開了一下，紫瑞出來招了招手，立時就有一大群僕婦湧入屋中。

看起來已經忙了有好一會兒了。想到這裡，他走得更快了些。

下一瞬，一聲嘹亮的啼哭傳了出來，幾乎要傳遍整個宅邸。

山宗腳步一頓，直接跑了過去。

東來下意識轉頭朝遠處的主屋看去，廣源已追了過來，也在旁伸著頭，遠遠觀望著那頭的動靜，又驚又喜。

「太好了，這麼快就生了，想來順利，夫人一定沒受什麼罪！」他高興地嘀咕：「我得趕緊準備去給山家送信了。」

東來小聲附和：「趙國公府也等著呢。」

二人仍不住觀望，看了好半天，卻只看見陸續走出來的僕婦和婢女。

也不知過了多久，廣源腳都快站麻了，屋門才開了一下，山宗終於走了出來。

他輕輕關上門，轉過身來時一手摸著嘴，嘴角的笑卻還是露了出來，像是如何都止不住一般。

「郎君！」廣源剛興高采烈地喚出一聲，山宗就抬頭豎了手，迅速指一下身後的房門，是叫他別吵。

廣源連忙捂了嘴，點點頭。

山宗回頭又看一眼房門，才沿著走廊走近，笑著說：「去傳信吧。」

廣源怕吵著剛勞累完的夫人，搓著手輕聲問：「郎君這般高興，是小郎君還是小女郎啊？」

山宗嘴角又扯起來：「你都說了我這般高興，還不該明白？」

當日，一道軍令送入軍所——

使君府上明珠入掌，全軍整休一日，幽州全城共慶。

城內忽然一下變得熱鬧得不行，好似全軍所的人都湧入城裡來了，滿街的酒肆裡都是高聲說笑的兵。

胡十一搭著張威的肩，在桌邊跟他推杯換盞，喜滋滋地道：「瞧把頭兒給高興的，平日裡在軍所裡練兵那麼嚴，今日居然允許咱們破禁出來飲酒啊！上回飲酒可是拿回薊州的事了，連他做上節度使都沒這麼高興！」

「那當然了，」張威道：「頭兒畢竟是第一回當爹。我聽說頭兒本來還想下令叫九州共慶呢，後來是覺得太麻煩了，才改成只在幽州慶賀的。」

胡十一嘖嘖兩聲，一拍大腿，「這般手筆，那我倒是希望頭兒再多生幾個，嘿嘿，往後這樣的再多來幾回！」

說完轉頭四顧，大聲喊：「盧龍軍的人呢，難得高興，都拖過來一起灌啊！」

城裡百姓們也熱鬧，故城回來後，關外平靜多了，此時來了個鮮活的小生命，實在太是時候。

城門不閉，喧鬧整夜未歇，就連府內都能聽見響動。

主屋內點上了明亮的燈火，神容躺在床上，身下是厚厚幾層柔軟鋪著的絨毯。

她睜開眼睛，身上還軟綿綿的，稍稍轉頭，便看見床沿坐著的人，漆黑的眼正看著她，似乎等了許久。

「夫人辛苦。」山宗嘴角一直揚著，到現在也沒收斂。

神容看他那張揚的笑臉一眼，又看向他懷裡，他親手抱著繈褓，懷裡的小傢夥正在睡著。

「還真叫你如願了。」她輕聲說。

果然是個女兒。

山宗嘴角笑意更深一層，一隻手將她攬起靠在自己懷裡，一手將繈褓送到她眼前：「我早說了，想什麼有什麼，看看是不是很像妳？」

神容靠在他懷裡，手扶上繈褓，仔細看了看，小傢夥不過剛出生幾個時辰罷了，眼閉著，臉也皺著，哪裡看得出來。

她故意問：「哪裡像啊？」

山宗臉貼近，蹭一下她的鼻尖，「這兒。」往下，又啄一下她的唇：「還有這兒，不是都很像？」

神容不禁彎了彎眼：「壞種……」

山宗笑：「就算我是，往後還是別在孩子跟前說了，免得被她聽見。」

懷裡的小傢夥很合時宜地吮了吮嘴，哼唧一聲，動了兩下。

幽州節度使得了長女，既是山家的嫡長孫女，也是趙國公府的第一個孫輩，意義自是非同一般。

消息送入二都，幽州連著兩三個月裡都是熱鬧的，自洛陽和長安被派來探望恭賀的人絡繹不絕，兩家長輩給小孫女送來的東西更是在府上堆積如山。

快到孩子百日的時候，山家又派了人來幽州。

這次來的是山昭，他打馬入城的時候時辰尚早，太陽剛露臉。其實是他一路馬騎得飛快的緣故。

本來楊郡君想親自來，他怕母親辛勞，好歹是給攔下來了，正好藉機代替父母走這一趟，來看望一下大哥，再親眼瞧瞧自己的小姪女，到時候也好回去好生與父親母親說一說。

城頭上正好是胡十一當值，看到他入城，站在高處朝他揮手：「喲，山家小郎君來看頭兒的？」

山昭停馬，與他打招呼：「何只大哥，還有我姪女呢。」

胡十一扶著城頭朝他嘿嘿直笑：「得虧你是小金嬌嬌的親叔叔，咱們到現在都沒機會見到呢，頭兒對他這女兒可寶貝著呢！」

「什麼小金嬌嬌……」山昭被他的話逗笑了，一面回頭，朝後面喚：「舅哥，快，就要到了！」說完又一頓，「哎不是，我是不是該改口喚你一聲堂姐夫了？」

胡十一順著他後面一瞧，原來後面還有一群人，除了幾個隨行護衛的山家軍，便是長孫家的護衛，當中打馬而行的不是長孫信是誰。

「長孫侍郎也來了！」胡十一像以往一樣大咧咧地跟他打招呼：「聽聞你剛成婚，和咱頭兒親上加親啦，咋這麼快就來幽州了？」

長孫信卻沒搭理他，坐在馬上，整個人心不在焉的，也沒看別人，不知在想什麼。

胡十一自討沒趣，只好摸摸鼻子，繼續去城頭上巡視去了。

山昭見上方胡十一走了，打馬靠近過去，小聲道：「他說的是啊，我半路遇上堂姐夫也想問了，你與堂姊剛成婚不久，不都說新婚燕爾，此時應當還在長安待著，這才幾個月，怎麼捨得拋下我堂姊到幽州來，就是要治礦也不用如此心急才是。」

他們是快到檀州時遇上的，山昭想著自家堂姊都嫁過去了，更是一家人了，當然就上前結伴同行了。

長孫信本來沒什麼，聽了他的話倒是一下回神了：「什麼叫我拋下她？誰拋下誰還未可知呢！」

山昭頓時一愣：「啊？」

長孫信眼神一閃，似乎是覺得自己說多了，乾咳一聲，扯著韁繩夾下馬腹：「罷了，我要趕緊去看阿容和孩子了。」

神容幾個月下來已養好了身體，這些時日下來，別的事沒有，幾乎就是忙著在看趙國公府和山家爭相送來的那些厚厚禮單了。

今日更甚，居然兩家的人都到了。

府邸內一下子熱鬧起來。

天氣不冷不熱，神容換上了一襲抹胸襦裙，坐在屋中，看著紫瑞將剛睡飽的孩子抱了過來。

山昭第一個走上前去，只看到穿著暖紅軟綢衣裳的小小娃娃，一張粉雕玉琢的小臉，睜著又大又亮的一雙眼，頓時心都要化了：「這就是我姪女？長得也太像嫂嫂了！」

神容好笑，心想山宗也是這麼說的。

長孫信就坐在對面。

神容今日會見到他來也是稀奇，笑了笑說：「哥哥怎麼是一個人來的，要來也該帶上我嫂嫂一道來才是。」

她特地加重了「我嫂嫂」三個字，頗有些揶揄意味。

長孫信的眼神往左右看了看，乍一看還以為是被提起新婚不好意思，頓了一頓，又端著君子派頭不以為然地朝紫瑞招招手：「快抱過來，讓我好好瞧瞧我外甥女。」

神容見他避而不提，覺得他有些不太對勁。

旁邊山昭已走近一步，低低說了兩句：「嫂嫂有所不知，他好似不高興……」

神容聽了他說完的話，朝哥哥又看去一眼。

長孫信心裡的確是壓著不高興，還不是因為山英無端端地留下封信給他就跑去整自己的營中舊部了。

成婚時他已特地徵得父母同意，移居出趙國公府，在附近自立了侍郎住處，便是知道她秉性，好叫她自在，也好叫他母親裴夫人自在。哪知她還真事情說來就來，就這般突然回營去了。長孫信等了一陣子沒等著，恰逢剛出生的外甥女就要百日了，乾脆自己告別父母，打著探望神容和煉礦的名義來了幽州。

裴夫人和趙國公正牽掛著神容呢，還以為他是與山英一道來的，也就沒多問。

走了個神，面前紫瑞早就將孩子送到他跟前來了，笑著道：「郎君快好好看看，小女郎正好認一認舅舅。」

長孫信拎拎神，不想山英那沒良心的了，從袖中摸出個沉甸甸的佩玉繫在孩子的衣裳上，堆出笑道：「果真像阿容。」

被抱著的孩子眨著一雙大眼睛看著他，生得確實像神容，似雪堆出一般的白嫩，嘟嘟的小嘴角有點天生的上揚卻是很像山宗，冷不丁的，竟咧開小嘴朝他笑了起來。

長孫信原本心情陰霾，見到孩子的笑一掃而空，當即笑道：「真不愧是我外甥女，還是妳有良心。」

山昭看見，忙也摸身上：「不行，叔叔也得送個貼身的東西。」

神容無奈地撇撇嘴：「你們送的已經夠多了。」一面說一面朝門口的東來招下手。

東來快步走近，站在她身後。

神容吩咐了兩句，指了一下長孫信，他點頭，很快出去了。

頂多也就過了幾個時辰，府上又多了個不速之客。

山宗去過問了下屬九州軍政，策馬回來時斜陽西垂，正要進府門，身後馬蹄急切，他回頭看了眼，對方已經喚他：「大堂哥。」是山英，難得穿了身胡衣女裝。

山宗看她兩眼：「聽說山昭和長孫信一起來了，妳沒與他們一起？」

山英下馬，還喘著氣，皺著眉道：「我是一路追來的，剛好東來去與我送信，才知他已到這裡了。」

山宗大概猜到了點情形，似笑非笑，什麼也沒說，先進門去了。

門內山昭已經聽到動靜，老遠就在喚：「大哥！」

長孫信以前沒覺得自己有多喜歡小孩子，只見到如今的小外甥女，簡直是越看越喜歡，足足陪她玩兒了大半晌，直到孩子餓得癟了小嘴，被紫瑞送去了奶娘那裡，他才回客房。

老遠便聽見山昭喚大哥的聲音，他猜想山宗一定是回來了，一邊走一邊又想起山英，沒好氣地到了門口。

剛推開門，門裡忽然冒出來一道身影，他險些被嚇了一跳，接著才看清，那可不就是自己方才在想著的英氣身影。

「妳何時來的？」他不可思議地問。

山英道：「我回去時你已走了，只好追過來，你只早我一步。我看神容都叫東來去給我送信了，你一定是又不高興了。」

長孫信低哼一聲：「什麼叫又，我不高興還不皆是因為妳？」

山英到底耿直，坦然接受：「是因為我，我這不是趕緊來了，那你還要如何才能高興？」

長孫信一時無言，對她這性子也是無奈，清清嗓子，板著臉道：「妳我可才成婚幾個月呢，我遲早要被妳氣死。」

山英道：「那怎麼會呢，才幾個月，我就越來越喜歡你了，不會氣你的。」

長孫信頓時回頭看門外，回頭時臉上還有些不自在：「妳好好說話！」

「是真的啊，」山英很認真，還貼近看他的臉，點點頭說：「我看你人也越來越好看了，果然是越看越喜歡。」

「咳……」長孫信臉上不自在，明明心裡已是舒坦多了。

山英對他這君子端貴的模樣已經習慣了，知道他其實好說話的很，看著他的臉，越看越滿意，越滿意離得越近。

長孫信看著她靠近的臉，倒是又記起他們剛成婚沒多久的事了，不知不覺就往下低了頭。

門被推著關了起來，沒多久，隱隱約約傳出他含糊不清的聲音：「妳做什麼呢？」

山英低低的聲音接著傳出來：「親你啊，都是夫妻了，又不是第一回。」

「咳，哪有壓著自己夫君親的？」

「不都一樣嗎？」

「自然不一樣！」

「一樣的……」

小傢夥吃飽喝足時，天都要擦黑了。

紫瑞抱著孩子，正要往主屋而去，剛走至廊上，山英已自客房那裡過來。正好看見那被抱在懷裡的孩子，一張雪白粉嫩的小臉著實惹眼，她忙道：「等一等，我還沒瞧見呢，先讓我看一眼是不是真的像神容！」

話音未落，人已快步走了過去。

紫瑞便停下等著，一面笑著向她屈膝，剛好可以恭喜她與郎君新婚大喜。

長孫信在後面跟著，她跑得快，一下拉開一大截。他一邊走一邊摸嘴巴，摸脖子。

旁邊走來兩道身影，他轉頭一瞧，山宗和以前一樣黑烈胡服緊束，只是腰上的束帶多了赤金結釦，衣領上繡著雲川紋樣，那是節度使才能用的制式，手臂上的護臂也多了「盧龍」二字的刺繡。

山昭乖巧地跟在大哥後面，看到他道：「堂姊來了，這下你們沒事了吧？」

長孫信拿開摸嘴摸脖子的手，負在身後，如常一般很有風範地道：「原本就沒什麼事。」

山昭笑道：「那就好。」

山宗走得快，本盯著前面在被山英逗得揮舞小手的女兒，剛好走到他跟前，瞄了他剛才摸的嘴一眼，又看他的脖子一眼，笑了一下。

長孫信瞥他：「你笑什麼？」

山宗腳步停一下，往後方的山昭身上掃一眼，低笑說：「都是男人，還用說？山英常年習武，力氣可能大了點，你挺辛苦。」

長孫信一愣，回味過來他這是在揶揄自己，又摸一下脖子，難怪總想摸，定是山英先前亂親的，當即又止不住想乾咳，再看他已往前去了，暗自腹誹一句：不正經的浪蕩子！

山宗正要走到女兒跟前，已作勢伸手去抱，長孫信搶先越過他走了過去，自山英懷裡抱過了孩子：「舅舅疼妳，可莫要被妳父親帶壞了。」說完看山宗一眼，抱著孩子往旁邊走了。

小傢夥可能吃得太飽了，走時還在他懷裡輕輕打了個嗝。

神容後來是聽紫瑞說了這些，便猜他哥哥一定是跟山英又和好如初了，原本山英那秉性，哪裡能生得出氣來。

天黑了，她挑了一下燈火，聽著外面隱隱約約逗孩子的笑鬧聲已然漸息，看來圍著孩子轉悠的那幾人眼下終於去安置了。

回過頭，山宗進了房門。他臉上帶著抹笑：「妳還特地叫東來去通知山英，是怕她不知道來找你哥哥？」

神容轉過身去，有一下沒一下地撥著燈芯：「那可說不一定，我哥哥是個君子，你們山家人可不能欺負人。」

「我們山家人怎麼欺負人了？」他的聲音一下子近了。

神容耳邊一陣他話語拂過的氣息，轉頭已貼在他胸膛前，他刻意低著頭等著呢，手臂一收就將她箍住了，在她頭頂低笑：「我欺負過妳了？」

「你沒欺負過麼？」神容昂起頭，手指在他束帶上點一下：「你現在不是在欺負我？」

山宗一把將她抱起來，生完孩子後她也只是稍稍豐腴了一些，抱她還是輕而易舉。他勾著嘴角：「嗯，我今日定要好好『欺負』妳一回。」

孩子今日不在跟前，這主屋裡就顯得分外安靜。

房內只剩下漸濃的喘息聲，垂帳上是如水浮動的身影，一晃一晃，時虛時實。

不知多久，垂帳一動，從裡面伸出神容一條雪白的手臂，又被山宗那條滿布刺青的手臂捉了回去。

他在帳內低笑：「怎麼了，還沒『欺負』完，夫人想逃？」

神容低低喘著氣說：「你就是欺負我。」

山宗摟著她說：「妳也可以『欺負』回來，我求之不得。」

「壞種……」

現在她可以隨便說了。

番外三　萬家燈火

一個尋常冬日，一大早，屯軍所的大門就敞開著。

遠遠的，駛來一輛馬車，從幽州城的方向一路往軍所而來，直到大門前，緩緩停住。大門兩邊站著嚴密看守的兵，一見到那輛馬車便立即退讓開。

演武場裡，滿場的兵卒都在認真操練，呼喝聲震天。

時光一彈指，距離戰事過去已超過了三年。

現今的軍所擴大了足足一倍，裡面兩支兵馬——一支幽州軍，一支盧龍軍。

雖然這三年多都是太平光景，操練卻從不荒廢。眼下的操練時間，卻是屬於幽州軍的。

一群百夫長甲冑加身，正嚴肅地來回巡視著自己隊裡的兵卒。五大三粗的雷大喝斥了兩句自己隊裡的兵，扭過頭，恰好瞟見入口處。

那裡細密地高豎著一根一根碗口粗的木樁，忽然，那木樁上多出一隻白嫩嫩的小手，接著一張雪白水靈的小臉貼著手露了出來，亮晶晶的大眼睛看著裡面，眼珠轉來轉去。

雷大驚訝，忙動手推身旁的張威，後者扭頭一看，也是一愣，忙又推推一旁的胡十一。

「咋？有話不說，神神祕祕的……」胡十一拍開他的手，轉頭一瞧，一眼就看見入口處扒著木樁望進來的那張小臉，口中頓時「謔」了一聲。

那張小臉聽到動靜，馬上就退回去了。

「哎！」胡十一兩步並一步地走過去。

哪成想，那小臉的主人又自己走進來了，後面跟著隨時護衛的東來。粉雕玉琢的小女娃娃，頭梳雙平髻，身穿繡彩的細綢襦裙，走進來，半點不怯，彷彿剛才那個探頭探腦的不是她，昂著小臉問：「我阿爹呢？」

胡十一停下，驚奇道：「妳膽子不小啊，敢闖到這裡來，不知道這裡是什麼地方？」

他說著指指那頭喊聲震天的操練兵卒，故意嚇她：「妳瞅瞅他們，手裡可拿著刀啊槍的！可嚇人了！」

小姑娘瞄瞄他，仍是昂著小臉：「我阿爹到底在不在？」

胡十一眼見沒嚇到她，有些語塞，撓撓頭，忽然覺得自己嚇個小女娃娃也怪不厚道的，咧嘴笑一聲：「成吧，我給妳去叫就是了！」

還沒等他回頭去找人，裡面已經有人大步而來。

山宗胡服緊束，步下生風，臉上還帶著巡視練兵的冷肅，走近時就露了笑，手裡的直刀一把拋給胡十一，走上前來，手先伸出：「怎麼到這裡來找阿爹？」

兵卒沒攔，自然是因為這是他的掌上明珠了。

面前的小人兒馬上伸出小手牽住他，如今說話已很清楚了：「阿娘說不能隨便進來，我就在門口找阿爹。」

山宗捏捏女兒軟乎乎的小手，又笑：「嗯，那妳到門口找阿爹做什麼？」

奶聲奶氣的聲音道：「放河燈，要阿爹一起去。」

東來道：「小女郎非要來找使君同行，少主只好帶她來。」

山宗想一下，隨即回味過來：「我知道了。」

他回頭吩咐一句：「暫停練兵，今日城中有冬祭。」

說完彎腰，單手抱起女兒，往外走了。

胡十一伸長脖子看著他走遠，一直到他出了軍所大門，那裡停著那輛熟悉的寬敞馬車，金嬌嬌的馬車。

雷大對著場中揮舞雙臂，大聲喊了停，喊完跟旁邊人嘀咕：「你看看頭兒！剛練兵時還嚇人著呢，見著寶貝女兒便跟換了個人似的。」

胡十一瞅著那馬車應是走了，問旁邊的張威：「你說小金嬌嬌剛走進來那架勢像誰？」

張威一板一眼：「誰啊？」

「當然是金嬌嬌啊！」胡十一道：「你沒瞧見她被發現了自己走出來那模樣？再瞧她怎麼也嚇不到，可不就像當初金嬌嬌第一回闖咱軍所那架勢！」

張威想了起來：「還真是挺像。」

胡十一故作深沉地感嘆：「當初哪知道有今天啊……」

故城拿回來了，幽州太平了，頭兒跟金嬌嬌都重做夫妻有後嗣了。光陰如水流啊，他真心覺著自己也該趕緊找個婆娘了，可不能再耽誤下去了。

想到此處，他馬上動身：「走走，入城去！」

張威道：「幹啥？」

「沒聽頭兒說今天冬祭嗎，萬一我能遇著個好女子呢！」

張威莫名其妙，剛才不是在說小金嬌嬌嗎？

幽州城中正熱鬧著。

又到一載冬祭，今年卻與往年不太一樣，除去滿城的百姓，城中還多出了一行彪悍身影。一群人穿著武服，外罩黑皮甲冑，一個比一個看起來凶悍。街道寬闊，他們就站在道路兩旁，盯著滿街的人潮。

駱沖皮笑肉不笑地問：「來這兒做什麼，老子可不愛湊熱鬧？」

龐錄在旁回：「以往不知道，今年才聽說冬祭也是幽州祭奠死去將士的日子。」

駱沖便不說話了。

旁邊薄仲聽到這話，或許是想起了往昔，低低嘆了口氣。

關外那座他們當初被困的甕城外，如今豎了一座碑，是山宗下令豎的，上面只有盧龍二字，別無其他。他們從未忘記過當初戰死的弟兄們。

人聲鼎沸的大街上，緩緩駛來一輛馬車，因為街頭的人越來越多，隔著很長一段便停了下來。

一看見車前馬上那黑衣凜凜的人，左右百姓便迴避開去，才算讓出地方。

山宗下了馬車，親自過去將車簾揭開，喚：「平姬。」

女兒的小腦袋探了出來，他笑著將她抱出來，放下地，讓她挨著自己站著。

女兒名喚平姬，是他取的。

原本他父親山上護軍是想親自為長孫女取名的。據說他老人家打了大半輩子仗，難得地很長時間都只待在書房裡翻閱典籍，只為了取個好名給長子的長女。可惜山宗已經自己先定了，就在過完百日後。

孩子生在平定薊州之後不久，他取了「平薊」之意，卻又不希望女兒往後真去平定什麼地方，能安穩一生就是最好的了，於是便改成了平姬。

山宗又伸手往車裡。

裡面探出神容的臉，她穿著厚緞襦裙，外面繫著披風，一手將門簾掀起些，卻沒急著出來，而是朝身側飄了一下眼色：「先將他抱下去。」

披風一動，懷裡隨即多出一道小身影。

那儼然就是另一個山宗，黑亮黑亮的眼，黑漆漆的頭髮，穿著對襟胡衣，眼睛鼻子簡直是跟他同個模子刻下來的，是他和神容的第二個孩子。

小平姬出生後過了一年多，他們又迎來了這個小傢夥，這回卻實打實折騰了神容許久。

臨盆那日是個風沙天，簌簌狂沙幾乎一刻不停地拍打著幽州城頭，粒粒作響。幽州城整個都如同悶在穹窿這口大鍋裡的時候，一道響亮的啼哭傳遍了使君府。

神容委實遭了點罪，山宗只聽到句「母子平安」便只顧著先去看她。

等她安穩睡了，他才看到孩子，是個結實的小子。

當日風沙停了，他又多了個兒子。

而後自然又是長安洛陽好一番興師動眾的來賀。畢竟這是他跟神容的第一個兒子。

「來，鎮兒。」山宗伸手。

這次總算是山上護軍取的名，他為嫡長孫取名為鎮，沒有說緣由。

大約是希望幽州永鎮，永遠太平；也或許是希望過去已平，沉冤已雪，再無波折；又或者只是因為寓意了神容的本事，沒有當初她的到來，哪裡有他來到這世上的契機。

然而不等山宗去抱，小傢夥卻已自己掙紮著要下來了。

山宗很乾脆，手臂一箍，直接將他攜了下來：「乖乖站著。」

站在地上的小子比旁邊的姐姐矮了半頭，眼睛骨溜溜轉著，四下張望。他還小，以前還沒見過人這麼多的時候，是對這大街上的人潮好奇。

不一會兒，他就往旁邊邁出小腳了，哪裡會乖乖站著，嘴裡蹦出兩個字：「河燈。」

「哪裡？」小平姬嘀咕一句，不禁也跟著弟弟往前去了。

有東來和紫瑞帶著護衛們跟著，根本不用擔心，等神容搭著山宗的胳膊下了車來，兩個小傢夥已經一前一後往前走出去一大截了。

她立即朝那頭看去。

「沒事，」山宗順勢抓住她搭在自己胳膊上的手，朝那裡看了一眼：「那邊還有人在。」

街上的行人陸續給護衛們讓路，路人只看見兩個粉雕玉琢的孩子一前一後地邁著小腳當街過來，雖有護衛在旁，還是忍不住觀望。

有的沒看見山宗和神容，又是第一回見著兩個孩子，雖看出是哪家官貴子女，卻不知是幽州節度使家的，只覺得兩個孩子可愛至極，又生的標緻，便忍不住朝他們笑。

膽子大的，笑著笑著還朝他們招手，想逗一逗他們，雖然兩個孩子只顧著左顧右盼，誰也沒顧上搭理。但隨即他們就笑不出來了。

街邊兩側站著一群彪悍的官軍，正在盯著他們，其中一個左眼上聳著白疤的還在那頭齜牙笑。

反應過來的路人自然是不敢再逗孩子了。

附近就是城中河流。到了放河燈的地方，小平姬終於看到旁邊有在賣的河燈了，踮著腳，回頭拽住弟弟衣角。

兩個小娃被一群護衛圍護著到了賣河燈的攤點旁，齊齊仰著小腦袋往上看。

東來上前付了錢，紫瑞跟上來笑著取了燈，往一人手裡放了一盞。

小平姬一雙小手仔細捧著燈，墊著腳，往回看：「阿爹、阿娘呢？」她急著去放了，可燈還沒點上呢。

東來往回看了一眼，山宗和神容離得不遠，只是遇上了刺史趙進鐮和其妻何氏，正在說話，安撫道：「小女郎等一等，到了。」

話剛說完，卻見身旁的小郎君端著那比自己臉還要大的河燈，邁著小步子去路邊了。

駱沖正百無聊賴地靠在一家店鋪外面，看了湧往河邊的人群一眼，轉頭見面前多了個小傢夥。

鎮兒把手裡的河燈舉起來：「駱叔，點。」

駱沖左眼上的白疤不禁抖了一下。

因著盧龍軍復番要擴軍募兵的緣故，山宗有段時間經常在府裡見各位鐵騎長，這兩個孩子打會走路就認識他們了，對他們自然不陌生。

薄仲在旁好笑道：「這小子架勢一看就是繼承了咱頭兒。」

鎮兒說話早，很多事情已經能講得很清楚，只是還不能那麼長那麼連貫，但現在叫駱沖為自己點燈，還是能叫人聽懂的。

龐錄踢駱沖一下：「愣著幹什麼，孩子等著呢。」

駱沖怪笑：「這麼多人，偏偏挑了老……我？」

龐錄難得揶揄人：「興許這小子看你像個好人。」

旁邊一群鐵騎長都笑出來。

別的大人看到駱沖那橫在眼上的白疤都覺得可怖，這麼小的孩子居然不怕他，就這麼直奔而來。

面前小子的手還舉著，駱沖到底還是蹲了下來，接了那盞河燈。

一隻小手緊接著在他眼上撈了一把，恰好撈到他那道疤。

駱沖敏捷地讓開，明白了，咧嘴道：「好你個小子，原來是想動老子的疤。」

他平時說話就這樣，聲音沙啞，又加了故意的語氣，顯得更可怕了。

但面前的孩子沒怕，甚至還想再來撈一下試試。

駱沖又是一讓。

鎮兒小手沒碰到，在自己額角上抓了抓。

薄仲笑道：「他這大概是奇怪為何你有這個疤，他卻沒有。」

駱沖盯著面前的小子：「這可是打仗被關外的狗賊留的，打仗，你懂不懂？」

本是想嚇退他，奈何這小子沒事人一樣，又推一下他手裡的燈，小嘴裡說：「點。」

駱沖白疤又是一抖，竟不知該說什麼了。本來就長得像山宗，這種時候更像，真不愧是有什麼樣的老子就有什麼樣的兒子。

那頭，等與趙進鐮夫婦說完了話，山宗和神容走了過來。

小平姬早已經等急了，眨著大眼睛喚：「阿爹，放河燈。」

「來了。」山宗笑著走近，看見紫瑞手裡端著她的那盞燈。

旁邊龐錄剛剛走開，是他幫忙點上的。

一旁駱沖按著眼上的白疤站起了身，面前是兒子小小的身影。

鎮兒要點的河燈到底被駱沖點著了，已被東來代替端去。

「難得。」神容在旁輕聲說。

她也看見了，瞄駱沖一眼，又掃過龐錄，和他身後那一群人。

他們身上已再無當初大獄底牢裡帶出的戾氣，完全做回了曾經的盧龍軍人。

河水波蕩，不斷有人放下河燈。

山宗帶著一雙兒女過了橋，到對面河岸時，百姓們都在另一頭，他在邊角，對面是諸位鐵騎長。

忽然聽見一陣熟悉的歌謠，百姓那頭隱約有人在哼：「舊一年，新一年，一晃多少年，中原王師何時至，年年復年年……」

看來是有薊州城的百姓也遠遠趕來了。

這首歌謠傳了十幾年，在薊州回來後已經沒了悲切，成了薊州曾經的一段證明。

他們的河燈順流而下，自眼前漂過，有的河燈上寫著「盧龍」二字，應當是在祭奠逝去的盧龍軍人。

鐵騎長們站在他們對岸，只是默默看著那一盞一盞順流而過的燈。

盧龍軍復番了，一雪前仇了，一切都已平靜了。

擴軍募兵後，擇選出來的精銳編入盧龍，如今依然是和曾經一樣滿滿的一百營，五萬盧龍軍。

如果河燈真能傳訊，他們希望這些消息可以帶給第六營的周小五，帶給灑血在關外的每一個弟兄。

山宗抱著女兒，托著她的小手放到水面上。

小平姬等到現在，可算如願親手放到河燈了，盯著河面看了許久，還覺不夠，從山宗身上滑下去：「再放一個，我要再買一個。」

紫瑞笑著上前來，帶她去買燈。

山宗從東來手裡接了兒子的那盞燈，轉頭見他的小手抓著神容的衣角，招一下手：「過來，帶你放了。」

哪知這小子鬆開神容就想來拿燈，肉嘟嘟的小手不安分：「我放，阿爹，我放。」

山宗手臂一把撈住他，好笑：「你放什麼放，栽河裡我還得撈你。」

小傢夥在他臂彎裡掙扎揮舞著小手去抓燈。

「乖點。」山宗低低訓一句：「這麼強是隨誰？」

神容走過來，在他旁邊蹲下，抓住兒子的小手：「你啊，隨誰？」

山宗看著她笑：「妳不強？」

「我哪有？」神容理所當然說完，拍了拍兒子的小手。

這小子偏生聽她的話，還真安分了點。

山宗笑了笑，抱著孩子放了燈。

他要制著這小子，袖口不免沾了點水。

鬆開兒子後，他將袖口往上提了提，又露出了手腕上面的一抹刺青。

鎮兒冷不丁指著他的手道：「阿爹，這個……」他扯著自己的袖口，努力往上扒拉，露出圓滾滾白生生的小胳膊，「我也弄。」

山宗頓時沉眉：「什麼？」

小傢夥不止一回見過他那滿臂的刺青了，就沒一回怕過。現在更甚，居然還敢說跟他一樣也刺滿臂烏黑的刺青。

神容詫異地看了兒子一眼。

大概是看他沉了臉，鎮兒往神容跟前靠去，挨著她的腿，扒拉衣袖的小手還沒放下，漆黑的眼珠眨了眨，看看河對面：「不弄，我弄那個。」

山宗朝對面看一眼，他說的是那群鐵騎長們胳膊上的盧龍番號刺青，大概是在軍所裡見過，他不禁笑了：「你還挺會選啊，這我隨你。」

一選就選了盧龍軍。

小平姬買了燈，去而復返，後來又放了好幾回河燈。

兩個小娃難得出來玩了這麼久，離開時街上的人也散的差不多了。

遠處能聽見胡十一在跟人說話的嗓門。

小平姬累了，被山宗抱在懷裡。

鎮兒精神卻足，纏在神容左右，還邁著小步子在街上自己走。

山宗看見，先將女兒送去車上，交給紫瑞照顧著，打算回去提兒子。

沒走幾步，正好遇見路上經過的熟人。

周均停步，如以往一樣灰藍胡裝，細眼白臉，停頓一瞬後，向他抱了抱拳：「如往年一樣，來向使君報檀州事務。」

山宗點點頭：「嗯。」

很快下屬九州官員都會入幽州來向節度使上報各州事務，檀州離得近，所以周均來得早，也巧，恰逢冬祭熱鬧。

他還是和以前一樣的陰沉臉色，山宗倒也習慣了。

另一頭，還沒走到的鎮兒在神容前面一截，走著走著忽然停下來了。

神容看去一眼，原來前面有個比他大一點的孩子站著，擋住了他的路。

東來要過去時，已有人帶著個婢女自旁邊快步走近，牽過那孩子，隨即訝然地看了鎮兒一眼，抬頭朝神容看來：「女郎，怪不得……」

是趙扶眉。她看了看鎮兒，又看向神容，笑了笑：「怪不得，我就說為何這小郎君生得如此像山使……不，是使君。」

神容走過去，牽了兒子的手，看了她身邊的孩子一眼，是個男孩兒，生得安安靜靜，很乖巧。

「這是妳的孩子？」

趙扶眉點頭，笑著說：「是。」

神容看她體態豐腴了一些，倒好像比以往更有容光了許多，想來過得不錯，點一下頭，牽著兒子的手走了。

身後傳來趙扶眉母子問話的聲音：「阿娘，他們是誰？」

趙扶眉道：「看到那個小郎君了，他父親是幽州的英雄。」

孩子問：「那我父親呢？」

趙扶眉的聲音有些遠了，但還能聽見：「你父親當然也是英雄。」

她語氣裡有了戀慕，遮掩不了。

神容快回到馬車邊時，周均已經走了。

山宗正好要過來提兒子，幾步過來就將那小子拎起來抱在手裡：「走了。」

鎮兒這下居然很乖，大概也是累了，小腦袋乖乖擱在他肩頭。

山宗回頭，拉了神容一把，帶到身邊。

神容看著父子倆的模樣，想起趙扶眉和她的孩子，突發奇想問：「若我當初沒來幽州，你會如何？」

山宗看她一眼，幽幽眼底動了一下，勾起嘴角：「不如何。」

最多還是跟以前一樣，一個人獨來獨往，鎮守著幽州，直到目標達成那日。

不會有家，也不會有現在的一雙兒女。

「可妳明明來了。」他轉頭盯著她：「還問這個做什麼？」

神容輕輕說：「我只是想到了罷了。」

「有什麼好想的。」山宗托一下懷裡的兒子，另一隻手拉她緊了些：「反正此生妳也別想跑了。」

沒有她的結果，他根本不會想，除非他從未與她再逢。

鎮兒的小腦袋忽然昂起來：「阿娘跑？」

「誰說的！」山宗把小傢夥摁回去。

神容被父子倆的模樣惹得不禁彎了眼角，好在沒有別人經過。

馬車裡又探出女兒的小臉來，朝他們張望。

她看著身旁山宗的側臉，靠近了，心想還好當初來了。

番外四　歲月長寧

成為幽州節度使夫人後，神容便一直待在幽州，數年間沒有回過長安，也沒有回過洛陽。

今年卻有了機會。

這一年，幽州金礦開採豐足後放緩，薊州城的民生也有了起色，山宗得到聖人詔令，赴長安述職。

春日的長安驕陽明媚，風暖雲微。趙國公府大門早早敞開，一排僕從侍門而立。

為首的伸著頭往大門前的青石板路上看，直至遠遠聽見一陣車馬轆轆聲，忙調頭回府報信。

片刻，府門內就又出來兩人。

長孫信一襲月白袍衫，風姿不減，身後是颯颯一身胡衣的山英。

他們出府門的這點功夫，車馬聲已至面前，一列隊伍齊齊停了下來。

左右眾僕從登時齊齊躬身垂首。

長孫信剛要上前去，山英已搶在了前面，朗聲喚：「大堂哥，等你們許久了，路上可順利？」

他們可是一收到消息就從自己府上過來等著了。

山宗自馬上下來，撣一撣胡服衣擺上的灰塵：「順利。」說著看長孫信一眼。

後者哪顧得上他，已然自行上前去車旁了：「阿容，還有小平姬和鎮兒呢，舅舅來接你們了。」

委實也有幾年沒見了。開始因為開礦的事，長孫信還能常常往返幽州與長安兩地，出入都在節度使府上，山英也時常一併待著。

後來望薊山裡諸事穩定，長孫信便將事宜交由工部下屬官員自行料理，返回了長安。直至如今，聖人下令放緩開採，往後去的機會便更少了。

長孫信著實喜歡小平姬，後來又多了個鎮兒，兩個孩子還不會走路的時候沒少被他抱過，有時候甚至連山宗這個做父親的都抱不著。

當初走的時候他也是依依不捨，如同惜別自己的孩子一般。以至於他真正出發的時候，山宗竟還特地送了他一程，彷彿希望他趕緊回長安一般……

趙國公和裴夫人都坐在廳中，雖坐著，卻總看向廳門。

很快外面有了腳步聲。裴夫人立即站起來，瞧見長孫信和山英走了進來，便知人是到了。

隨即就見後面跟著進門而來的身影，正是她朝思暮想的，忙快步上前：「阿容。」

趙國公也起身走了過來。

神容朝她屈膝，又向父親屈膝，抬頭時眼裡帶著笑：「母親，父親，別來無恙。」

裴夫人拉著她的手細細打量，她身著青襦緋裙，腰繫雙垂繡帶，臂挽輕紗披帛，步搖在髮間輕晃。數年光陰，不長不短，她眉目璀璨，倒好似更明豔了幾分。

「看妳過得還好，我便放心了。」

神容看父母的面貌沒什麼變化，笑了笑說：「我當然過得好。」說著往後看一眼。

山宗跟在後面進了門，一身胡衣武服，長身挺拔立於廳中：「岳父，岳母。」

裴夫人看去，在他身上停留了兩眼，如今總算不似以往那般故意給以臉色了，那也是看在女兒過得好的份上。直到聽見身旁趙國公「嗯」了一聲，她才也跟著應了：「嗯。」

山宗看神容一眼，她看過來時輕輕挑了下眉，彷彿在叫他忍著。

他嘴角提了一下，對裴夫人這反應絲毫不意外，畢竟他當初可是將她的寶貝女兒就此帶去了幽州，而後轉身，朝後招了下手：「進來。」

後面紫瑞領著兩道小小的身影進了廳內。

裴夫人看見一左一右而來的兩個孩子，臉色頓時就好了，鬆開神容親自迎了上去。

小平姬和鎮兒皆身著錦衣，頸上圍著軟軟的護脖，襯得兩張小臉粉白圓潤，停在那兒，恭恭敬敬向她和趙國公拜見：「外祖父，外祖母。」

「快讓我好好瞧瞧。」裴夫人早就想親眼看看兩個外孫，今日才算見到了，見他們如此明禮，忙一手一個親自扶起來：「好孩子，這般乖巧。」

小平姬算來今年已有五歲，雖然還不大，但長高不少，小臉越長越像神容，尤其是那雙黑白分明的大眼睛，煞有其事道：「阿爹說了，在外祖父和外祖母跟前要乖巧。」

鎮兒長得更快，都快與她一般高了，從眼睛到鼻子，甚至那薄薄的小嘴唇都像極了山宗，聽了阿姊的話，眼珠動來動去，小腦袋點了點。

因著述職要務，這一行是直來的長安，中間未在洛陽停留，兩個孩子自然也是第一回見到祖輩，雖被教導了要恭敬拜見，卻還是止不住本性好奇，說話時還對著裴夫人和趙國公看來看去。

趙國公聽了外孫女的話，難得竟笑了一聲。

裴夫人不用說，早已是滿眼的喜歡，再看旁邊的山宗一眼，笑都還沒收住，倒連帶這個做了二度的女婿好似也更順眼一點了。

山宗又看神容一眼，笑了一下。

神容悄悄對他比劃了個口型：狡猾。

就連長孫信都在旁邊瞅了山宗一眼，肯定是這浪蕩子教兩個孩子來討人歡心的。

趙國公府上一下變得熱鬧許多，僕從們忙碌，皆知家中的小祖宗又回來了，這次還帶來了兩個小小祖宗。就連國公和主母的笑臉都變多了。

正是午後暖陽照耀的閒暇時候，後園亭中，石桌上擺著一堆畫卷，上面描繪著各式山川河流。

桌邊圍著幾道小身影。

趙國公坐在亭中，指著畫卷道：「你們看看，當初你們母親像妳這般大的時候，外祖父也是這般教她認這些的。」

小平姬看了一眼就道：「山，我知道。」

趙國公點頭：「只知道是山還不夠，往後妳阿娘還會教妳更多。」

旁邊擠過來鎮兒的小腦袋，看著圖說：「阿爹也有。」

趙國公笑一聲：「你阿爹那個是打仗用的地圖，與這不一樣。」

鎮兒不做聲了，眼珠轉了轉，忽然小手往旁邊一拽，又拽出個小傢夥來。

那是個穿著湛藍衣袍的小郎君，比鎮兒要小一些，長得白白淨淨的像長孫信，眉眼卻像山英。

是長孫信和山英的孩子，名喚長孫潤。

「潤兒，你也來認。」趙國公喚孫子。

小潤兒跟著擠過去，三個小腦袋瓜漸漸擠在一起。

遠處廊上一角，長孫信朝那頭觀望著，感嘆：「父親多久沒這般高興過了，竟親自教他們認山。」

旁邊站著神容。

山宗入宮述職去了，她過來看孩子們，正好仔細看看她那白白淨淨的小姪子：「潤兒比我想得還乖巧。」

長孫信立即道：「那自然是我教導得好，若是叫山英……」

一旁山英正好走過來：「我怎麼了？」

長孫信瞄她一眼，故意道：「妳說呢？」

他們這個孩子，來得可謂不易，成婚兩年才到來。來得也突然。山英起初就總記掛著自己營中那些事，時常奔波，以至於有孕了也不知道。加之她本身不曾有何反應，連吐都不曾吐過，騎馬演武從不耽誤，甚至中間還親自領頭在河東守城時挑了個賊窩。

直到某日返回長安府上，覺得小腹隱隱作痛，很不舒服，忙喚了大夫來瞧。大夫告訴她大事不好，可能要保不住孩子了。

長孫信當日回去就見她在房中獨坐流淚。何曾見過她這樣一個人流淚啊，他大驚失色，忙上前詢問。

山英抹著眼一五一十告訴了他。

長孫信這才知道緣由，連要做父親的驚喜都被沖淡了，又心疼又無奈，當即道：「此後都該由我看著妳才好！」

山英當時流著淚點頭：「若是孩子生下來了，也讓你來看。」

後來孩子還真平平安安生下來了。

長孫信便親自看到了現在，小長孫潤完全就是他教出來的，一舉手一投足都是個小小貴公子，與他一模一樣。

山英一聽他的語氣便知道他在說什麼，忙上前來，抬手擋他前面：「不提了不提了，莫在神容跟前說我那些丟人事。」尤其是她眼淚橫流那事，實在不是她想哭的，她真刀真槍都不怕，何嘗哭過。

長孫信拉下她的手，還想說話，往旁邊一看，哪裡還有神容的身影。

神容分明都已去前面好遠一截了，還回頭來朝他們笑了一下：「便不打擾哥哥、嫂嫂了。」

長孫信頓時覺得自己剛才好似是在跟山英打情罵俏一般，才叫她忍不住走的了。再一看，自己還抓著山英的手，可不是有那意思。

他剛要鬆開，山英又自己抓住了他的：「我記著你的功勞了，這天底下這麼好的夫君怎就讓我遇上了？二都中那麼多貴女都不曾有我這等福氣。」

她這個人就是這點好，說話直來直去的，從來不遮掩，便是這樣的話也不會藏心裡。

長孫信聽到臉上便已要露笑了，卻又板起臉：「妳這一套全是跟山宗學的。」

山英也不否認，抓著他手道：「是真的就行了啊，那你下回便不要再提了吧。」

長孫信有意哼一聲，早就接受了，反正也早習慣她這做派了。

遠處，神容已走至廊底，出了園子。

她以為山宗還沒回來，待進了自己當初居住的閨房裡，卻見男人身姿筆挺，已坐在她房中榻上，正在打量她這間房。

那身節度使的武服在他身上還未退下，玄衣在身，衣襟刺繡奪目，腰帶赤金搭釦緊束，落落一身不羈清貴，全揉在他一人身上。

「看什麼？」她問。

山宗在她進門時就已看了過來：「自然是看妳住的地方，還是頭一回來。」

「你原本早有機會可以來啊。」神容故意說。

山宗好笑，尋著機會便要戳他一下：「嗯，若是沒和離，我早幾年便坐在這屋裡了。」

神容走過去，點頭：「那是自然，也不用你教孩子們那些話來討我父母歡心。」

山宗一把拽住她，摁坐在自己腿上：「夫人再翻舊帳，我可要好好回敬了。」

神容坐在他腿上，一手自然而然搭住他的肩：「是麼？」

山宗被她的語氣弄笑了，一手攬在她的腰後，忽然說：「我今日自宮中返回時，遇上了裴元嶺，聽他說了個消息。」

「什麼？」

「裴少雍已自請外放為官了。」

神容眼神微動，已太久沒提及裴家這位二表哥了。

前幾年她剛生下鎮兒時，長孫信去幽州開礦，曾在她面前提過一次，說裴少雍已經由裴家做主娶妻，妻子是個溫婉的大家閨秀，與他的秉性正相合。沒想到他會離開長安。或許也是好事，當初主動求取的功名，如今又主動放下了。

「想什麼？」山宗的手在她腰後按一下。

神容隨著他手上力道貼緊了他，反問：「你說我想什麼？」

他低笑：「想我怎麼『回敬』妳？」

話音未落，他的手已移到她頸後，按下來，薄唇貼上去。

在長安待了不長不短小半月，熟悉的人都見了個遍。待山宗述職已畢，便要啟程返回了。

當日城中一如既往的喧囂繁華，趙國公府的送行隊伍直至長街鬧市，長孫信和山英更是親自跨馬相送，道路便清讓開了。

直至城中那間熟悉的酒樓前，隊伍停了一下。

那樓前站著一身寬大圓領袍，風姿翩翩的裴元嶺，抄著兩手在袖中，朝著最前面馬上的人瞇眼笑。

旁邊是一身杏紅衫裙的長孫瀾，比起以往好似圓潤了一些，來陪他一道送行的。

山宗勒馬，身側車簾掀開，神容的臉探了出來，兩個孩子的小臉也跟著露了出來。

長孫瀾朝她走去，笑著與她低低在車邊說話。

山宗給她們讓地方，便打馬到了裴元嶺面前。

裴元嶺笑道：「聽聞你岳父、岳母捨不得，已約好了下次再來的日子了？」

山宗點頭：「他們是捨不得。」

尤其是捨不得兩個孩子，答應了往後還會再來，趙國公和裴夫人才捨得讓他們走。

「那我便等著下回再見之日了，臨走前與你打個商議。」裴元嶺指一下馬車道：「我看你那寶貝女兒標緻得跟阿容一樣，又討人喜愛，我家中正好有個兒子，你看是否……」

「不行。」山宗斷然拒絕。

裴元嶺頓生好笑：「好你個山崇君，怎就如此絕情？你我可是少年之交，又是連襟，你看看我幫過你與阿容多少回，這都不行？」

山宗笑一聲：「我就這麼一個女兒，才這麼點大你便想著來搶了，自然不行，他日她要找什麼樣的兒郎，得由她自己說了算。」

裴元嶺嘆息：「我本還想早些與你這幽州節度使攀上姻親呢，小氣！」

山宗下馬，拍一下他肩，揚著嘴角道：「也莫要灰心，他日我若再有了女兒，你兒子或許能有機會。」

裴元嶺看他這不羈浪蕩的模樣，笑著搖了搖頭，壓低聲：「哪有你這樣的，你已是一方封疆大吏了，自然得多生兒子，往後叫他們都隨你行軍作戰，建功立業才是。」

山宗只是笑：「於我而言，還會在意那些？」

裴元嶺愣了愣，隨即失笑，點頭。

確實，他已歷經了這世間百般滋味，在最高處待過，也落下到過最深淵，風風浪浪裡淌過來，只是依舊地盡責，做著自己該做的事罷了，其餘都已看淡了。

眼前長孫瀾已回來，山宗跨上馬，隊伍繼續往前。

出長安，很快就到洛陽，這次他們在山家停留下來。

山上護軍和楊郡君得知他們抵達長安時便等著了，還特地於洛陽全城施粥了好幾日，為孫女與孫兒積德祈福，直到他們抵達。

長孫信和山英也帶著孩子送行至此，一時間山家又成了熱鬧之處。

日上正空，小平姬貓在一棵樹後面。

潤兒從她旁邊湊出來，小心翼翼喚：「姊姊？」

平姬馬上回頭豎著小指頭噓一聲：「不要吵，莫要被我阿爹發現啦，被抓去和鎮兒一樣可怎麼辦呢……」

潤兒年紀小，便聽話得很，連忙點點頭。

兩雙眼睛一併往前望出去，那前面是一大片開闊的圍場。

那是山家的練武場，場邊站著兩鬢斑白還挺身直背的山上護軍，身邊是山昭和山英，甚至還有湊熱鬧的長孫信。

場中央半蹲著鎮兒，穿著一身玄衫胡衣，愈發像是個小山宗。

身前馬靴一步一步踏過，山宗就在他面前盯著。

「阿爹。」他開口喚。

「嗯？」山宗應一聲。

「我要練到什麼時候？」

「我說行的時候。」

鎮兒正當頑皮的年紀，小腿都瘦了，沒奈何，也只能硬撐著，小腦袋耷拉了下去。

山宗一手給他托起來：「抬正了，山家兒郎沒有低頭的時候。」

忽而聽見一聲輕輕的笑。

他轉頭，看見神容站在練武場外，剛剛拿開掩口的衣袖，臉朝著他，輕飄飄地瞥了他一眼。

山宗漆黑的眼動了動，想起了以往，似笑非笑，忽又低低加一句：「只除了在你阿娘面前。」

神容眼波一動，只當場邊上那幾人都沒聽見，若無其事地低頭理一下臂彎裡的披帛，眼卻早已彎了。

楊郡君就在旁邊站著。

終於親眼見到了孫女和孫兒，她喜愛之情無以言表，恨不能時刻看著才好，眼下看著場中那幕，柔聲感嘆道：「阿容，這是當初看妳嫁入山家時，我就在想的場面了。」

神容看她一眼。雖然到來的晚了些，但應該來的總會來。只要撐過去了，就會來的。

最終小平姬還是躲過了一劫，沒有被他阿爹抓去和鎮兒一起練功。

當然山宗本也沒打算讓她吃這個苦。

他們後來離開洛陽時已是春日將盡了，與離開長安時一樣，約定好了還會再來。

回到幽州時，卻正當是一年中最舒暢的時節。無風沙肆虐，只有豔陽高照。

神容在幽州城下揭開車簾，手裡拿著一份謄抄下來的書卷摘錄。她遙遙看向北面道：「何時若能再去探一回地風就好了。」

山宗自馬上扭頭看過來：「隨時都可以，妳去探地風，我率人同行去巡邊。」只頃刻間，他竟連計畫都定好了。

鎮兒忽從車裡鑽出來，扒著車旁站著的東來手不放：「阿爹、阿娘快去，我跟東來叔。」

平姬竟也幫腔：「我一定照顧好弟弟。」無非是想偷懶不練功罷了。

山宗笑一聲：「阿爹、阿娘很快就會回來的。」

鎮兒鼓鼓小腮幫子，又鑽回車裡去了。

那一年的秋日，曾經的關外大地，如今的薊州一帶，有人看見一支奇怪的隊伍打馬經過。隊伍人數不多，不過幾十人而已，但模樣分外彪悍，甚至其中還有個人左眼上聳著道猙獰的白疤，看著就不像好人。

為首的卻是一對夫妻，男人英俊，女人貌美。

這支隊伍一直往前，去了凜凜漠北邊界。

四野蒼茫，一望無垠，天邊茫茫浩蕩地鋪著大朵大朵的白雲。連綿起伏的山脈聳立在眼前，山下是一條湍急的溪流。

神容抬頭仰望著那山，攏一下身上的披風，手裡還拿著謄抄下來的書卷摘錄。

遠處馬蹄聲紛至，是那群跟來的鐵騎長，他們已探完邊防情形回來了。

老遠就聽見龐錄在喊：「無事！」

神容看過去，當年的敵方已退至這漠北深處，而這裡的山，她是第一次來。

無事，說明這片土地都還安分，幽州便能太平。

鐵騎長們如今都知道她的本事，策馬遠遠奔出去，只在遠處停馬等待。

山宗從那頭走來，背後正是那綿延不絕的群山，在他烈烈胡服的身影後成了個剪影。

他馬靴踏地，長腿邁步，到了跟前，問：「如何？」

神容揚了揚手裡的紙張：「回去便可以添一筆了。」

山宗笑：「不愧是我的軍師。」

神容竟從他語氣裡聽出了一絲得意和驕傲。

他伸出手來：「回去吧。」

他們的馬已到了溪水對岸。

神容被他牽著到了水邊，停了下來，轉頭盯著他。

山宗看過來，嘴邊浮出笑意：「怎麼？」

神容看他兩眼：「沒什麼。」

說著便要如來時那般去踩河中凸出的石塊。

手上忽的一緊，山宗將她拉住了，而後一彎腰，霍然將她攔腰抱了起來。

神容不禁一把抱住他的脖子，正迎上他黑漆漆的眼。

他嘴邊牽開，露出熟悉的笑，又邪又壞：「妳不說我又如何知道呢？」

神容盯著他那壞笑的臉，他分明就知道，故意為之罷了。

於是湊近了，在他耳邊低低說：「宗郎，抱我過去。」

山宗耳邊一陣酥酥麻麻的癢，漆黑的眼裡笑又深一層，抱緊了她，笑著往回走：「是，夫人。」

大風恣意吹拂，吹雲現日，莽莽天地浩淼如詩。

只剩下一同遠去的人，向著幽州方向的山川樹影，身影緊依，漸行漸遠。

——《他定有過人之處》番外完——

——《他定有過人之處》全文完——

高寶書版 致青春

美好故事
觸手可及

蝦皮商城同步上架中！

https://shopee.tw/gobooks.tw

高寶書版集團
gobooks.com.tw

YE 057
他定有過人之處（下卷）
作　　者　天如玉
責任編輯　吳培禎
封面設計　張新御
內頁排版　賴姵均
企　　劃　何嘉雯

發 行 人　朱凱蕾
出　　版　英屬維京群島商高寶國際有限公司台灣分公司
　　　　　Global Group Holdings, Ltd.
地　　址　台北市內湖區洲子街88號3樓
網　　址　gobooks.com.tw
電　　話　(02) 27992788
電　　郵　readers@gobooks.com.tw（讀者服務部）
傳　　真　出版部(02) 27990909　行銷部 (02) 27993088
郵政劃撥　19394552
戶　　名　英屬維京群島商高寶國際有限公司台灣分公司
發　　行　英屬維京群島商高寶國際有限公司台灣分公司
初　　版　2023年9月

本著作物《他定有過人之處》，作者：張新御，由北京晉江原創網絡科技有限公司授權出版。

國家圖書館出版品預行編目(CIP)資料

他定有過人之處/天如玉著. -- 初版. -- 臺北市：英屬維京群島商高寶國際有限公司臺灣分公司, 2023.09
冊；　公分. --

ISBN 978-986-506-813-4(上冊：平裝). --
ISBN 978-986-506-814-1(中冊：平裝). --
ISBN 978-986-506-815-8(下冊：平裝). --
ISBN 978-986-506-816-5(全套：平裝)

857.7　　112014111

凡本著作任何圖片、文字及其他內容，
未經本公司同意授權者，
均不得擅自重製、仿製或以其他方法加以侵害，
如一經查獲，必定追究到底，絕不寬貸。
版權所有　翻印必究

GOBOOKS
& SITAK
GROUP©